CHOIX

DE NOUVELLES

CAUSES CÉLEBRES,

AVEC LES JUGEMENS

QUI LES ONT DÉCIDÉES.

AVERTISSEMENT

DU LIBRAIRE.

LES Collections du Journal des Caufes célebres étant épuifées, les Volumes de ce Choix les remplaceront. Au lieu de faire une réimpreſſion diſpendieuſe, on a préféré de donner un extrait: ainſi, en joignant à ce Recueil les années qui ont paru depuis 1782, & qu'on trouvera au Bureau du Journal des Caufes célebres, chez M. des Eſſarts, rue du Théatre François, au bâtiment neuf, on aura l'avantage de réunir ce qu'il y a de plus intéreſſant dans les cent douze Volumes qui ont été publiés avant cette époque, avec la ſuite de cet Ouvrage périodique.

CHOIX

DE NOUVELLES

CAUSES CÉLEBRES,

AVEC LES JUGEMENS

QUI LES ONT DÉCIDÉES;

*Extraites du Journal des Caufes célebres,
depuis fon origine jufques & compris
l'année 1782.*

PAR M. DES ESSARTS;

Avocat, Membre de plufieurs Académies.

TOME DIXIEME.

A PARIS,

Chez MOUTARD, Imprimeur-Libraire de fa
REINE, de MADAME, & de Madame Comteffe
d'ARTOIS, rue des Mathurins, Hôtel de Cluni.

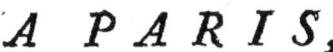

M. DCC. LXXXVI.

Avec Approbation, & Privilége du Roi.

CHOIX
DE CAUSES
CÉLEBRES.

AFFAIRE entre les fieurs DE QUEYSSAT & le fieur DA-MADE.

CETTE Affaire a occupé, dans l'efpace de moins de trois ans, deux fois le Confeil du Roi, & trois Parlemens du Royaume fucceffivement. Après avoir fait, à Bordeaux & à Touloufe, la fenfation la plus vive & avoir attiré aux Audiences un concours incroyable de perfonnes de tous les états ; elle a

Tome X.   A

produit le même effet à Paris, où elle
a fourni, tant que les Plaidoiries ont
duré, la matiere de toutes les con-
versations.

Nous puiserons les faits que nous
allons rapporter, dans les Mémoires
des Parties; en les rapprochant, &
les plaçant dans leur ordre naturel,
nous en ferons un tableau qui fixera,
sans travail, l'attention du Lecteur. Nous
lui épargnerons, autant que la nature
de chaque fait le permettra, ces dif-
cussions de détail auxquelles les Défenseurs sont obligés de se livrer, pour
ne rien laisser à désirer à l'instruction
des Juges. Nous donnerons pour certain ce qui nous a paru démontré
par ces discussions; mais nous nous
étendrons un peu davantage sur les
faits essentiels, & sur lesquels les Parties n'étoient pas d'accord.

Au reste, quoique nous n'ayons
pas suivi pas à pas la marche tracée
par les Défenseurs, nous n'avons omis,
autant que notre plan a pu le permettre, aucun de ces morceaux pathéti-
ques dont ils ont orné leurs écrits,
qui ont fait de si vives impressions &
ont fait tant d'honneur à leur sensibi-

lité, à leur patriotifme & à leur éloquence.

Les fieurs de Queyffat font cinq freres, dont trois feulement font Parties au Procès ; le Chevalier de Queyffat, Chef d'efcadron au Régiment de Chartres, & les fieurs Froidefond & Filholl de Queyffat, Capitaines réformés au Régiment Provincial de Marmande.

Les fieurs Damade font deux freres ; l'aîné, qui n'a pris d'autre part dans cette conteftation, qu'autant que l'amitié fraternelle l'a animé, vit de fes revenus à Saint-Magne, près de Caftillon. Le cadet, connu fous le nom de *Damade Belair*, s'étoit fixé à Bordeaux, & avoit pris le parti du commerce. Il s'y formoit, à fes dépens, & non comme Commis gagé ; quoi qu'en aient dit les fieurs de Queyffat. C'eft celui-ci qui a foutenu le Procès dont nous allons rendre compte.

Les fieurs de Queyffat & Damade font tous nés à Caftillon-fur-Dordogne, & leur naiffance, quant à l'origine, eft à peu près égale ; fi ce n'eft que l'aïeul des fieurs de Queyffat mit la nobleffe dans fa famille, par l'acquisition d'une charge de Secrétaire du Roi en la Chancellerie près le Parlement de Bordeaux (a).

Quant aux sieurs Damade, ils comptent, parmi leurs ancêtres & leurs parens les plus proches, un Brigadier des Armées du Roi, un Major de Cavalerie, un grand nombre de Capitaines & de Chevaliers de Saint-Louis. Leur aïeul, appelé au ban des Nobles en 1706, entretint long-temps cinq enfans, au nombre desquels étoit le pere des sieurs Damade, dans le Régiment de Maugiron, Cavalerie; &

(a) Les sieurs de Queyssat ont prétendu que leur noblesse remontoit à 1679, & qu'ils l'avoient prouvé par des titres produits. Mais le sieur Damade leur a répondu qu'on ne lui avoit point communiqué ces titres, & qu'il ne connoissoit d'autre source de la noblesse des sieurs de Queyssat, que cette charge de Secrétaire du Roi qu'ils ne désavouent pas, & qui succéda, en 1721, à un commerce de détail, que leur aïeul abdiqua alors, pour vivre conformément à l'état qu'il venoit de se procurer. Au surplus, disoit M. Élie de Beaumont, dans un des imprimés qu'il a publiés pour le sieur Damade, quarante-deux ans de noblesse de plus ou de moins ne donnent à personne le droit d'outrager ses concitoyens.

l'un d'entre eux, qui étoit devenu
Garde du Roi, fut tué à la bataille
d'Ettinguen. Ces faits font conftatés
par une atteftation donnée au fieur Damade aîné, par la Nobleffe de Caftillon & des environs. Au nombre des
fignatures appofées au bas de cette atteftation, fe trouve celle du pere des
fieurs Queyffat eux-mêmes.

Cette piece conftate encore qu'Ifaac
Damade, frere aîné du fieur Belair,
vit noblement ; que fon aïeul & fon
pere ont vécu noblement ; que plufieurs
de fes oncles & autres parens, dont
le détail eft circonftancié, ont occupé
des grades fupérieurs dans le militaire,
ont été penfionnés du Roi, & Chevaliers de Saint Louis.

La tante maternelle des fieurs de
Queyffat avoit époufé l'oncle paternel des fieurs Damade. Devenue veuve
& fans enfans, l'ufufruit des biens de
fon mari lui appartenoit. Par acte du
4 Janvier 1773, elle remit une partie
de cet ufufruit aux fieurs Damade. Ses
neveux virent cette générofité de mauvais œil, & le dépit qu'ils en eurent
eft la fource de tous les maux dans

A iij

lesquels les deux familles ont été plongées.

Il paroît cependant qu'il y avoit entre ces deux familles des semences de diffention, avant l'acte de 1773. Quelle en étoit la source ? provenoit-elle de la prédilection que les sieurs de Queyssat croyoient remarquer de la part de leur tante pour les sieurs Damade ? provenoit-elle de ce que ceux-ci ne témoignoient pas aux premiers le respect qu'ils croyoient être dû à leur noblesse, par ceux qui ne sont que de simples roturiers ? Mais les sieurs Damade, qui voyoient, dans l'origine des deux familles, au moins une égalité parfaite, qui comptoient trois générations de militaires distingués, ne se croyoient pas tenus, envers les sieurs de Queyssat, à d'autres égards qu'à ceux qui sont en usage entre concitoyens honnêtes.

Il paroît que les sieurs de Queyssat avoient des prétentions bien décidées sur les respects de quiconque n'est pas noble, & qu'ils se croyoient en droit d'en exiger des sieurs Damade : on verra même qu'ils avoient imaginé qu'ils n'étoient pas tenus de faluer ceux qui les avoient prévenus. » Toutes les Puiffances de l'Europe, difoient-ils dans un Mémoire fignifié à Bordeaux le 14 Mars 1776, toutes les Puiffances de l'Europe regardent l'intervention de l'ordre des faluts, comme un jufte fujet de guerre..... Le Czar Pierre, en déclarant la guerre à la Suede, fe plaignit dans fon manifefte, qu'on n'avoit pas tiré le canon à fon paffage à Riga.... Ce qui eft vrai de Nation à Nation, doit l'être d'homme à homme ; car les rapports de Nation à Nation font les mêmes que ceux d'homme à homme.

» De cette maxime, difoit M. Elie de Beaumont, il fuit que les fieurs de Queyffat, qui font ici le Czar Pierre, avoient très-légitimement le droit de tuer le fieur Damade ; & qu'on doit tenir compte à ces très-gracieux Souverains d'une clémence qui s'eft contentée de lui couper les bras jufqu'aux os, & de lui fendre la tête.

» Que dirons-nous, ajoute ce Défenfeur, des maximes proférées par les fieurs de Queyffat au Parlement de Paris même ? que la vengeance eft, ,

pour un Militaire, un devoir rigou-
reux; qu'ils ont dû tirer vengeance
des manquemens du sieur Damade,
à peine d'encourir une excommunica-
tion civile, plus terrible qu'une ex-
communication religieuse.

» Et voilà, continuoit-il, les hommes qui veulent que leur affaire soit
celle de tous les Militaires.... Le vrai
Militaire chérit les Loix de son pays,
honore les Magistrats qui les rendent
vivantes, regarde les armes & les Loix
comme des alliées fideles faites pour
nous défendre, celles-là au dehors,
celle-ci au-dedans. Intrépide vis-à-vis
de l'ennemi, honnête & juste envers
le citoyen paisible, il ne se distingue
pas moins par son urbanité que par son
courage : & quand il est rappelé du tumulte des camps dans l'enceinte de nos
cités, il partage avec un aimable intérêt nos sociétés, nos délassemens,
nos peines : il redevient au milieu de
nous, ce qu'il n'a jamais cessé d'être,
notre concitoyen, notre ami, notre
frere : il a toujours présentes à l'esprit
ces belles paroles du Connétable du
Guesclin : *Mes amis, en quelque en-*
droit que vous fassiez la guerre, sou-

*venez-vous toujours que les femmes,
les enfans, les Prêtres, les Commer-
çans, les Laboureurs, ne font point
nos ennemis, & gardez-vous de leur
faire aucun mal.* Il en fait la regle
conftante de fa conduite, au milieu de
la licence forcée & des horreurs de
la guerre ; à plus forte raifon dans le
fein de fa patrie, au milieu des loifirs
& de la fécurité de la paix.

» Le faux Militaire, au contraire,
ne connoît d'autre regle que la force,
affecte un mépris fuperbe pour la Ma-
giftrature & les Loix, envie dans fon
ame la fainte liberté du Magiftrat,
par comparaifon avec fa dépendance
abfolue ; ne réfléchiffant pas fur les principes propres à chacun des deux états.
Quelquefois guerrier douteux dans les
combats, toujours dominateur audacieux au fein de fes foyers, il s'y dé-
dommage de la déférence forcée,
des égards habituels que l'harmonie des
corps, la fupériorité de la naiffance,
celle du commandement l'ont obligé
d'avoir. Il croit follement racheter ce
qui lui manque du côté de l'illuftra-
tion ou de l'ancienneté, par des prétentions, par une dureté de caractere,

A v

par une hauteur froide & dédaigneuse
qu'il espere pouvoir lui concilier du respect ; & lorsqu'il auroit pu devenir l'ami
de ses concitoyens, il préfere d'en être
la terreur. Que les sieurs de Queyssat
choisissent maintenant dans ces deux
classes, celle où ils croiront avoir quelque droit de demander de l'appui ".

Pour prouver que les sieurs de Queyssat étoient jaloux des respects qu'ils
prétendoient leur être dus, le sieur
Damade, dans son Mémoire, rapporte
plusieurs faits dont la preuve juridique
n'est pas acquise, à la vérité, mais qui
n'ont pas été niés formellement, &
ont seulement été excusés ou éludés.
Un sieur Royer vouloit empêcher le
Métayer des sieurs de Queyssat de passer avec une charrette au travers de ses
près, dans un temps où les foins ap-
prochoient de leur maturité ; il est menacé de coups de bâton par le Chevalier.
Royer lui dit qu'il aura recours à la
Justice pour arrêter ses violences ; il
répond par l'expression la plus gros-
siere, qu'il ne craint pas la Justice ;
va, le jour même, à Castillon se vanter d'avoir donné vingt coups de bâton à Royer, & menace d'en donner

autant à un autre , qui lui dit que son beau-frere n'est pas fait pour recevoir des coups de bâton. Un troisieme , qui représente qu'un beau-frere doit prendre le parti de son beau-frere , est poursuivi , quoiqu'il n'eût point d'arme , par le Chevalier , l'épée à la main , jusque dans sa maison.

Quelques jours après , le Chevalier de Queyssat se plaint à l'ancien Juge de Castillon , que Royer ne lui ôtoit pas son chapeau ; mais que si cela lui arrivoit , il le lui jetteroit dans la rue , & lui donneroit vingt coups de bâton. Ce Juge débonnaire conseilla à Royer de saluer M. le Chevalier , pour ne pas s'exposer.

Une autre fois , il veut faire la loi dans un billard , que quelques particuliers avoient fait construire pour leur amusement. Un des propriétaires lui réprésente qu'étant chez eux , ils sont les maîtres de suivre dans leur jeu , l'ordre qu'ils jugeoient à propos de suivre. Le Chevalier menace le donneur d'avis ; celui-ci lui répond : le Chevalier tire son sabre , fond sur lui , & l'on ne sait ce qui en seroit arrivé , si ceux qui étoient préfens ne fe fuffent jetés entre deux.

En 1769, le fieur Damade l'aîné prend les cartes d'une dame, à fa priere, & joue pour elle. Le fieur Froidefond, qui étoit de la partie, & qui n'avoit aucune liaifon de familiarité avec le fieur Damade, lui tient un propos qui ne peut être une plaifanterie qu'entre deux amis. Le fieur Damade lui répond qu'il eft étonné de s'entendre apoftropher ainfi, & la chofe refte là.

Après la partie, le fieur Damade reconduit chez elle la dame de la Farge, la propre fœur du fieur Froidefond, puis revient dans la maifon. La premiere perfonne qu'il trouve, c'eft le fieur Froidefond qui l'a vu reconduire fa fœur, qui l'attend de pied ferme fur la porte, qui lui dit qu'il le trouve bien hardi de lui parler comme il a fait. Le fieur Damade lui répond qu'il ne fe croit pas fait pour rien fouffrir de fa part : auffi-tôt fabre en l'air contre un citoyen fans armes ; & quand enfuite on lui a fait reproche de ces violences, il allegue pour excufe *fa fenfibilité.*

Le lendemain, le sieur Damade aîné
avoit une épée. Le sieur Froidefond &
lui se rencontrerent. Le sieur Damade
reçut un coup d'épée ; & le sieur Froidefond souilla son succès par de froides
railleries. Quand le sieur Damade re-
paroît en public , le sieur Froidefond ,
au lieu de laisser tomber, en homme
sage , une misérable querelle qui ne
portoit sur rien, dit au sieur Damade :
*Eh bien, monsieur ! vous voilà guéri :
vous aviez dit que quand vous le seriez,
vous prendriez votre revanche.* Des
amis communs empêcherent alors le
combat.

Quatre ans après, *& huit jours après
l'acte de remise d'usufruit fait par
la tante des adversaires ,* le sieur Froidefond apperçoit le sieur Damade l'aîné
dans une rue de Castillon. Il va droit
à lui , & sans qu'aucun discours, aucun fait, rien en un mot eût précédé,
il le force à un troisieme combat. Le
sieur Damade se défendit bien ; mais,
dit M. Elie de Beaumont, son épée
plia plusieurs fois sur le sieur Froidefond,
vis-à-vis duquel il fut forcé de rompre
à plusieurs reprises la mesure ; & les

habitans furvenant en foule, on les fépara.

Le fieur Froidefond, que ces combats fatiguoient, crut trouver dans le défaut d'anobliffement du fieur Damade, un moyen pour les faire ceffer. Il voulut lui faire effuyer l'humiliation d'un défarmement.

Il le demanda au fieur de Montbrun, Lieutenant de MM. les Maréchaux de France, à Monfieur le Maréchal de Richelieu, au Prévôt de la Maréchauffée de Bordeaux : il ne put l'obtenir.

A peine M. le Maréchal de Mouchy fut arrivé à Bordeaux, que le fieur Froidefond recommença cette offençante pourfuite.

Le fieur Damade Belair, l'adverfaire actuel des fieurs de Queyffat, qui étoit à Bordeaux, fervit fon frere avec tout le zele de l'amitié fraternelle. L'honneur feul lui en auroit fait un devoir. Il rencontra le fieur Froidefond chez le fieur Chevalier de Brons, Aide-de-camp de M. le Maréchal de Mouchy : il défendit fon frere avec chaleur. De là l'époque de la haine perfonnelle du fieur Froidefond contre lui.

Le sieur Froidefond mettoit dans cette affaire un tel acharnement, qu'il alla jusqu'à dire à M. le Maréchal de Mouchy, qu'il s'étoit fait un point d'honneur d'obtenir ce désarmement, qu'il se croiroit déshonoré s'il y échouoit.

Ce n'étoient pas là des motifs à donner à un homme juste. Aussi M. le Maréchal de Mouchy lui répondit : » Mais, monsieur, vous n'êtes pas chargé de faire la police dans votre pays : il en sera ce que vous voudrez, mais je ne peux priver ces MM. d'un privilége que leur ont acquis leurs ancêtres «. Cependant, à parler rigoureusement, leur permettre le port d'armes, n'étoit qu'une tolérance suivant nos Loix ; mais d'après ce qu'on vient de voir de leur famille, cette tolérance étoit & pouvoit paroître méritée.

M. le Maréchal de Mouchy crut de sa sagesse de rédiger un engagement par écrit, qui pût prévenir les querelles, & proposa au sieur de Froidefond de le signer pour ses freres.

Celui-ci s'y refusa, déclarant ne pouvoir s'engager pour ses freres : » Ils

font *Gentilshommes* & Officiers; vous
le pouvez devant moi » , lui répondit
M. le Maréchal de Mouchy. Il voulut
bien écrire lui-même l'engagement; il
le fit tranfcrire par fon Secrétaire &
figner par les Parties. Il étoit ainfi conçu:
» Nous Jean Queyffat , *Gentilhomme*,
Capitaine d'Infanterie au Régiment de
Marmande , promettons *ne rechercher
de près ni de loin* le fieur Damade ,
Bourgeois de Caftillon. *Nous prenons
les mêmes engagémens pour nos freres , contre les freres dudit fieur
Damade ; & s'ils nous infultent,* nous
en porterons nos plaintes à Monfei-
gneur le Maréchal de Mouchy , qui y
mettra ordre , *mais nous n'en tirerons
pas vengeance nous-mêmes.* Fait à Bordeaux l'onzieme Août 1775 , *figné*
Queyssat «. Le fieur Damade figna
un engagement de même nature pour
lui & pour fes freres , portant promeffe
de ne jamais rien dire ni faire qui pût
être réputé injure & infulte aux fieurs
de Queyffat , & y reconnut la tolérance du port d'armes qu'on leur accordoit.

    Telle fut la fauve-garde facrée don-

née par l'un des Juges de l'honneur
françois, à deux familles qui juroient
entre ses mains d'en respecter les Loix.

Le sieur Froidefond retourna à Castillon ; le sieur Damade Belair resta
à Bordeaux. Dans le cours de Mai
1775, il étoit tombé malade : on lui
ordonna l'air natal. Il arriva le 28 Septembre chez son frere, à Saint-Magne
près de Castillon, ayant un mouvement de fievre continuelle, qui l'a-
voit tellement affoibli, qu'il fallut que
deux hommes le soutinssent sous les
bras, pour le conduire dans la maison
de son frere.

Le Chevalier de Queyssat arriva à
Castillon au mois d'Octobre. Il ne tarda
pas à être informé de ce qui s'étoit
passé entre le sieur Froidefond, son
frere, & les sieurs Damade ; & l'on
imagine bien qu'il n'apprit pas avec sa-
tisfaction l'espece de triomphe que les
deux freres avoient obtenu sur le sien.
Il ne fut pas long-temps sans en témoi-
gner son ressentiment, en refusant avec
une affectation marquée, de rendre au
sieur Damade un salut que celui-ci lui
réitéra deux fois dans une maison particuliere où ils se rencontrerent. Mais

voici un autre fait, qui exige quelques détails.

Le 23 du même mois d'Octobre, le sieur Damade alla faire une visite chez les demoiselles Paquerée, & salua, en entrant, toute la compagnie. Le sieur de Froidefond étoit le seul homme qui s'y trouvât. C'étoit la premiere fois qu'il voyoit le sieur Damade, depuis l'affaire du désarmement.

Après un peu de temps d'une conversation assez indifférente, le sieur de Froidefond se leve tout à coup, va prendre son sabre, qu'il avoit mis sur une chaise, & le met à son côté, sans néanmoins faire aucun mouvement pour sortir, en disant qu'il l'a fait affiler, qu'*il couperoit, ou qu'il coupera bien les oreilles à quelqu'un.*

Le sieur Damade se retira peu après, *prenant congé de tout le monde.*

L'une des demoiselles Paquerée, ayant reconduit le sieur Damade, ne put s'empêcher, en rentrant, de se plaindre au sieur de Froidefond, de ce discours outrageant, de sa direction naturelle sur le sieur Damade, seul homme dans la compagnie, du manque de respect pour sa maison. Le sieur

Froidefond s'en défendit, en disant
Il auroit tort de le prendre pour lui.
Mais vouloit il donc que l'on crût que
c'étoient des femmes que ce brave Capitaine menaçoit de leur couper les
oreilles ?

A ce moment ce sabre affilé pour
couper des oreilles n'étoit point affilé,
& c'est ce qui rend important de bien
fixer, au 23 Octobre cette scene, quoique les témoins qui en ont déposé aient
dit le 24. Mais, pour entendre les preuves que c'est une erreur, il est nécessaire d'avoir connoissance d'une autre
scene.

Le 23 Octobre au soir, il alla chez
Septieme & Gaveau, Couteliers, pour
faire affiler son sabre, & le 24 au matin, il retourna pour le même objet
chez Gaveau. Trois fois coup sur coup,
en moins de vingt-quatre heures, il
court faire affiler son sabre. Quelle raison si pressante en avoit-il ?

Avoit-il, peu après le 23 Octobre,
une revue à passer ? Non. Avoit il un
Corps à joindre ? Non. Avoit-il des Supérieurs à édifier par le bon état de
ses armes (car c'est le motif qu'il donnoit) ? Non. Il étoit Officier de Mi-

lice , ne joignant son Corps que huit jours dans l'été. Mais il avoit à *couper les oreilles à quelqu'un.* Et avec quel empressement se porte-t-il à faire mettre son sabre en état ? Septième lui répond *qu'il n'est pas possible , qu'il étoit presque nuit , qu'il ne pourroit pas voir & distinguer les objets dans sa boutique.* Refusé , il va chez Gaveau , & il devoit être plus nuit encore. Il ne le trouve point. Le lendemain , de grand matin , il y retourne. Qu'y avoit-il donc à faire à ce sabre ? Il *lui montre* , dit-il, *de la rouille en plusieurs endroits* ; il falloit ôter cette rouille ; mais il lui ordonne *de lui donner le fil* ; il fait même réflexion qu'en lui obéissant trop bien , on pouvoit rendre le fil si fin , qu'il coupât le fourreau , & il ordonne d'y prendre garde.

A la confrontation , il voudroit que Gaveau dît qu'il a *aiguisé* les sabres de ses freres & le sien plusieurs fois en quatre ou cinq ans ; à cet effet , il lui demande indifféremment combien de fois il *les a aiguisés ou éclaircis.* Mais Gaveau lui répond seulement qu'il les a *éclaircis* ; & déclare à la

Juſtice par cette diſtinction, que jamais il ne les avoit *aiguiſés.*

Le fil donné avant la ſcene chez les demoiſelles Paquerée feroit déjà infiniment fuſpect, lié à tout ce qui précede, à tout ce qui ſuit. Donné après cette ſcene, il décele une préméditation abominable d'en faire un mauvais uſage.

Pendant que le ſieur Froidefond mettoit ainſi, le 24, ſon ſabre en état de couper des oreilles, le Chevalier, ſon frere, ſe promenoit monté ſur un grand cheval d'eſcadron, ſur le chemin qui va de Caſtillon à Sainte-Foi. A l'arçon de ſa ſelle, il avoit deux piſtolets doubles, ce qui lui fourniſſoit quatre coups de feu : & il y a apparence, quoique rien ne le conſtate expreſſément dans la procédure, qu'il étoit muni d'une arme blanche. Il étoit là, dit-il, ſans autre deſſein que celui de ſe promener. Pourquoi, dans ce cas, tant de précautions, lorſqu'on fait, pour ainſi dire, à la vue de ſa maiſon, & ſous le clocher de ſa ville, une ſimple promenade de ſanté ?

Le ſieur Damade, de ſon côté, monté ſur un petit cheval de louage, alloit de Sainte-Magne à la Mothe-

Montravel, n'ayant pour toute arme qu'un simple couteau de chasse. Ils se rencontrent à peu de distance de Castillon.

Ecoutons le récit de ce qui se passa dans cette rencontre, de la bouche d'un témoin, auquel le sieur Froidefond l'avoit raconté. C'est son Perruquier, nommé *Ruchon*.

» Le sieur Chevalier de Queyssat, son frere, qui revenoit de se promener à cheval sur le grand chemin dudit Castillon à Montravel, avoit rencontré, vers le pont Horable, le Plaignant (*a*), lequel cherchoit à éviter la rencontre du sieur Chevalier de Queyssat ; celui-ci s'étant avancé vers lui, lui dit : *Serez-vous toujours assez insolent pour refuser de me saluer lorsque vous passez devant moi ?* le plaignant avoit répondu : Je n'ai jamais manqué de vous saluer ; mais, *comme vous ne m'avez jamais rendu le salut*, j'ai cru ne devoir plus vous prévenir ; alors ledit sieur Chevalier de Queyssat lui dit : *Comment l'entendez-vous ? sachez que je ne suis pas fait pour compter avec vous ;*

_____

(*a*) C'est le sieur Damade.

c'eſt à vous à me ſaluer le premier,
& moi je ſais ce que j'ai à faire vis-
à-vis de vous. Le ſieur Chevalier de
Queyſſat continuant, lui dit : Que faites vous du couteau de chaſſe que vous
ayez à votre côté ? Eſt-ce une excuſe
que vous avez là ? Un homme comme
vous doit-il marcher ſans armes ? Te-
nez, voilà un piſtolet. Le ſieur Damade
le reçoit : l'autre lui dit : Tirez. ——
Tirez vous-même : —— Je ne tire jamais le premier. —— Ni moi non plus.

» Le Chevalier s'approcha du Plaignant & lui *arracha* le piſtolet de la
main, en lui diſant *qu'il voyoit bien*
qu'il n'étoit pas fait pour ſe battre;
à quoi le Plaignant répondit qu'il n'y
avoit pas long-temps qu'il s'étoit ſervi
d'une pareille arme; lequel propos le
Plaignant accompagna d'une F....

» Alors le Chevalier de Queyſſat
lui dit: *Vous êtes bien impertinent de*
lâcher une F... devant moi. *Reprenez-*
moi ce piſtolet, & ſe remettant de
nouveau à la portée du piſtolet, il dit
au Plaignant : *Tirez.* Celui-ci lui dit :
Je n'ai aucun grief contre vous; s'il
en eſt autrement de votre part, tirez
vous-même. Le Chevalier de Queyſ-

sat , revenant encore sur le Plaignant , lui *arracha* le pistolet & se retira «.

Ce témoin , au récolement , a *persisté*.

Nous n'entrerons point dans le détail de la confrontation de ce témoin avec le Chevalier de Queyssat & le sieur Froidefond. Ils ne nierent point le fond du récit ; ils s'attacherent seulement à quelques circonstances assez peu importantes , sur lesquelles ils souhaitoient que le témoin fît quelques changemens dans son récit. Mais il persista constamment.

Plusieurs autres témoins ont raconté les mêmes faits , à peu près de la même maniere , & même avec quelques détails plus aggravans encore. Il en est un , par exemple , qui atteste que le sieur Filhol termina le récit , auquel il avoit assisté , par cette réflexion : *Si c'eût été sur le pays de Liége , mon frere le Chevalier lui auroit fait son affaire ; car c'est un pays libre.*

» Peut on sans frémir , dit M. Elie de Beaumont , entendre vanter un pays comme libre , parce qu'on y assassineroit impunément ? Quels hommes , ajoutoit-il , que ces trois freres «!

Au

Au reste, ces témoins ont persisté tant au récolement qu'à la confrontation, & n'ont essuyé à la confrontation, que quelques contradictions très-légeres, & qui, quand elles auroient été fondées, n'auroient porté aucune atteinte aux circonstances les plus graves du récit.

C'est le 11 Août 1775, que, sous les yeux d'un Maréchal de France, du Commandant de la Province, du dépositaire de l'autorité souveraine, l'un des sieurs de Queyssat s'engage d'honneur *pour lui & ses freres, de ne rechercher, ni de près ni de loin*, les sieurs Damade; & c'est le 23 Octobre suivant, que l'auteur même de la promesse menace assez clairement le sieur Damade de lui *couper les oreilles*; c'est le même soir & le lendemain qu'il fait affiler son sabre; & c'est le lendemain 24, qu'un ancien Capitaine de Dragons, qu'un Commandant d'escadron, qu'un homme qui, *Dragon* (a) *depuis trente ans*,

_____

(a) Ce sont les expressions d'un Mémoire imprimé à Bordeaux pour les sieurs de Queyssat.

Tome X. B

fait tirer un coup de piftolet, vient forcer un jeune Négociant, en qui le fimple courage de la Nature ne fup-pléoit pas l'expérience, de prendre un piftolet, peut-être pour la premiere fois de fa vie, de la lui livrer fur un grand chemin, c'eft-à-dire, dans un lieu dont la parfaite sûreté de jour & de nuit eft garantie par toute la févé-rité des Loix !

L'infulte exagérée d'un vain triom-phe fuivit de près cette attaque. Dès l'après-midi, le fieur Filhol fe répand dans Caftillon, va raconter à des femmes les proueffes de fon frere; & il falloit entendre quel rôle bas & tremblant le fieur Damade jouoit dans fon récit, & comment les expreffions les plus dures, les plus outrageufes lui avoient été prodi-guées fans qu'il ofât répondre. (On voit pourtant, à fa conduite, qu'il n'en fut pas tout-à-fait ainfi.) Le Chevalier, de fon côté, eft lui-même l'hiftorien de fes exploits; il ravale encore plus le fieur Damade, peint fa frayeur, fes mains tremblantes, fon abjection profonde. Le fieur Froide-fond veut avoir auffi fa part de la gloire,

& le lendemain 25 au matin, il es-
saye sur son Perruquier, confident assez
naturel de ces sortes de victoires, des
récits pompeux, dont, malheureusement
pour les trois freres, cet honnête témoin ne s'est que trop bien ressouvenu
dans l'instruction du Procès, lorsqu'ensuite ils ont voulu substituer une narration plus modeste & tout-à-fait différente. Ces outrageantes vanteries,
qui constatent au fond une agression
grave & méditée, sont constatées par
les charges du Procès.

On est à portée actuellement d'entendre les raisons employées par le
sieur Damade, pour prouver que le
sabre ne fut affilé qu'après la menace
faite chez les demoiselles Pacquerée.
Voici comment M. Target, qui portoit la parole à l'Audience pour le
sieur Damade, les présenta dans sa
réplique.

» Je sais, dit M. Target, & j'avois
dit, que deux témoins persistent à
donner la date du 24; mais le troisieme déclare, au récolement, que ce
fut le 23; & ce ne peut pas être le
24. J'ignore si vous croirez pouvoir
vous dégager de mes raisons, en di-

B ij

fant *que vous ne les entendez pas:*
La demoiselle Laffime fixe l'arrivée du
fieur de Froidefond chez les demoifelles Pacquerée à plus de onze heures ; celles-ci la fixoient à dix heures ;
mais, à la confrontation, le fieur de
Froidefond lui-même foutient qu'il étoit
plus de *onze heures,* le fieur de Froidefond lui même, entendez-vous ? Et
fi c'eût été le 24, il n'auroit pas pu
être en effet moins d'onze heures
& demie ; car Gaveau déclare qu'il
n'a remis le fabre affilé au domeftique
du fieur de Froidefond, qu'entre onze
heures & midi ; & le fieur de Froidefond étoit arrivé, même chez les
demoifelles Pacquerée, avant le fieur
Damade. Or, *à cette heure, le 24,* le
fieur Damade étoit fur le chemin de
Caftillon à la Mothe, aux prifes avec
le Chevalier de Queyffat. Il étoit parti
de Sainte-Magne à *onze heures* ; Clé-
ment, loueur de chevaux, en dépofe ;
il avoit paffé à Sainte-Magne un acte
devant Notaires, *daté d'avant midi ;*
je le rapporte : il ne s'eft pas arrêté à
Caftillon ; au lieu que le 23, il y a
dîné chez le fieur Vincent, en fortant
de chez les demoifelles Pacquerée. Donc

la menace du fabre aiguifé a été faite le 23 avant l'aiguifement ; & l'aiguifement a été la fuite de la menace *α*.

Ainfi, pendant que l'un des trois freres étoit occupé, fur le grand chemin, à livrer au fieur Damade un combat au piftolet, un autre frere faifoit affiler fon fabre pour couper des oreilles. A qui ? . . .

Nous voici enfin arrivés à cette cataftrophe terrible, où le fieur Damade a eu, non pas les oreilles, mais les bras tellement coupés, qu'il en a perdu l'ufage pour le refte de fes jours.

Le 23 Octobre, il y avoit eu un grand dîner à Caftillon, chez le fieur Vincent, Chevalier de Saint-Louis. Le fieur de Laffime, ancien Maire de la ville, qui s'y trouva, invita tous les convives à dîner chez lui, le 26 du même mois. Le fieur Damade, qui étoit du nombre, fut compris dans l'invitation. Les repas, comme on fait, font les nouvelles des petites villes. On les connoît d'avance, & l'on s'en entretient après. Les fieurs de Queyffat favoient donc, à point nommé, où le fieur Damade devoit dîner ce

B iij

jour-là. La maison du sieur de Lassime est dans la même rue que celle des sieurs de Queyssat, & du côté opposé ; la porte est à 48 pieds au dessous de la leur, & la rue a cinquante pieds de largeur.

Ce jour là, avant l'heure du dîner, les cinq freres Queyssat se trouverent tous les cinq dans leur maison. Le sieur Froidefond étoit dans sa chambre donnant sur la rue, près la fenêtre ; les sieurs Chevalier de Queyssat & Filhol étoient dans la rue à voir panser leurs chevaux.

Le sieur Damade, pour se rendre à ce fatal dîner, ne pouvoit se dispenser de passer devant leur porte. Il vient à la ville peu avant l'heure ; &, prévoyant qu'il ne s'en retourneroit que le soir assez tard, dans un temps où la foire de Bordeaux attiroit dans le pays des troupes de vagabonds & de voleurs, il prend sur lui un de ses pistolets. Cette précaution lui étoit inspirée par les accidens arrivés précédemment dans le canton par où il devoit passer. Sainte-Magne est à une forte demi-lieue de Castillon ; & il savoit que l'année précédente, à l'issue de la foire, le 12 Novembre 1774, le sieur Lacour, Peintre de l'Académie Royale de Paris, avoit été arrêté, à jour tombant, par trois voleurs, auprès de Castillon, & n'avoit sauvé sa vie qu'en leur livrant sa bourse. Le même jour, il coucha à Castillon, où il apprit que trois chevaux avoient été volés à des Marchands arrêtés dans un cabaret. Le sieur Lacour avoit attesté ces faits par écrit.

Le sieur Dainade passe donc dans la rue où demeurent les sieurs de Queyssat, sur les onze heures trois quarts, vers l'heure du dîner, & même les parties de jeu étoient déjà commencées. Il marche sur le côté du pavé voisin de la maison où il se rendoit, ayant son chapeau sur sa tête, une canne à la main, & un couteau de chasse au côté.

Tout à coup le Chevalier de Queyssat traverse la rue, vient droit à lui : Pourquoi n'ôtez-vous pas votre chapeau quand vous passez devant nous ? N'êtes-vous pas convenu de me saluer ? — Monsieur, nous ne sommes pas convenus que je vous saluerois le premier, mais que nous nous saluerions récipro-

quement : d'ailleurs , quand je marche ,
je ne regarde ni à droite ni à gauche : je ne vous avois pas apperçu , & à
l'inſtant le ſieur Damade ôte ſon
chapeau.

Le ſieur Filhol s'empreſſe auſſi de
traverſer la rue : » Eh ! mon frere, s'é-
cria-t-il, ne voyez-vous pas que monſieur eſt aveugle ? nous ſommes pourtant bien viſibles «. — Mais , monſieur , ce n'eſt pas à vous que j'ai
affaire. — Vous êtes un J. F. réplique le ſieur Filhol. Je n'en vois pas ,
reprit le ſieur Damade , qui le ſoit
plus que vous de m'inſulter ainſi ſans
motif.

Le ſieur Filhol part comme un éclair,
entre chez lui , en ſort avec un *ſabre*,
& vient attaquer le ſieur Damade ,
qui n'a qu'un *couteau de chaſſe* : celui-ci ſe défend : ſon arme égratigne
même au viſage le ſieur Filhol ; mais
bientôt elle eſt briſée en pluſieurs morceaux. Le ſieur Filhol le bleſſe au front.
Le ſieur Damade ſoutient que la blef-
ſure eſt poſtérieure à la briſure de ſon
couteau de chaſſe , & s'être écrié : » Eh
» quoi ! vous me frappez lorſque je
» n'ai plus d'armes ? meſſieurs , je vous

» prends à témoins «. Mais l'information n'établit pas pleinement à cet égard l'affertion du fieur Damade.

Le fieur Filhol rentre. Auffi-tôt, au moment même où le fieur Damade s'en alloit, le fieur Froidefond defcend de fa chambre, eft quelques minutes dans fa maifon, & s'élance dans la rue, deux fabres nus à la main; celui dont fon frere venoit de fe fervir, émouffé, ébréché par le couteau de chaffe, & l'autre fabre qu'il avoit fait affiler le 24 au matin.

Il jette le fabre de fon frere Filhol aux pieds du fieur Damade, garde le fabre affilé : *Ramaffe cette arme*, dit-il groffiérement au fieur Damade; celui-ci s'y refufe & recule plufieurs pas, affoibli de fa bleffure au front & de fon premier combat, & effuyant le fang qui couloit fur fes yeux & fur fon vifage. Le fieur Froidefond repouffe de nouveau vers lui le fabre qui étoit fur le pavé, avec le bout de celui qu'il avoit à la main. Le fieur Damade recule encore; fon adverfaire, en lui ordonnant de ramaffer le fabre qu'il avoit pouffé vers lui, tenoit toujours le fien en l'air avancé fur la tête

B v

du fieur Damade , & lui crioit de fe
mettre en garde. Dans une pofition
auffi terrible, celui-ci ne devoit il pas
craindre, au moindre mouvement qui
lui eût fait perdre de vue l'arme qui
étinceloit fur fa tête , d'avoir le
crâne fendu ? Il fe fouvient alors qu'il
a un piftolet dans fa poche ; il l'avoit
deftiné pour préferver fa vie des attaques
des voleurs ; il eft forcé de l'employer
contre Froidefond, que fa fureur & leur
pofition refpective lui rend plus redoutable que ne feroient des voleurs qui
l'attaqueroient face à face. Il tire ce
piftolet de fa poche , lâche le coup
dans la poitrine de Froidefond, & la
balle , après l'avoir frappé , tombe à
fes pieds.

Ses forces ne font aucunement alté-
rées ; fa fureur augmente ; il fond fur
le fieur Damade qui s'enfuyoit parant
avec fa canne , qu'il avoit ramaffée
dans l'intervalle des deux combats :
il lui donne des coups de fabre re-
doublés fur les bras , lui coupe les
mufcles & les nerfs jufqu'à l'os : le
fang ruiffele fur le pavé ; le fieur Froidefond ne s'arrête point. Le Chevalier
s'écrie : *Tue-le , tue-le* ; & quelques

momens après ajoute : *Si je l'avois tué avant-hier, cela ne seroit pas arrivé.* La porte du sieur Lassime s'étoit ouverte, le sieur Damade s'y réfugie expirant, & criant vers le peuple en se retournant : *A l'assassin à l'assassin* ; & Froidefond revient encore sur lui.

Le Chevalier de Queyssat fond dans la maison du sieur Lassime, traverse la cour à la trace du sang du sieur Damade, qui *couloit comme une fontaine, qui ruisseloit jusque sur le pavé à gros bouillons* (*a*) ; il ouvre lui-même les habits & la chemise de l'homme qu'ils viennent d'assassiner, pour voir, dit-il, s'il n'étoit pas plastronné, trouve qu'il ne l'étoit pas, & sort.

Dans ce même temps, son frere Froidefond découvroit aussi sa poitrine, & la montroit dans la rue aux spectateurs émerveillés du peu d'effet de la balle.

Les freres Queyssat rentrent chez eux. Toute la ville est en rumeur ; il n'y a qu'un cri contre eux & contre leurs

_____

(*a*) Ce sont les expressions de deux témoins.

B vj

fureurs. Eux dînent tranquillement, ne voyent dans tout cela qu'un événement fort ordinaire ; s'habillent après le dîner, se font accommoder, vont en visite, soupent en ville ; Froidefond joue gaîment au trictrac, pendant qu'à quelques pas d'eux le malheureux Damade touchoit à une mort prochaine.

Tel est donc l'état où ces combats avoient réduit le sieur Damade. Il avoit au front, à la partie moyenne & supérieure, une plaie longue de deux pouces & demi, dont les bords étoient éloignés de huit lignes. Il avoit les muscles des deux bras coupés jusqu'aux os. Les sieurs de Queyssat ne pouvoient nier ces faits ; ils étoient évidens, & le malheureux Damade en portera la preuve toute sa vie, puisque les Médecins l'ont condamné à ne pouvoir jamais lever le bras gauche, ni se servir du poignet droit, non plus que de trois doigts de la main droite, & ont déclaré qu'il étoit incurable. Mais une circonstance sur laquelle les sieurs de Queyssat se sont fort débattus, c'est sur le moment où le coup de sabre fut donné sur le front de Da-

made. Eft-ce le fieur Filhol qui l'a porté
dans la premiere attaque , quand le
fieur Damade fe défendoit avec fon
couteau de chaffe? Eft-ce le fieur Froidefond , après que le fieur Filhol fut retiré ? Si cette bleffure a précédé l'a-
greffion du fieur Froidefond , on ne
peut qualifier la démarche d'un militaire qui veut forcer au combat un particulier atteint d'une bleffure qui lui
couvre les yeux & le vifage de fang.
Il eft donc de la plus grande importance, pour bien caractérifer cette Caufe,
de connoître la main qui a porté ce
coup ; & nous fupplions nos Lecteuts
de nous permettre quelques détails à
cet égard. C'eft M. Elie de Beaumont
qui va nous les fournir. Nous le copie-
rons mot pour mot.

» De tous les faits du Procès , dit-
il, celui que les fieurs de Queyffat fe
font le plus attachés à obfcurcir , à
rendre douteux , c'eft celui de la bleffure au front par le fieur Filhol ; & il
faut avouer qu'ils ont été bien fervis
dans les récolemens & confrontations,
pour lefquels l'abfence du fieur Damade , alors à Barege , laiffoit un

champ libre à la corruption & à la féduction.

» Cette bleffure eft grave , & ils ont bien fenti combien il y avoit de barbarie au fieur Froidefond de forcer à fe battre un homme foible , relevant de maladie , ayant une bleffure au front de *deux pouces & demi de longueur* fur *huit lignes de largeur ,* dont le fang lui ruiffeloit fur le vifage & lui obfcurciffoit les yeux.

» *Preuves négatives de cette bleffure.*

» 1°. Nul témoin ne dépofe que le fieur Damade , fuyant à grands pas vers la porte du fieur Laffime , fe foit retourné ; & il auroit fallu qu'il fe retournât pour être bleffé au front par le fieur Froidefond. Dans leur Requête en caffation de l'Arrêt du Parlement de Touloufe , les trois freres difent euxmêmes que le fieur de Froidefond *fond fur lui le fabre à la main, le joint à la porte de la maifon du fieur Laffime , qui étoit fermée, lui fait trois bleffures.* Or n'ayant commencé à le bleffer *qu'à la porte du fieur Laffime ,* & le fieur Damade s'étant jeté à l'inſtant dans cette porte qui s'ouvrit, & nul témoin ne dépoſant *qu'il ſe ſoit retourné avant les bleſſures faites*, il eſt impoſſible que la bleſſure au front vienne du ſieur Froidefond.

» 2°. Les coups de ſabre ayant coupé les muſcles & les nerfs des bras *juſqu'aux os*, auroient très-certainement fait une bleſſure de plus de huit lignes de largeur ſur la tête. Ils auroient fendu le crâne.

» 3°. Nul témoin ne dépoſe avoir vu le ſieur Froidefond frapper le ſieur Damade au front.

» *Preuves poſitives.*

» La premiere preuve poſitive réſulte d'un rapport de Médecin, de deux rapports de Chirurgiens, & d'un procès - verbal de viſite du ſieur Damade, dreſſé par le Lieutenant Particulier de Libourne, le 31 Octobre 1775. Le rapport du Médecin, & celui du ſieur Dudillot, Chirurgien, conſtatent une viſite faite du bleſſé *au moment même de l'aſſaſſinat*. Tous ces rapports & le procès-verbal du Juge ne parlent que de trois bleſſures, ne ſpé-

cifient que trois bleſſures, les ſpécifient
dans le plus grand détail, & ne parlent que d'une bleſſure au front, & de
deux aux bras.

» Or il eſt conſtant que le ſieur
Filhol a fait au ſieur Damade une bleſſure qui lui a fait couler du ſang, qui
conſéquemment auroit été ſpécifiée au
moins dans les deux rapports de ſon
état, *tel qu'il étoit immédiatement
après l'affaire* : donc la bleſſure au
front provient du ſieur Filhol, & le
ſieur de Froidefond n'a fait que deux
bleſſures aux bras.

» 2°. Auſſi le dix-huitieme témoin
dit poſitivement que le ſieur Damade
dit au ſieur Filhol, Je ſuis déſarmé,
& qu'il vit que le Plaignant étoit bleſſé : il conjectura *que le coup devoit
être au front*, attendu qu'il couloit
un peu de ſang *ſur ſon viſage* qu'il
eſſuyoit avec ſon mouchoir ; il ajoute
au récolement, que le ſang lui dé-
couloit *à côté du nez* : ce qui ne pouvoit provenir d'une ſimple égratignure
qui auroit été faite *au bout du nez* ;
ou, comme les Adverſaires le diſent
eux-mêmes, dans leur Requête en caſſation de l'Arrêt de Toulouſe, *au deſ-*

ſous du nez , à la lévre au deſſous
du nez.

» Le vingt-quatrieme dit préciſément encore, que le ſang couloit ſur
le viſage du Plaignant. Le trente-troiſieme dit que le ſang couloit ſur le
nez. Le cinquante-ſeptieme dit que le
ſang lui couloit ſur le viſage. Le vingt-
ſixieme , idem.

» Le vingt - ſixieme dit qu'il vit
couler le ſang ſur le viſage du Plaignant, qui ſe répandoit ſur ſa chemiſe
au devant de l'eſtomac. Au récolement, ce témoin a pleinement perſiſté.
Mais cette dépoſition étoit trop forte
pour qu'on ne la fît pas adoucir à la
confrontation. Et là , la femme Bireau
place le ſang au bout du nez , & toujours quelques gouttes ſur la chemiſe ;
& elle crut , dit-elle , que le nez lui
ſaignoit ; ce qui ſuppoſe du ſang répandu en aſſez grande quantité, & ne
peut s'appliquer à une légere égratignure au bout du nez & ſi légere, que
le Médecin & le Chirurgien ne l'ont
pas apperçue immédiatement après l'affaire finie.

» On a amolli auſſi le quatorzieme
& le dix-neuvieme témoin , que par

cette raifon le fieur Damade ne cite
plus ; mais on n'a pu ébranler les autres ; & ainfi il demeure toujours conftant que le fang lui a coulé fur le vifage , & même affez abondamment
pour fe répandre fur fa chemife , ce
qui ne peut aucunement s'entendre
d'une égratignure qu'on lui auroit faite
au nez , & qui auroit été impercepti-
ble aux deux perfonnes de l'art au moment même de la vifite.

» 3°. Le quatorzieme témoin, rendant
compte des coups donnés par le fieur
Froidefond , dit qu'il frappoit du tranchant de fon fabre , *d'abord fur le dos*
& enfuite fur le bras droit. Il ne parle
nullement du front. Le vingt-unieme
témoin dit plus pofitivement encore ,
que le Plaignant crioit à l'affaffin *après*
avoir reçu deux coups fur les bras, dont
le fang ruiffeloit fur tout fon corps ,
jufque fur le pavé , & perfifte au récolement & à la confrontation , fans
qu'on ait même ofé le preffer fur le
nombre des bleffures.

» 4°. Enfin , en même-temps que
le fieur Damade ne déniera point que
divers témoins difent ne lui avoir
point vu de fang au front après le

combat avec le sieur Filhol, ce qui n'est
qu'une déposition négative ; que même
quelques témoins disent qu'il avoit son
chapeau après le combat, ce qui n'em-
pêcheroit pas encore qu'il n'eût reçu
cette blessure au front, le chapeau
ayant été reculé sur le derriere de la
tête ou renversé pendant le combat,
& ramassé après; que d'autres disent que
le sieur Froidefond porta des coups à
la tête (ce qui est le fruit des subornations pratiquées pour les récolemens
& confrontations, ce qui ne veut pas
dire d'ailleurs que ces coups aient frappé; sans quoi il y auroit donc plusieurs
blessures à la tête) : il ne s'en trouve
aucun qui ose dire précisément que le
sieur Froidefond ait frappé le sieur Damade *au front*. Toutes ces corruptions
ne peuvent détruire ni les dépositions
des deux témoins positifs, le quatorzieme & le vingt-unieme, qui déter-
minent les coups *au dos & au bras* ;
ni celles de quatre témoins, les dix-huitieme, vingt-quatrieme, trente-troi-
sieme & cinquante-septieme, qui spé-
cifient expressément, trois d'entre eux,
que le sang couloit *sur le visage* ; ce
qui ne pouvoit aucunement s'appliquer

à une bleſſure *à la levre au deſſous du nez*, & le quatrieme, qu'il couloit *ſur le nez* ; ni les rapports du Médecin & des deux Chirurgiens, ni le procès-verbal du Juge, pieces judiciaires & probantes par elles-mêmes, qui ne ſpécifient que trois bleſſures, une au front, deux aux bras, leſquelles deux dernieres ayant été faites par le ſieur de Froidefond, laiſſent néceſſairement la premiere à la charge du ſieur Filhol «.

M. Elie de Beaumont, dans un autre Ecrit en réponſe au Mémoire des ſieurs de Queyſſat, revient encore ſur ce fait, & l'appuie de nouvelles preuves en ces termes :

Quatorzieme témoin : » Il entendit le bruit d'un piſtolet qui avoit été lâché, ſans ſavoir de quelle main le coup étoit parti, attendu que la foule l'empêchoit de voir : il apperçut alors un des freres du ſieur Chevalier de Queyſſat, le ſabre à la main, qui couroit ſur le Plaignant, *lequel il vit parer les coups qui lui étoient portés avec ſa canne*, & diſtingua la voix d'un des trois freres qui étoit dans la rue, qui crioit à celui qui frappoit le plaignant :

Tue-le. Il apperçut le Plaignant qui tâchoit de se réfugier dans la maison du sieur Lassime , ancien Maire , toujours poursuivi par celui des deux freres qui avoit le sabre à la main , *dont il frappoit du tranchant ledit Plaignant , d'abord sur le dos , & enfin sur le bras droit* , & vit ensuite que ledit sieur de Queyssat visitoit l'estomac de leur frere.

» Voilà toute l'action rendue par le témoin , depuis le coup de pistolet inclusivement. Y a-t-il là la plus légere trace d'un coup donné par le sieur de Froidefond *au front* ? Cette déposition n'en est-elle pas même formellement exclusive ?

» Or cette déposition a toute sa force légale ; car ce témoin a persisté dans son *récolement* sur toute la partie de sa déposition , relative aux coups , a été *confronté* aux trois freres , & nul des trois ne lui a reproché sur ce point de sa déposition , aucune erreur , ne l'a interpelé de la rectifier à cet égard.

» Vingt - unieme témoin. A peine étoit - elle rentrée dans sa maison , qu'elle entendit le bruit d'un coup de piſtolet ; ce qui l'obligea à ſortir dans la rue ; elle vit le ſieur de Froidefond qui couroit ſur le Plaignant , & lui porter des coups du tranchant de ſon ſabre nu ; *leſquels coups le Plaignant tâchoit de parer de ſa canne* , en reculant vers la maiſon du ſieur Laſſime, ancien Maire de Caſtillon , & entendit que le plaignant crioit *à l'aſſaſſin* , *après avoir reçu deux coups ſur les bras* , dont le ſang ruiſſeloit ſur tout ſon corps juſque ſur le pavé ; la porte de la maiſon du ſieur Laſſime ayant été ouverte par un domeſtique , s'y réfugia. Le ſieur de Froidefond s'étant retiré , la dépoſante entra dans la maiſon du ſieur Laſſime, où elle trouva le Plaignant aſſis , *pâle* , *défiguré* , *les yeux fermés* , *& dans le dernier accablement* , &c.

» Voilà encore toute l'action rendue par le témoin , depuis le coup de piſtolet incluſivement. Y a-t-il là la plus légere trace d'un coup donné par le ſieur de Froidefond *au front* ? Cette dépoſition n'en eſt-elle pas même formellement excluſive , puiſque le témoin

fixe expreſſément les coups donnés par
le ſieur de Froidefond à *deux coups
ſur les bras* ?

» Or cette dépoſition a auſſi toute
ſa force légale ; car ce témoin, dans
ſon récolement, a perſiſté purement &
ſimplement, a été confronté au ſieur
de Froidefond, & celui-ci ne lui a
fait ni reproches d'erreur ſur cette
partie de ſa dépoſition, ni interpel-
lation de la rectifier à cet égard.

» Voilà donc d'abord la preuve légale de deux témoins unanimes ſur ce
fait capital.

» 2°. Cette preuve légale eſt appuyée, confirmée à un degré immenſe
par la dépoſition de quatre témoins de
la propre information du ſieur de Froidefond, qui, tous quatre ne font commencer les coups qu'après *la jonction*,
laquelle trois des quatre aſſignent *à
la porte du ſieur Laſſime*, & partant
rendent impoſſible un coup *au front*,
qui eût été donné face à face, *immédiatement après le coup de piſtolet*, comme le prétendent les Adverſaires.

» 3°. Mais une preuve plus forte,
ſelon nous, que tous les témoigna-

ges poffibles , c'eft celle-ci , *à laquelle
on n'a pas tenté de répondre* , les
coups de fabre ayant coupé les mufcles & les nerfs des bras jufqu'aux
os........ils auroient fendu le crâne. Les
bleffures au bras , fur-tout au haut du
bras gauche , font profondes & effrayan-
tes , & faites de toute la force de
l'homme le plus vigoureux ; celle au
front eft , *par comparaifon* , une bleffure légere. Encore une fois , il eft abfolument impoffible qu'elles viennent
de la même main. C'eft un argument des
yeux & de l'ame qui vaut mieux que
tous les témoins du monde.

» 4°. Une quatrieme preuve non
moins forte , parce qu'elle ne dépend
point , non plus que la précédente ,
des erreurs ou de la corruption des
hommes , fe tire de la direction des
bleffures du fieur Damade. Celles des
deux bras font dans la direction *du
derriere au devant* : celle fur le front,
au contraire , eft dans la direction *du
devant au derriere* : elles ne peuvent
donc avoir été l'ouvrage du même
moment & de la même main.

» 5°. Or (& c'eft ici une cinquieme
preuve) les trois freres, dans leur Requête
en

en caſſation de l'Arrêt du Parlement de Touloufe, s'expriment ainſi : *Le ſieur de Froidefond fond ſur lui le ſabre à la main, le joint à la porte de la maiſon du ſieur Laſſime, qui étoit fermée, lui fait trois bleſſures.* Puis donc qu'il ne l'a *joint & bleſſé* qu'à la porte de la maiſon du ſieur Laſſime (aveu qui n'a pas été volontaire ou erroné de la part du ſieur de Froidefond, mais que lui impoſoient quatre témoins de ſon information), les trois bleſſures ont été faites là, au même inſtant ; & il eſt évident, bien plus encore par la direction des deux bleſſures au bras, qui ſont *du derriere au devant*, que par les dépoſitions unanimes des quatorzieme & vingt-unieme témoins du ſieur Damade, & des quatre derniers du ſieur Froidefond, qu'il n'a pas fait la troiſieme bleſſure, la bleſſure au front, qui eſt *du devant au derriere.* Cette preuve inattaquable, fondée tout à la fois ſur deux témoins (qui font preuve légale), ſur l'aveu des coupables, ſur la force des coups de ſabre aſſenés par une main vigoureuſe, ſur la direction des deux coups au bras, eſt reſtée inattaquée, & n'a pas même été

Tome X.   C

entamée. Elle se fortifie ici à un degré incroyable, par la réunion des quatre témoins de l'information du sieur de Froidefond. Elle convaincra tout homme raisonnable, sans même que nous ayons besoin d'invoquer le silence des procès - verbaux sur la quatrieme blessure, ni les dépositions qui parlent du sang ruisselant *sur le visage* du sieur Damade après le combat avec Filhol, ni l'aveu fait par les Adversaires dans leur Requête en cassation de l'Arrêt du Parlement de Toulouse, que la blessure faite par le sieur Filhol étoit *au dessous du nez, à la levre au dessous du nez*, &c, &c. &c., toutes preuves cependant très-fortes, mais en vérité surabondantes «.

Tels sont les faits qui ont donné lieu à cette affaire célebre, & ont fait la matiere d'un procès qui a occupé successivement trois Parlemens du Royaume.

Nous allons les réunir dans un seul tableau, que M. Target a présenté dans sa réplique.

» Les sieurs de Queyssat, dit-il, signent un *engagement d'honneur* de garder la paix, & ils attaquent ; de ne pas se faire raison *même de l'in-*

sulte, & ils *provoquent sans être in-sultés* ; de se plaindre & de ne pas se venger, & ils n'ont pas à se plaindre, & ils présentent la mort. Ils assaillent avec toutes sortes d'armes, des pisto-lets, des sabres, des sabres *affilés.* Ils renouvellent leurs injures, leurs mena-ces, leurs violences, leurs assauts, six fois en trois jours. Qui sont-ils ? *Trois Officiers*, exercés depuis vingt & trente ans, & supérieurs en tous sens ; trois de *cinq freres* qui habitent la même maison. Qui attaquent-ils ? Un jeune Négociant de vingt-sept ans, peu fait au maniement des armes, qui non seulement n'a jamais appris l'art de l'escrime, mais qui, quoi qu'on en dise aujourd'hui, après *l'avoir peint lâche & tremblant* à Bordeaux, *n'a jamais mis le pied dans une salle d'armes* ; qui n'a qu'une bravoure na-turelle, sans cette triste habitude du sang & des combats, qui rarement sans doute, mais quelquefois enfin dégé-nere en férocité. De quelles armes se servent-ils ? De pistolets, de sabres ; & l'un de ces sabres que, depuis cinq ans, ils avoient seulement fait net-toyer *ou éclaircir*, est *aiguisé*, *affilé* : on

lui *donne le fil* , pour employer le mot
des témoins , deux jours avant qu'il serve
à cette horrible expédition , & le lendemain d'*une menace avouée*. Et contre
qu'elles armes ? D'abord contre *un
pistolet* qu'ils fourniffent au Négociant,
& que le Négociant n'a *ni chargé* ,
ni vu charger , *ni connu* avant cet inftant ; enfuite contre un *couteau de
chaffe* , qu'ils jugent eux mêmes n'être
bon qu'à fervir d'excufe , & qui fe
brife fous l'effort du fabre : enfin contre un *fabre émouffé* , qui ne coupoit
pas au gré du fieur Filhol, qu'ils ap-
portent au Négociant défarmé, *bleffé* ,
qu'ils *jettent outrageufement* à fes
pieds , & qu'ils veulent le contraindre
à ramaffer , en élevant fur fa tête le
fabre *affilé* , dont il fut menacé trois
jours auparavant.

» Et l'on a voulu vous perfuader ,
Messieurs , que , dans tous ces faits
qui précedent le coup de piftolet , il
n'y a *ni crime* , *ni matiere à plainte* ,
ni objet légitime d'accufation. On dé-
tache, on ifole, on dépece , on re-
froidit , ou plutôt on dénature chaque
fait ; on en altere encore plus l'enfemble , la fuite, les progrès. Moi , j'ai

beau faire des efforts , j'ai beau , pour
satisfaire à la loi que m'en ont faite mes
Adversaires , me condamner moi-même
à discuter froidement des atrocités ré-
voltantes , à peindre d'une main tranquille les malheurs du sieur Damade
& leurs crimes , l'indignation m'entraîne & surmonte mes résolutions.

» Quand je songe , ajoutoit-il , que
les sieurs de Queyssat demandent *leur*
absolution & des dommages & inté-
rêts , quand je pense qu'ils rangent
au moins leurs délits dans la classe *des*
matieres légeres , mon sang s'allume ;
je vois à la fois tout l'enchaînement
de leur conduite. J'entends cette menace du 23 ; & certain de la bravoure
du sieur Damade , je loue en ce moment sa prudence ; je le suis sur le
chemin , je partage son émotion quand
il voit le Chevalier ; je m'écarte avec
lui , je m'indigne de la provocation
qu'il éprouve ; je vois la suite du complot formé entre les freres. Quand je
le vois prendre le pistolet qu'on lui
offre , comparant les deux Adversaires , comparant leurs montures , je
frémis d'horreur , & je tremble pour

les jours de l'affailli : quand, deux jours après, je le vois provoquer par un frere, loin duquel il paffoit paifiblement, infulté par un autre, je ne doute plus du plan conçu de l'exterminer ; l'outrage qu'il n'a pu ni prévoir ni empêcher, le combat qu'on lui offre, le fabre contre un couteau de chaffe qu'il oppofe, me font détefter la lâche fupériorité des uns, & admirer la grandeur d'ame de l'autre. Le lieu, la maifon qui eft là, *les freres qu'elle renferme*, la préfence de l'un d'eux, *qui n'empêche pas ce combat inégal*, engagé par fa provocation (car cela eft conftant & même avoué), le trouble, le bouleverfement que le brave Négociant doit éprouver, *la promeffe fignée* par les Officiers, ou pour eux par leur frere, tout fe préfente à moi à la fois, tout jette dans mon ame un tumulte inexprimable. Enfin le couteau de chaffe fe brife, le Négociant eft *bleffé* ; mais il *refpire encore*, je refpire avec lui, j'efpere ; je me fens foulagé, mon cœur ferré fe dilate ; mais que deviens-je, grand Dieu ! quand, trois minutes après, je vois

paroître un homme qui fort de la ci-
tadelle ; quand je reconnois un troifieme frere ? c'eſt celui-là même qui s'eſt
engagé entre les mains *du Juge d'hon-*
neur , celui qui a *juré la paix* , celui qui
a cependant *menacé* , celui qui a fait
affiler le fabre. Sa main tient ce fabre
affilé ; de l'autre il *jette outrageufe-*
ment un fabre obſcur à terre ; il eſt
furieux , *agité* , *précipité* dans ſa démarche ; il *crie* : Ramaffe cette arme ;
il éleve le fabre *en l'air* ; il avance ;
il *n'eſt contenu par perſonne* ; mes
eſpérances ont donc été vaines; le meurtre étoit juré ; il va donc périr ; mon
fang fe glace ; mon œil troublé fuit les
mouvemens avec épouvante ; l'infortuné eſt rempli d'horreur ; la pâleur
& l'effroi fe peignent à travers les traits
de fang qui lui couvrent le viſage ;
il recule , le *furieux* avance , *repouffe*
l'arme , crie encore : *Ramaffe-çà* , tient
le fabre *en l'air* ; chaque pas me fait
frémir , chaque mouvement me donne
la mort. Damade fe baiffe , Froidefond eſt, *non point à quatre à cinq*
pas , *mais à quatre ou cinq pieds* ,
à la diftance du bras d'un homme ;

C iv

il tient le fabre *fufpendu* fur la tête
de Dámade *courbé ;* va-t-il périr ? Foible, il fe releve ; je vois paroître un
piftolet dans fa main ; je le lâche avec
lui fur l'affaffin : fi mon bras portoit
la foudre, je la lancerois fur cet
homme.

» Bientôt ma terreur redouble ; le
falut du Négociant n'en eft que plus
expofé ; fon ennemi eft *invulnérable ;*
je l'obferve, & le crois à peine ; plus
fort fous le coup mortel, il s'élance,
le péril croît, Damade *fuit ;* il *n'eft
atteint* qu'à la porte de la maifon où
fes amis l'attendoient ; des coups furieux & pénétrans, nouveaux crimes
après celui qui avoit rendu la défenfe
indifpenfable, le frappent, le déchi-
rent, lui ouvrent les bras, font *couler
des ruiffeaux de fang ;* la porte s'ouvre, & mourant on l'entraîne ; & le
premier agreffeur, préfent à la fcene
*qu'il n'avoit pas arrêtée, quoi qu'il
en dife,* après avoir encouragé le meur-
trier par fes cris, affronte, avec un
calme affreux, l'épouvante qu'il infpire, entre dans la maifon qu'il a rem-
plie d'une terreur muette, & portant

la main sur un corps sanglant & mutilé, consomme, par un dernier outrage, les attentats de la férocité «.

Nous ne suivrons point les Défenseurs du sieur Damade dans les discussions où ils sont entrés, pour établir que les trois freres Queyssat avoient formé le complot de se venger, à quelque prix que ce fût, des sieurs Damade ; que la terrible catastrophe du 26 Octobre est la suite de ce complot ; que les trois freres sont également coupables, par conséquent solidairement tenus des dommages & intérêts du sieur Damade, & pareillement soumis, tous les trois, aux peines que mérite cet attentat.

Il ne faut pas un grand effort d'attention, pour voir que ce complot résulte nécessairement de la combinaison des faits.

Les sieurs de Queyssat avoient, de leur aveu même, attaché leur honneur au désarmement du sieur Damade. La ferme résistance du jeune les avoient fait échouer dans cette entreprise. Ils avoient donc ce qu'ils appellent leur honneur à venger contre lui ; &, pour le venger, il falloit, ou humilier cruelle-

C v

ment leur adverfaire , ou même l'exterminer , fi les circonftances menoient
jufque là. Car enfin, on n'imaginera
pas qu'un jeune Négociant , attaqué
d'une fievre lente & continuelle , dont
cette maladie a tellement épuifé les
forces, qu'il lui faut deux hommes
pour le foutenir à la defcente de fa
voiture , foit venu exprès dans les environs de Caftillon , muni d'un feul
couteau de chaffe , pour offenfer & attaquer cinq Militaires , toujours armés
de fabres , dont quatre lui font totale-
ment étrangers, dont le cinquieme avoit
fuccombé dans une demande injufte. Ce
n'eft pas ordinairement le vainqueur
qui a du reffentiment.

Arrêtons-nous feulement un inftant
fur l'affaire du 26 Octobre, & l'on
verra que les cinq freres s'entendoient
pour outrager, & peut-être pour exterminer Damade. Car enfin , que
ne peut-on pas conjecturer, d'après la
violence féroce à laquelle ils fe font
livrés ?

Qu'on remarque d'abord l'impaffi-
ble tranquillité du Chevalier de Quéyf-
fat. Du moment que Filhol fon frere
s'eft avancé pour dire une dureté , puis

une groſſiéreté outrageante, puis s'eſt élancé chez lui, puis eſt revenu avec un ſabre contre un couteau de chaſſe, & a forcé le ſieur Damade à un combat inégal, le Chevalier, ſpectateur paiſible, jouiſſant déjà dans ſon ame de la vengeance qu'il eſpere, de la vengeance qu'il a combinée (a), ne dit pas un mot, ne fait pas un mouvement, trouve très-bon qu'un jeune Négociant coure riſque de ſa vie dans le combat le plus odieux, & par la provocation qui lui a donné naiſſance, & par l'inégalité des armes, & par celle des combattans. Voilà certainement les traits ineffaçables de la plus odieuſe préméditation.

C'eſt un fait certain que le ſieur Damade, apres la retraite de Filhol, s'eſt occupé à ramaſſer ſa canne, les morceaux de ſon couteau de chaſſe

---

(a) En voici la combinaiſon. Le Chevalier, Capitaine de Dragons, ne veut pas compromettre ſon état. Il ſe contente d'ouvrir l'attaque. Filhol, *réformé*, & qui n'a rien ſigné entre les mains de M. le Maréchal de Mouchy, ſe battra. S'il ne vient pas à bout de ſubjuguer le jeune audacieux, ce ſera alors à Froidefond à paroître.

brifé, a reçu les différentes expreffions
d'intérêts de plufieurs perfonnes alors
raffemblées, n'a point tenu en gefti-
culant le propos, *je me f. d'un homme
tel qu'il foit* (propos dont le feul
Lafarge, frere du beau frere des fieurs
de Queyffat, dépofe) ; propos d'ailleurs que n'auroit pas entendu le fieur
Froidefond, puifque Lavaich, fon parent, étant dans fa chambre avec lui,
déclare n'avoir rien entendu, qu'en
un mot il s'en alloit ; & voilà que
Froidefond paroît armé de deux fabres.

Froidefond paroît. Deux fabres nus
font dans fes mains. Et pourquoi donc
cette attaque nouvelle ?

Froidefond n'a pu entendre aucune
des expreffions employées & rendues
entre le fieur Damade & fes deux freres.
La fcene des propos s'eft paffée fort
loin de fa fenêtre, vers le mur de la
maifon du fieur Laffime.

Froidefond n'a pu voir, quoi qu'il
en dife, au travers de fa fenêtre fermée, une légere égratignure faite à
Filhol, qu'il transforme dans fa plainte
en une bleffure grave, inquiétante,
qui a dû exciter toute fa *fenfibilité*,
toute fa douleur, voyant fon frere *le*

visage tout *sanglant* ; & cependant Froidefond paroît.

Il passe *trois ou quatre minutes* seul, après être descendu de sa chambre, vers le bas de son escalier. A quoi les employa-t-il ? On l'ignore. Les témoins déposent seulement qu'il se passa quelques minutes avant que Froidefond parût.

Mais s'il n'y a pas eu de prémédi-tation, le Chevalier ne doit pas se bor-ner à dire mollement : *Attendez, Froi-defond, attendez* ; ce à quoi le Che-valier lui-même borne sa défense, di-sant encore plus que Froidefond n'a dit lui-même à la Justice : car, dans sa plainte, il ne donne ni discours, ni mouvement quelconque au Chevalier pour l'arrêter.

Mais s'il n'y a pas eu de prémé-ditation, Froidefond lui-même n'a pas dû descendre ; tout étoit fini, Filhol étoit rentré ; il devoit du moins demander à Filhol ce qui s'étoit passé, & celui-ci lui auroit répondu, à lui-même, que le sieur Damade s'étoit défendu avec noblesse, avec courage.

Mais s'il n'y a pas eu de préméditation, Filhol, revenu auſſi-tôt après dans la rue, doit ſuppléer l'inaction du Chevalier, doit venir au ſecours d'un adverſaire qui s'eſt battu en homme de cœur, en faiſant rentrer Froidefond, en ſe plaçant entre Damade & lui.

Mais s'il n'y a pas eu de prémédi-tation, les deux autres freres, qui ſont là dans la maiſon, qui entendent tout ce tumulte, qui s'entendoit juſ-qu'aux extrémités de la rue, doivent accourir eux-mêmes, s'inſtruire du fait, faire rentrer par force le furieux Froidefond, s'il ne ſe rend pas à leurs inſtances.

Mais s'il n'y a pas eu de prémédi-tation, au moment où Froidefond veut obſtinément forcer Damade de ramaſſer le ſabre, le lui repouſſe *pour la ſeconde fois*, faiſant lui-même voltiger ſon ſabre en l'air (car des témoins rap-portent ce mouvement), Filhol, le Chevalier doivent ſortir de leur cou-pable léthargie, doivent ſe placer en-tre Damade & leur frere, doivent ramaſſer l'arme par terre, s'en empa-rer, & empêcher décidément tout com-bat, toute provocation ultérieure. Et quel combat? Un combat ſans cauſe quelconque ! Un combat entre un Militaire frais, vigoureux, terrible par sa force, & un jeune Négociant foible, convalefcent, épuifé par un premier combat, par une bleffure ! Un combat avec un fabre ébréché, jeté groffiérement à fes pieds avec une férocité propre à intimider, contre un fabre affilé, étincelant, qui a fendu l'affailli jufqu'aux os, & qu'avance vers fa tête le bras le plus nerveux !

Eh bien ! rien de tout cela. Les deux freres, qui font dans la maifon, reftent dans la maifon ; les deux autres reftent fpectateurs de la barbarie de Froidefond, & ne l'arrêtent pas. Le Chevalier même l'encourage, & s'écrie : *Tue-le, tue-le* ; il a dit en outre, & ceci après l'action, *que ne le tuois-je avant-hier ? cela ne feroit pas arrivé.*

Et pourquoi l'auriez-vous *tué avant-hier* ? parce qu'il ne portoit pas la main à fon chapeau précifément au même inftant où vous prétendez avoir porté la main au vôtre : car voilà, felon vous-même, quel fut ce jour-là tout fon crime.

C'eft un fait certain que le Che-

valier de Queyſſat , traverſant la cour
du ſieur Laſſime , à la trace du ſang du
malheureux Damade , eſt venu lui faire
un dernier outrage ſur ſon lit de douleur & de mort , qu'il eſt venu viſi-
ter à nu ſa poitrine, *pour voir*, dit-il ,
s'il n'étoit pas plaſtronné. Le ſieur Da-
madé avoit-il paſſé trois ou quatre minutes ſeul avant de ſe montrer à leurs yeux ?
Une balle avoit-elle gliſſé ſur ſa poitrine
en lui cauſant un ébranlement dans tout
ſon être , *un étourdiſſement d'immo-
bilité* , qui rendit *tous les ſpectateurs
émerveillés du peu d'effet de la balle ?*
N'avoit-il reçu que des bleſſures , qui ,
par une eſpece (a) *de prodige* , ne ſe
trouvoient pas mortelles ? Ainſi les approches d'une mort qu'on doit croire
prochaine , ne défendent pas le ſieur
Damade de la haine des ſieurs de
Queyſſat.

Les ſieurs de Queyſſat, accoutumés
a pouvoir, par la violence & par la
force, tout ce qu'ils vouloient, ſem-
bloient ne pas imaginer que quelques
coups de ſabre de plus ou de moins,

(a) Termes de la plainte du ſieur Froidefond.

donnés à un simple Bourgeois par d'anciens Officiers, pussent avoir aucune suite fâcheuse pour eux. C'étoit une correction qu'ils avoient cru devoir à un commerçant assez insolent pour compter avec eux en fait de salut. D'ailleurs, ils faisoient trembler toute la ville; & quel est l'homme de Loi qui auroit osé prêter son ministere contre des hommes aussi redoutables? Ils passerent donc tout le reste de la journée sans prendre aucune précaution juridique contre les suites d'une affaire qui avoit tant fait d'éclat.

Mais enfin, on les avertit que Damade, de façon ou d'autre, trouveroit le moyen de faire rédiger une plainte, & de la faire parvenir à la Justice. On leur fit comprendre qu'il étoit bon qu'ils donnassent leur plainte les premiers, & qu'en gagnant de vîtesse, on vient quelquefois à bout de conquérir le rôle de Plaignant, au lieu d'être réduit à la qualité d'Accusé.

Le sieur Froidefond, celui-là même qui avoit coupé les bras du sieur Damade, présente une plainte au Sénéchal de Libourne contre le malheureux qu'il avoit mis aux portes de la mort. Mais cette plainte n'eft qu'un tiffu d'omiffions graves, & de fauffetés prouvées qui dénaturent tous les faits les plus importans.

On n'y voit nulle mention de la menace faite chez les demoifelles Pacquerée, de couper les oreilles à quelqu'un. Il ne dit point qu'il ait fait affiler fon fabre le lendemain de cette menace.

S'il parle de la fcene arrivée fur le grand chemin, il fe contente de dire que fon frere » revenoit pour rentrer » dans Caftillon, lorfqu'il fit rencon- » tre du fieur Belair Damade, qui, le » prenant fans doute pour lui Froi- » defond, ofa d'abord le narguer fi » ouvertement, que ledit Jacques de » Queyffat eut befoin de toute fa pru- » dence pour ne pas *fe couper la gor- » ge* avec lui «. Nulle mention de la différence des montures; nulle men- tion du piftolet préfenté par un Dragon de trente ans à un jeune Négociant, qui n'examine même pas fi le piftolet qu'on lui offre eft chargé ou ne l'eft pas, & dans quel état eft celui que fon Adverfaire fe réferve contre lui.

On dénature la derniere attaque,

en difant que le fieur Damade avoit, en paffant dans la rue, une démarche menaçante ; que le Chevalier s'approcha de lui, en lui demandant du ton le plus honnête, ce qu'il vouloit. Ce qui eft contredit, & par un de fes interrogatoires à Bordeaux, & par la dépofition du fieur Lavaich, fon proche parent, à Bordeaux.

Il raconte enfuite, que le fieur Filhol de Queyffat dit tout fimplement au fieur Damade : » *Vous êtes donc aveu-* » *gle, il me femble cependant que* » *nous fommes bien vifibles* « : ce propos, *tout fimple & ménagé qu'il étoit*, fut fuivi, felon lui, de la part du fieur Damade, de ces propres mots : » *Taifez-vous, J. F.* « tandis qu'il eft prouvé au procès, &, qui plus eft, avoué par le fieur Filhol lui-même, & par le Chevalier de Queyffat, dans leurs interrogatoires du 20 Mars 1776, que ce fut lui qui le premier appela le fieur Damade J. F. Il y ajoute enfuite, que le fieur Filhol ne prit qu'un *couteau de chaffe* au lieu d'un fabre, afin de fe mettre en parité d'armes avec le fieur Damade : il répete par deux fois, que c'eft un *couteau de chaffe*, tandis

que le Chevalier de Queyſſat avoué
dans ce même interrogatoire du 20 Mars
1776, que c'étoit un ſabre, ſabre de
trois pouces plus long que le couteau
de chaſſe, & peint ſon frere rentrant
le viſage tout ſanglant, au lieu d'une
ſimple égratignure au viſage, qu'à
peine voyoit-on. Le ſeul trait de vérité qui ſoit échappé en cet endroit au
rédacteur de ſa plainte, ce ſont cès
mots très-frappans : *Court ſur ledit ſieu r*
B elair Damade.

Il continue, en faiſant rentrer dans
la maiſon ſon frere Filhol *le viſage*
tout ſanglant : le croyant encore plus
vivement bleſſé, il avoue qu'il ne fut
pas maître de ſon premier mouvement
de ſenſibilité ; & par-là il ſe crée une
tendre inquiétude ſur l'état de ſon frere, pour juſtifier ſon attaque contre
un homme déjà bleſſé, & épuiſé par
un premier combat.

Il diſſimule qu'il garde l'arme *nou-*
vellement affilée, & qu'il jeta l'autre
au ſieur Damade : il ſupprime le tu-
toiement brutal & menaçant, *Ramaſſe*
cette arme : il diſſimule que le ſieur
Damade le refuſa deux fois, & que
deux fois lui Froidefond lui jeta l'arme

aux pieds, en lui ordonnant de la ramaſſer ; il diſſimule que le ſieur Damade, par deux fois, recula toujours,
prenant la fuite vers la maiſon du ſieur
Laſſime, pendant que lui, le ſabre affilé
en l'air, dans l'attitude la plus menaçante, le bras tendu ſur le ſieur
Damade, pouvoit confondre l'inſtant
preſque indiviſible de ramaſſer l'arme,
& celui de ſe mettre en devoir de s'en
ſervir, pour lui fendre la tête ſous l'apparence d'un combat. Il déclare dans
cette même plainte, que le coup de
piſtolet lui fut tiré *preſque à bout tou-*
chant, tandis que dans ſes Mémoires
il a dit depuis, & que dans les confrontations il a fait dire aux témoins,
que le ſieur Damade & lui avoient *tou-*
jours été au moins à quatre pas de
diſtance.

Il peint le ſieur Damade feignant
de ſe courber pour ramaſſer le ſabre
jeté par terre, & profitant de cette
feinte pour tirer ſon coup de piſtolet. Il ne parle point des cruelles bleſſures qu'il lui a faites ; il ſe contente
de dire qu'il ne déſavouera point qu'il
fit uſage d'un reſte de force, en fon-
dant ſur le ſieur Belair Damade, pour

lui vendre cher la vie qu'il croyoit perdre par la lâcheté la plus inouïe :
peut-être même, ajoute-t-il, dans fa
premiere fureur, il fe feroit porté à
tuer le fieur Belair Damade, s'il n'é-
toit pas entré dans une maifon voifine,
&c. Qui reconnôîtra jamais dans ces
lignes artificieufement arrangées, un
Citoyen mutilé jufqu'aux os, répan-
dant fon fang à grands flots, gifant fur
un lit de douleur & de mort, outragé
fur ce lit même par l'abominable vifite
de fa poitrine pour voir s'il n'étoit pas
plaftronné ? foupçon d'autant plus étrange dans ce moment, que le fieur Damade n'en témoigna pas un pareil,
nonobftant l'effet étonnant de fon coup
de piftolet.

Mais fi le fieur Froidefond, dans
fa plainte, omettoit ainfi ou dénatu-
roit abfolument les attaques portées au
fieur Damade, en revanche il s'étendoit avec une grande complaifance
fur l'ufage du piftolet ; il changeoit
alors très - facilement le port & l'u-
fage de cette arme en affaffinat pré-
médité.

Mais nous avons dit plus haut,
dans quelle intention le fieur Damade

s'étoit précautionné de cette arme. D'ailleurs, s'il l'eût destinée contre les sieurs de Queyssat, se seroit-il borné à n'en prendre qu'un ? Ne savoit-il pas déjà par expérience, qu'ils étoient comme la tête de l'hydre ; qu'on ne pouvoit en abattre un, sans être assuré d'en voir paroître plusieurs autres plus furieux que le premier ?

D'ailleurs, quand en a-t-il fait usage de ce pistolet ? Après s'être défendu contre un sabre, avec un couteau de chasse qui avoit été brisé dans ses mains ; après avoir reçu une blessure au front, & dans le temps où on lui commandoit de courber la tête sous un sabre nouvellement affilé, & soutenu par la main vigoureuse d'un champion qui n'avoit été encore fatigué par aucun combat. Si, quand il s'en étoit muni, il avoit eu les sieurs de Queyssat en vue, auroit-il couru tous ces dangers sans les prévenir ?

Au surplus, ce coup, duquel le sieur Froidefond *se crut mort*, ce coup, pour lequel il vouloit vendre cher *la vie qu'il croyoit perdre*, cette *blessure, laquelle, par une espece de prodige, ne s'est point trouvée mortelle* (ce sont les propres expreſſions de ſa plainte), ce coup qu'il s'abſtient néanmoins de décrire dans cette même plainte, voici comment ſon propre Chirurgien (*a*) en trace les effets : » Nous avons trouvé ſur la partie extérieure de la quatrieme des vraies côtes entre le ſein & le ſternum, une plaie *contuſe* (cela veut dire une contuſion), exactement de la rondeur d'une balle de moyenne groſſeur, *de la profondeur d'une ligne*, & un gonflement *de deux doigts d'élévation ſur trois de circonférence* à ladite plaie, ce que nous eſtimons provenir d'un coup de piſtolet «.

Pendant que le ſieur de Froidefond ſe hâtoit de s'emparer des avenues de la Juſtice, le ſieur Damade, couvert de bleſſures, étoit abſolument hors d'état d'en pourſuivre la vengeance. Il fut viſité & traité à l'inſtant même par le ſieur Laſſime, Médecin, fils du Maire, qui l'avoit recueilli chez lui, & par le

_____

(*a*) Rapport *extrajudiciaire* du ſieur le Bœuf, ancien Chirurgien Major réformé, appelé par le ſieur Froidefond, dans une Auberge à Libourne, où il le dreſſe *ſans aucune ordonnance de Juſtice*, le 27 Octobre 1775, lendemain de l'aventure.

ſieur

sieur Dudillot, Chirurgien. Leurs rapports pleinement conformes au rapport juridique ordonné ensuite, & fait le 31 du même mois en présence du Juge, constatent trois blessures graves, & uniquement *trois* blessures. Celle *du front, à la partie moyenne & supérieure, est longue de deux pouces & demi, & les bords de la plaie étoient éloignés de huit lignes.* Par ces trois rapports, il est invinciblement constaté que cette large blessure au front est l'ouvrage du sieur Filhol, puisqu'il a blessé le sieur Damade, sur le *visage* duquel les témoins ont vu ruisseler le sang, & qu'il n'y a eu, à l'instant même de la première visite, que *trois* blessures, dont les deux autres aux bras avoient été faites par le sabre *affilé* du sieur Froidefond, & avoient coupé jusques aux os. C'est néanmoins après une telle blessure, & après son couteau de chasse brisé, qu'il s'est abstenu d'user de son pistolet.

Ce ne fut que le 28 Octobre qu'il fut possible au sieur Damade de donner une procuration devant Notaire, à son frere, pour rendre plainte contre

Tome X.   D

les trois freres Queyssat; il ne put même la signer, tant il étoit accablé & souffrant. La terreur que les cinq freres inspirent est si grande, qu'on ne put trouver aucun Avocat, aucun Procureur, aucun homme de Loi du pays pour la dresser. Ce fut un Avocat arrivé depuis peu d'Amérique, qui lui rendit cet office.

Cependant, malgré l'art de la plainte du sieur Froidefond; malgré cette priorité de date à laquelle on attachoit tant d'importance; malgré les défectuosités de rédaction qui durent nécessairement se trouver dans la plainte du sieur Damade dressée par un étranger, hors la présence d'un client accablé par la fievre & par ses souffrances; malgré le refus de conseils & de secours pour le sieur Damade; malgré enfin une maladie très-grave, une fievre putride, dont le sieur Damade aîné fut attaqué vers le 10 Novembre, & qui laissoit l'affaire & les témoins à la merci des sieurs de Queyssat, ces trois freres furent décrétés de prise de corps à Libourne. Le sieur Damade fut décrété d'assigné pour être ouï.

Les décrets contre les sieurs de Queyssat & contre le sieur Damade sont du 2 Décembre 1775.

Toutes les Parties appelerent des décrets au Parlement de Bordeaux.

Les sieurs de Queyssat y demanderent d'abord leur *représentation volontaire*; c'est-à-dire, comme on s'exprime à Paris, leur élargissement provisoire.

Cette demande donna lieu à des plaidoiries solennelles, à des Mémoires imprimés. Après la lecture des charges, & sur les conclusions de M. du Paty, qui parla six heures entieres, ils furent déboutés de leur demande par Arrêt du 16 Mai 1776; *&, attendu qu'ils étoient présens à l'Audience, il fut ordonné qu'ils passeroient le guichet.*

Les appels continuerent de s'instruire : ils furent plaidés avec encore plus de solennité, & ils étoient d'un plus grand intérêt que la demande en élargissement. Des Avocats du plus grand nom, séduits sans doute par les faux récits des sieurs de Queyssat, ou entraînés par une commisération bien mal entendue, & meurtriere pour la Société

entiere, les honorerent de leur miniftere. Des Mémoires très-bien faits af-
foiblirent leur crime ; mais la voix ac-
cablante des informations s'élevoit contre eux. Mais aux follicitations les plus
vives, les plus ardentes, un Magiftrat
placé entre les Juges & les Parties,
oppofoit la fainte inflexibilité des Loix
& celle de fon ame. M. du Paty lut
de nouveau les informations en pleine
Audience. Un public immenfe les re-
cueilloit de fa bouche.

Après fix heures de plaidoirie de
l'Avocat Général du Roi, le Parlement
rend un Arrêt le 18 Mai 1776, qui,
faifant droit fur l'appel du fieur Damade, caffe le décret de *foit ouï*, &
le décharge de l'accufation intentée
contre lui par le fieur de Froidefond ;
& fans s'arrêter à la demande en caffation, formée par les fieurs de Queyffat,
dont ils font déboutés, de même que
de l'appel par eux relevé du décret de
prife de corps, l'Arrêt ordonne qu'ils
feront transférés des prifons de la Conciergerie du Parlement, dans celles du
Sénéchal de Libourne, *pour le procès
leur être fait & parfait fuivant la rigueur des Ordonnances*, jufqu'à Sen-

tence définitive inclusivement , *par-*
devant autre Juge que celui qui avoit
prononcé les décrets.

En exécution de cet Arrêt , les sieurs
de Queyssat furent transférés à Libourne ; & le 16 Mai , ils subirent interrogatoire par-devant le sieur de Lar-
dieres , Doyen du Siége , en la place
du Lieutenant - Criminel , auquel le
Parlement avoit interdit la connoissance
de cette affaire.

Le 30 du même mois , le sieur
Damiade demanda le réglement à l'extraordinaire , & il fut prononcé le lendemain.

On procéda de suite aux récolemens
& aux confrontations.

Pendant le cours de cette instruction , les sieurs de Queyssat se pourvu-
rent contre l'Arrêt du Parlement , qui
fut cassé le 28 Juin. Le Conseil , est-
il dit dans cet Arrêt , » casse l'Arrêt du
» Parlement de Bordeaux , & tout ce
» qui s'est ensuivi ; évoque les appels
» interjetés par les sieurs de Queyssat &
» le sieur Damiade , des décrets in-
» tervenus respectivement contre eux ,
» & les demandes formées incidem-
» ment auxdits appels , & les renvoie

D iij

» au Parlement de Toulouse , pour
» être fait droit aux Parties ainsi qu'il
» appartiendra ; ordonne que les char-
» ges & informations seront portées au
» Greffe, & les sieurs de Queyssat trans-
» férés, *sous bonne & sûre garde*, des
» prisons de Libourne dans celles de
» Toulouse «. Il y a lieu de croire que
cette cassation étoit fondée sur ce que
le Parlement avoit déchargé le sieur
Damade de l'accusation , avant que le
procès eût été réglé à l'extraordinaire,
& que les témoins eussent été récolés
& confrontés. Ainsi la connoissance des
faits qui devoient opérer l'absolution
ou la condamnation , n'étoit pas juri-
diquement établie. C'est ainsi , dit-
on, que plusieurs Membres du Conseil
avoient pensé.

Le sieur Damade avoit la voie de
l'opposition contre cet Arrêt surpris sur
Requête ; mais il auroit perdu à
cette opposition un temps précieux.
Il craignoit que les sieurs de Queyssat ne fissent durer cette instance pendant deux ans; il appréhendoit que,
pendant un si long temps, la sensa-
tion que ses malheurs avoient faite
dans le public , ne s'amortît, & que

la cabale redoutable que ses adversaires avoient formée contre lui, ne parvînt enfin à assiéger le Sanctuaire de la Justice.

Il avoit d'autant plus lieu de redouter les succès de cette cabale, qu'il ne pouvoit la combattre en personne.

Le cruel état où l'avoient mis ses ennemis le leur livroit en proie, leur laissoit les Tribunaux à tromper, les témoins à intimider, à corrompre, pendant qu'il alloit à Barege chercher les secours de la Nature qu'ils ont rendue impuissante pour lui. » Nous Médecin & Chirurgien-Major de l'Hôpital Militaire de Barege, certifions que M. Damade Belair a fait usage des eaux de Barege *pendant plus de deux mois*, à l'occasion de trois blessures qu'il a reçues avec un instrument tranchant, l'une à la tête, & les autres aux deux bras. Ces blessures étoient cicatrisées lorsqu'il arriva à Barege ; mais elles avoient été si malheureuses & si profondes, que M. Damade *ne pourra jamais lever le bras gauche, ni se servir du poignet droit, non plus que de trois doigts de la main*

D iv

droite ; les eaux n'ont produit ni n'ont pu produire aucun effet : *en conséquence, nous déclarons M. Damade incurable ;* en foi de quoi nous avons donné le préfent certificat , à Barege, le 21 Août 1776. *Signé* BORDEU , DUCOT, CLARAC «.

Pendant que l'inftruction fe faifoit à Libourne , le fieur Damade n'approcha pas de cette ville : il partit , pour Barege préfque auffi-tôt après l'Arrêt de Bordeaux ; & l'on prétend que fes adverfaires profiterent du champ libre qu'il leur laiffoit , pour diriger les récolemens & les confrontations à leur gré.

Quoi qu'il en foit , les récolemens & confrontations avoient été envoyés de Libourne à Touloufe , & étoient dans cette derniere ville dès le 20 Août 1776. Ces pieces ne furent cependant remifes au Greffe *que le 17 Septembre fuivant.*

» Cet intervalle de près d'un mois , difoit M. Elie de Beaumont , ne fut pas infructueux pour les fieurs de Queyffat. Sans rechercher ici quelle main perfide ofa leur livrer un dépôt réfervé par la Loi aux feuls Magiftrats (ce qu'eux-mêmes croiront peut-être devoir rechercher), toujours est-il certain que cette procédure secrete & fort longue parut imprimée en 72 pages *in*-4°. C'est peut-être la première fois qu'on a vu dans les Tribunaux François un tel exemple d'audace. On sait bien qu'en général le secret des récolemens & confrontations n'est pas toujours impénétrable. Mais du moins ne faut-il pas notifier solennellement aux Ministres de la Loi, qu'on a violé la Loi. Et ici les sieurs de Queyssat porterent la violation, le renversement des regles jusqu'à adresser toute la procédure à chacun des Magistrats, avec cette note imprimée : *Les sieurs de Queyssat consentent de porter leur tête sur un échafaud*, si dans l'extrait qu'ils donnent de la procédure, le sieur Damade trouve qu'on ait retranché *un seul mot* dont il puisse se prévaloir contre eux. On ne s'est permis autre chose que de changer l'ordre des dépositions, afin de se conformer à celui des faits. Au bas de cet engagement sont écrites, à la main, les trois signatures des trois freres, pour le rendre plus solennel.

D v

» Des Magiſtrats peuvent s'élever ſans doute, par la force de leur juſtice, au deſſus d'une violation auſſi choquante, ſi cette violation peut ſervir à les éclairer en faveur de celui qui s'en eſt rendu coupable.

» Mais ici il arriva préciſément le contraire. Les Magiſtrats de Touloufe, continue M. Elie de Beaumont, ayant chacun ſous leurs yeux la procédure imprimée, & la méditant chacun dans le ſecret de ſon cabinet, y virent d'une part une différence ſi frappante entre les informations faites dans le premier moment de la vérité, & les récolemens & confrontations manœuvrés à Libourne pendant que le ſieur Damade étoit aux eaux de Barege, & d'autre part, des menſonges ſi palpables, des contradictions ſi fortes entre les diſcours de quelques témoins & les propres aveux des ſieurs de Queyſſat, qu'ils regardèrent tous enſemble les récolemens & les confrontations de Libourne comme un ouvrage de corruption & de ténebres, indigne des regards de la Juſtice. Ils virent auſſi, dans le Jugement du Procès, combien l'imprimé étoit inexact, malgré l'offre de porter leurs têtes sur l'échafaud, donné pour garant de sa fidélité. Sans doute ils se féliciterent que l'Arrêt du Conseil, en cassant l'Arrêt du Parlement de Bordeaux, eût cassé en même temps *tout ce qui s'en étoit enfuivi*, & leur prescrivit de rejeter du Procès cette monstrueuse production de subornations & d'iniquité, procédure néanmoins qui, malgré la corruption qui y a présidé de la part des sieurs de Queyssat, laisse encore subsister les principales preuves de leurs crimes.

» Ce fut alors que le sieur Damade, qui, lors de son arrivée à Toulouse, avoit trouvé de grandes préventions répandues contre lui par les menées & les artifices de ses adversaires, qui même n'avoit pu obtenir d'abord de faire rejeter du Procès les récolemens & les confrontations, dut à l'impression même de ces pieces & aux réflexions naturelles sur la main qui les avoit livrées, la pleine conviction de ses Juges. Il fut regardé par les Magistrats, par la ville entiere, comme une malheureuse victime, non seulement des fureurs des fieurs de Queyffat, mais encore des manœuvres & des fubornations pratiquées pour faire excufer fes fureurs. Lui-même d'ailleurs, par la modération de fes conclufions, fit voir avec quelle confiance il entendoit s'offrir jufqu'au dernier moment aux regards, aux recherches de la Juftice. Il ne demanda point, comme à Bordeaux, d'être déchargé à l'inftant de l'accufation. Il fe contenta de demander la rejection des récolemens & confrontations, comme pieces annullées par l'Arrêt du Confeil; la confirmation des décrets prononcés contre les fieurs de Queyffat, leur renvoi devant le Sénéchal de Libourne pour le Procès leur être fait & parfait fuivant la rigueur des Ordonnances; & quant à ce qui le concernoit, il fe contenta de demander qu'il fût déclaré n'y avoir lieu de prononcer, quant à préfent, fur la procédure faite contre lui, fauf à y être fait droit, le cas échéant, lors de la vifite & jugement du Procès. Bien fûr qu'il étoit impoffible de changer un innocent en coupable, on le vit abandonner fans peine fa victoire de Bordeaux, & craindre, en ob-

tenant à Toulouse une victoire sem-
blable, de compromettre l'Arrêt qu'il
attendoit de la justice de ses Juges ».

Enfin, le 15 Avril 1776, intervient
Arrêt au Parlement de Toulouse, *la
Grand'Chambre assemblée*. Cet Arrêt
rejette les certificats & lettres missives
remis par les sieurs de Queyssat : sans
avoir égard à la demande formée par
eux en cassation de la plainte du sieur
Damade, ni à leur demande en élargissement provisoire *dont les a démis
& démet*, rejette les récolemens & confrontations, procédures & tous Jugemens rendus depuis l'Arrêt du Parlement de Bordeaux du 18 Mai 1776;
ordonne que lesdits procédures & Jugemens seront détachés & séparés de
la procédure antérieure audit Arrêt;
renvoie la Cause & les Parties devant
le Sénéchal de Libourne, autre que
celui qui a fait les procédures posté-
rieures à l'Arrêt du Parlement de
Bordeaux, pour être par lui prononcé
sur les diverses demandes & conclusions des Parties, & par lui procédé
en ce qui reste jusqu'à Sentence définitive inclusivement, sauf l'appel en la
Cour; ordonne que les sieurs de Queys-

fat feront transférés, fous bonne &
fûre garde, des prifons de la Cour
dans celles de Libourne; les condamne
aux fept huitiemes des dépens envers
le fieur Damade, l'autre huitieme
compenfé.

Ce nouvel Arrêt annonçoit affez à
la France entiere quel jugement il
falloit porter de la conduite des fieurs
de Queyffat, quand on voyoit deux
Parlemens confirmer leurs décrets de
prife de corps, & ordonner contre eux
la continuation du Procès criminel.

Le recours au Confeil du Roi fut
encore leur reffource. Le Chevalier fe
chargea de venir à Paris le folliciter. En conféquence, bris de pri-
fon, évafion du Chevalier de Queyffat, le 21 Avril 1777, fix jours après
l'Arrêt.

Deux Arrêts du Parlement de Touloufe, des 22 & 23 Avril 1777, rendus, toute la Grand'Chambre affemblée, le premier fur le procès-verbal
du Commiffaire des prifons, le fecond
fur la plainte du fieur Damade, & tous
deux fur les conclufions du Procureur-
Général du Roi, ordonnerent qu'il en

feroit informé, & décréterent de nouveau le Chevalier de Queyffat de prife
de corps.

Mais ce foible hommage rendu à la
Loi, refta fans fuite & fans effet. On
favoit à Touloufe que le Chevalier de
Queyffat pourfuivoit à Paris & à Ver-
failles la caffation de l'Arrêt rendu
contre fes freres & contre lui. On lui
laiffa un champ libre, & le Parlement
de Touloufe montra en cette occafion,
par fon indulgence, qu'en prononçant
contre eux, il n'avoit fait que céder
au devoir de fa conviction & de fon
ferment.

L'Arrêt ne portoit point que les
charges & informations avoient été lues
par l'Avocat-Général, ni vues par le
Parlement. Cette omiffion parut un
moyen de caffation fondé fur l'article
22 du titre 10 de l'Ordonnance criminelle. Il ne déféroit d'ailleurs à
aucune des Parties la qualité d'accufateur; d'où l'on concluoit qu'il avoit
mis le premier Juge dans l'impoffibilité de fe réformer lui-même en l'ordonnant; & c'étoit encore un moyen
de caffation employé contre cet Arrêt.

Il fut caffé au Confeil du Roi, le

2 Juin 1777, & les Patries renvoyées au Parlement de Paris.

Le fieur Damade auroit pu cependant y former oppofition, parce que l'Ordonnance criminelle prefcrit bien, à la vérité, qu'aucun prifonnier pour crime ne puiffe être élargi fans que la Cour ait vu les informations & l'interrogatoire, & cela, afin d'empêcher l'impunité d'un coupable ; mais cet article ne prefcrit pas littéralement cette même forme, lorfque les prifonniers ne font point élargis, parce qu'il n'y a pas alors la même raifon de l'ordonner.

» Lorfque le fieur Damade, difoit M. Elie de Beaumont, vit qu'il étoit renvoyé au Parlement de Paris, il fentit renaître fon courage, loin de fe laiffer abattre par deux caffations fucceffives qui lui montroient des ennemis acharnés à épuifer fa fortune, après avoir voulu lui arracher la vie. Il vit avec une vive fatisfaction, que l'Arrêt du Confeil lui donnoit les Juges qu'il auroit demandés & choifis lui-même, & il s'empreffa de leur rendre l'hommage volontaire de les accepter pour Juges, en s'abftenant de former

oppofition. Il ne leur offre point ici,
continuoit ce Défenfeur, un feint
hommage, comme les fieurs de Queyffat, qui, après avoir demandé, dans
leurs deux Requêtes au Confeil du
Roi, leur renvoi dans un autre Tribunal, & avoir fait les plus puiffans efforts
pour l'obtenir, viennent fe féliciter
aujourd'hui, fous fes yeux, de ce
qu'on leur a donné pour Juge la Cour
des Pairs, la Cour deftinée *à juger les
Chefs de la Nobleffe Françoife.*

» Voilà donc le troifieme Parlement
où fera agité cette grande queftion na-
tionale, fi nos défenfeurs au dehors
pourront être impunément nos oppref-
feurs au dedans, & s'il ne fera plus
permis au citoyen paifible de refpirer
avec fûreté au milieu de fes amis,
de fes proches, de fes enfans, dans
le fein de notre commune Patrie.

» Voilà auffi le troifieme Parlement où l'on aura à juger fi une foumiffion foufcrite par des hommes pour
qui la loi de l'honneur eft un ferment
facré, de vivre en paix avec leurs concitoyens, *de ne les rechercher de près ni
de loin, de garder la paix du Roi*
(pour nous fervir de l'expreffion éner-

gique d'une Nation voifine) ; fi une
telle foumiffion , difons-nous , contractée, pour ainfi dire , fous les yeux du
Roï même, fous les yeux du Tribunal
dépofitaire , arbitre & juge des engagemens d'honneur, en préfence, fous la
médiation d'un Maréchal de France,
d'un Commandant de Province, aura
été impunément violée , méprifée, fou-
lée aux pieds par des infultes réitérées,
par des offenfes combinées de fang-
froid , par *fix agreffions confécutives
en quatre jours* , dont les quatre dernieres fe fuccédant , ont livré un jeune
homme de vingt-fix ans aux violences,
aux excès , aux fureurs de trois hommes
exercés depuis vingt & trente ans aux
combats.

» Et voilà auffi le troifieme Parlement où l'on aura à juger fi, maintenant
que toute la monarchie eft confolidée
dans la même main, & que les progrés
des lumieres, de la raifon, de l'humanité ont appris à apprécier les hommes,
leur ont garanti à tous la fûreté, la liberté perfonnelle, en équivalent de leur
paifible obéiffance, nous verrons fe re-
nouveler parmi nous ces guerres privées, ces affaffinats héréditaires, ces pac-

tes de carnage & de mort qui fouilloient, il y a fix cents ans, notre malheureufe Patrie, dépecée & déchirée entre des hordes barbares & des affaffins qualifiés.

» Voilà les grands intérêts déférés aujourd'hui à juger au premier Tribunal de la Nation, intérêts que le fieur Damade (qu'il lui foit permis de le dire à fes Juges) verroit avec une égale confiance s'agiter dans un Sénat ou dans un camp, parce qu'il n'eft parmi nous aucun Militaire qui, nommé pour Juge de cette odieufe affaire, & la connoiffant bien, ne prononçât hautement contre ceux que nous fommes forcés de livrer à la fois à la juftice publique des Tribunaux, à la juftice privée de tous les citoyens «.

Le parti que le Parlement de Paris a pris dans fon Arrêt, nous difpenfe d'entrer dans une longue difcuffion des moyens refpectifs des Parties. Nous en tracerons feulement l'idée, en confervant ce que nous croirons propre à toucher nos Lecteurs.

» Deux Tribunaux, difoit M. Elie de Beaumont, prononcent fouverainement fur les actions des hommes, avec des formes, des regles, une inftruction différentes.

» L'un confidere nos actions fous le rapport de l'ordre public, de la tranquillité fociale, de la fûreté univerfelle La confervation de nos propriétés, de notre liberté, de notre vie, de notre honneur, étant l'objet effentiel & fondamental de toute Société, il profcrit févérement tout ce qui peut porter atteinte à ces biens précieux : il punit à l'égal du crime, la provocation par laquelle tout citoyen met la vie d'un autre en danger ; parce qu'y ayant des Loix pour juger les différens des citoyens, & des Juges pour appliquer ces Loix, nul homme n'a droit d'être fon propre juge & fon vengeur: & , comme fes peines font des flétriffures, il ne les prononce que fur des preuves bien établies, que pour des délits graves ; il laiffe au cours ordinaire des bienféances fociales, au refpect que chaque homme doit avoir pour lui-même & pour les autres, le foin de prévenir, de pacifier ou de punir cette foule innombrable de manquemens ou de démêlés qui ne peuvent être l'objet d'une instruction judiciaire. Ce Tribunal est le Tribunal des Loix.

Il est un autre Tribunal plus indulgent à la fois, & plus sévere, qui supplée en quelque sorte au premier, & qui statue sur les objets sur lesquels celui-là ne veut ou ne doit prononcer: ses peines sont des peines d'opinion, des peines qui n'ont rien de légal, mais qui n'en sont pas moins redoutables dans une Nation dont l'honneur est le caractere distinctif : les égards dans la Société, les procédés d'honnêteté, les devoirs à remplir & à rendre, les ménagemens que l'on se doit les uns aux autres, la modération à garder dans les démêlés ou imprévus ou indispensables ; l'honneur réciproque à se porter entre les diverses classes de citoyens, en observant les nuances qui les différencient: voilà les objets de son ressort. Plus indulgent que le Tribunal des Loix, il tolere quelquefois ce que l'autre défend & a dû défendre expressément, mais seulement à condition qu'une nécessité indispensable dans la cause ; une parfaite égalité dans le péril, une grande noblesse dans l'exé-

cution, excuferont du moins ce qu'il
eft comme forcé de tolérer : d'un autre côté auffi, plus févere que le Tribunal des Loix , il profcrit, par l'affoiblif-
fement de l'eftime publique , par l'ex-
clufion de la Société, fouvent même par
un mépris formel & univerfel, & par les
autres peines d'opinion qui font en fon
pouvoir, des manquemens, des procédés,
des faits fur lefquels les Loix n'auroient
que difficilement prife , ou n'en auroient aucune. Ce Tribunal eft le Tribunal de l'honneur & de l'opinion publique. .

» Et de cette contradiction appa-
rente entre l'un & l'autre, réfulte une
plus grande harmonie dans la Société.
Les méchans & les coupables font contenus & frappés par le glaive des Loix.
Les peines que prononce l'honneur aver-
tiffent les autres hommes de porter
dans la Société les égards réciproques , l'affection mutuelle , les bons
offices qui en dérivent, & d'éviter cet
efprit *offenfif* & *contumélieux*, ce ton
de domination & d'arrogance , ces
prétentions outrées & choquantes que
réprouvent également le caractere na-
tional, nos opinions & nos mœurs ;

& qui font d'un citoyen qu'on auroit
aimé , un tyran odieux , un fléau public , un ennemi univerfel ». M. Élie
de Beaumont , après avoir paffé rapi-
dement en revue tout ce qui a précédé la cruelle fcene du 23 Octobre
1775 , s'arrête fur cette terrible cataftrophe.

» Ici , dit-il , va commencer l'affaffinat. J'appelle affaffinat toute attaque
à la fois illégale & injufte , qui met
avec armes inégales la vie d'un autre
en danger. Filhol s'élance dans fa maifon , en revient avec un fabre nu ; lui ,
l'offenfeur , fond fur le fieur Damade ,
qui n'a que le temps de fe mettre en
garde , lui fend le front par une large
bleffure , brife fon couteau de chaffe
en morceaux ; & , fi l'on en croit quelques traces du Procès , continue de l'af-
faillir encore ; mais écartons même ce
dernier fait ; nous ne voulons que des
faits pleinement prouvés.

» Eft-il , parmi les Officiers François ,
eft-il un feul homme qui voulût avoir
proféré contre un citoyen , une de ces
injures groffieres qui , fuivant les mœurs
reçues , demandent une excufe ou du
fang ; qui fût venu en même temps ,

à bras raccourci, avec armes supérieu-
res, répandre le sang de celui même
qu'il auroit si indignement outragé ?
En est-il un seul qui, à la place du
Chevalier de Queyssat, n'eût arrêté
son frere, lorsque c'étoit lui qui étoit
l'agresseur, qui du moins n'eût obligé
son frere de donner au sieur Damade
une arme égale à la sienne ? Qu'ils nous
disent, ces Officiers généreux, ces Juges séveres de l'honneur, si le véritable honneur, qui ne peut subsister sans
la parfaite égalité dans un combat,
ne s'indigne pas qu'un jeune homme,
sans nul usage des armes, soit assailli
par un vigoureux combattant qui réunit à la fois contre lui la supériorité
de l'expérience, celle des armes, celle
de la force, & cette supériorité plus
effrayante encore qui naît de l'avantage
d'avoir, contre un seul homme, contre
un homme isolé, convalescent, foible,
quatre freres à sa portée, sous sa main,
ou comme témoins, ou comme ven-
geurs !... Mais qu'avons-nous besoin de
les interroger ? Leur indignation, déjà
suffisamment manifestée dans les Pro-
vinces, à la Cour, à la Ville, dans
le Sanctuaire même de la Justice, a
pleinement

pleinement répondu , & leurs ames ont jugé la Caufe. Auffi la Caufe pourroit-elle s'arrêter ici ; auffi le fieur Damade n'auroit-il nul befoin de la cruelle ca-taftrophe qui va fuivre ; & fi elle ajoure à l'intérêt pour lui , elle n'ajoute rien à la conviction contre fes meur-triers.

» Quelle cataftrophe horrible ! Da-made eft défarmé , fon fang ruiffele fur fon vifage , obfcurcit fes yeux , fon corps eft affoibli par un premier combat ; & voilà qu'un troifieme meur-trier fort de ce repaire de fang & de carnage , en fort après quelques mi-nutes , y laiffant trois freres , dont l'un le fuit peu d'inftans après , en trouvant un quatrieme dans la rue , tenant deux fabres nus dans fes mains : & vous, fes freres , vous ne l'arrêtez pas ! Le Chevalier veut lui avoir dit : *Arrêtez, Froidefond.* Eft-ce ainfi, grand Dieu ! qu'on arrête un homme prêt à commettre la lâcheté la plus infame ? On fe jette fur lui , on le prend au travers du corps , on appelle fes freres , on appelle les citoyens attroupés , on le défarme , on le force de rentrer dans la maifon ! on fe met entre lui &

Tome X.   E

l'affailli , un frere lui préfente la poitrine d'un frere à percer, avant qu'il
puiffe pénétrer jufqu'à l'étranger défarmé! & ce n'eft pas même pour cet étranger qu'on arrète ainfi fes fureurs ; c'eft
pour fon propre nom , c'eft pour fon
honneur , c'eft pour fon frere , c'eft
pour foi-même ! & fi le Chevalier a
dit froidement, à voix baffe , au jeune
Damade : *Allons , monfieur , voyons
comment vous vous tirerez de là ,* ainfi
que celui - ci le foutient fermement ,
quel abominable fang froid ! quel être !
Mais admettons qu'il ne l'ait pas dit ;
quelle coupable molleffe de s'en tenir
à dire , *Arrêtez, Froidefond ,* quand on
voit un frere toucher à un affaffinat !
oui un affaffinat. Il faut que leurs fuperbes oreilles fe faffent à ce langage.
Comment appeler autrement l'action
d'un homme ferme & vigoureux ,
exercé aux armes , qui garde pour lui
le fabre affilé la furveille :

     » Qui jette par terre le fabre émouffé
par le précédent combat :

     » Qui vient tomber fur un homme
qui ne l'a point provoqué , qui n'a,
dans ce moment , rien à démêler avec
lui :

» Qui, au lieu de préfenter honnête-
ment une arme à fon jeune adverfaire,
tente de l'intimider, de l'ébranler,
en lui criant avec une arrogance brutale, *Ramaſſe cette arme*, & la lui
jetant aux pieds.

» Qui provoque au combat le plus inégal, un homme bleffé, bleffé grièvement
au front, couvert de fang fur le vifage
& fur les yeux, déjà fatigué par un
premier combat, un homme encore
foible & languiſſant :

» Qui force à fe battre un homme
dont l'état n'admettoit point ces combats féroces & fanguinaires :

» Qui l'y force après quelques
minutes d'intervalle & de réflexion :

» Qui, foutenu par la préfence d'un
frere, & peu de momens après par
celle d'un autre, fûr, au befoin, du
fecours de deux autres, ne préfente à
l'affailli que la cruelle alternative ou
de périr fous fes coups, ou de périr
fous ceux de fes freres, s'il ne vient
pas à bout de tuer cinq freres l'un après
l'autre ?

» Eh ! qu'au moment même où Froidefond lui ordonne de ramaffer l'arme,

Damade ne voyant plus un combat ,
mais un affaffinat , eût lâché fur lui
fon coup de piftolet , comme dans le
cas d'une défenfe extrême , quel homme
pourroit rigoureufement lui trouver un
tort ? Mais non : il recule plufieurs pas ,
& fuit. Froidefond repouffe de nouveau
l'arme à fes pieds , Damade s'y refufe ,
recule plufieurs pas & fuit encore ; il
s'écrie qu'il ne ramaffera point l'arme ,
& pour toute réponfe , on lui crie : *En
garde , en garde* : il voit le fabre levé
fur fa tête ; pour peu qu'il s'incline
pour le ramaffer , on la lui fend au
moment où il va fe relever ; les mouvemens fe confondent ; l'on foutien-
dra contre fes cendres qu'il s'étoit mis
en garde , qu'on l'a tué régulièrement.
Quelle voix alors , parmi cette popu-
lace intimidée , ofera , contre ces cinq
freres , foutenir le contraire ? Damade
ainfi en péril de mort , fauve fa vie
avec fon piftolet , & foutient fermement avoir menacé d'en ufer ; on fond
fur lui , on lui coupe les bras jufques aux os , fon fang ruiffele à gros
bouillons : *Tue-le , tue-le ; que ne le
tuois-je avant-hier* , s'écrie le Chevalier ! Froidefond revient encore fur lui

pour achever de le tuer, au moment
où la porte s'entr'ouvrant le dérobe à
fa rage; le Chevalier, plus cruel encore, & cruel de fang froid, vient fondre comme un oifeau de proie fur la
victime de leurs fureurs; il la voit
expirante, il arrache avec violence fa
vefte, fa chemife, pour voir fur fa poitrine, quoi! quel nouvel outrage va-t-
il encore lui faire? pour voir s'il n'eft
pas plaftronné. . . . . Étrange
& abominable idée! quelque ami,
quelque parent de Damade venoit-il
découvrir, dans ce même temps, la
poitrine de Froidefond, fonder fa vefte,
pour voir par quel prodige la balle a
refpecté fes jours? Ah! fi c'eft ainfi
que Bayard, que la Fayette auroient
combattu. . . . . , vous n'êtes pas
affez puni, Damade, par l'effufion de
votre fang, par la perte de vos deux
bras; il faut vous conduire à l'échafaud.

» Mais fi ces quatre agreffions confécutives *en une demi-heure*, fi les
deux qui les ont précédées, fi l'inégalité des deux fabres & des deux combattans, fi la provocation brutale d'un
homme féroce, avancé le bras tendu

E iij

fur la tête de fa victime ; fi la réunion
de cinq freres qui, fe relayeront l'un
l'autre, comme ont fait les trois premiers, & qui tueront à la fin le malheureux citoyen, forcé de fe battre
fucceffivement contre eux tous ; fi
l'outrage fait lâchement à fon fein, au
milieu des flots de fon fang ; fi les
fureurs concertées du matin, l'exécra-
ble fang froid des délaffemens du foir,
tout l'enfemble, en un mot, de cette
abominable journée, préfente une véritable fouillure pour trois Officiers
François, faudra-t-il qu'ils fe couvrent
de l'honneur de tous ? faudra-t-il que
quelques membres aveuglés d'une
claffe pure & généreufe , mettent un
faux honneur à les défendre ? & quel
homme encore, en fuppofant Damade
ou fon fils ou fon frere, que difons-
nous, en le réputant même fon ennemi, ofera s'intéreffer à fes meurtriers?
quel homme, quel Militaire, en re-
cueillant dans fon ame toutes ces horribles circonftances, en confidérant que
folliciter pour les uns, c'eft voter contre l'autre, qu'intercéder pour des coupables, c'eft nuire à un innocent, ofera
fe permettre d'élever la voix ? quel

François enfin , dût-il aux Queyssat affection , amitié , reconnoissance , ne
frémiroit de la seule pensée qu'il veut
donc acquitter sa dette avec le sang de
l'innocent. . . . ?

» C'est ainsi qu'au seul Tribunal de
l'honneur , abstraction faite des coups
de sabre donnés par Froidefond (desquels , encore une fois , le sieur Damade
pourroit ici faire grace) , & en ne prenant ce meurtrier qu'au moment où ,
jetant le sabre une premiere , une
seconde fois aux pieds de Damade ,
Froidefond lui ordonne par deux fois
de le ramasser , tenant toujours son
sabre *affilé* avancé sur sa tête , les
trois freres seroient solennellement
voués à une condamnation irrévoca-
ble.

» Seront-ils impunis au Tribunal des
Loix , & n'avons - nous pas peut-être
différé trop long-temps de les y rame-
ner ? Qu'ils y reparoissent donc en ce
moment , & remplissons , puisqu'il le
faut , l'affligeant ministere d'y discuter
leur conduite.

» La Loi défend toute provocation
au combat , & la punit de mort. La provocation se fait de deux manieres , ou

E iv.

par un appel, ou, ce qui eſt plus criminel encore, en forçant, par une attaque injuſte, un citoyen de ſe défendre pour conſerver ſa vie ; & la provocation atteint le plus haut degré du
crime, quand, à l'injuſtice de la cauſe,
ſe joint la plus odieuſe inégalité dans
le combat. La Loi peut pardonner à
la foibleſſe humaine un premier mouvement irréfléchi, inſtantané ; elle ne
pardonne point une offenſe calculée de
ſang froid, & tellement combinée ;
qu'on ſoit forcé de ſe battre, pour
éviter le déshonneur que l'opinion reçue attache au refus du combat. En un
mot, l'honneur du citoyen eſt une de
ſes propriétés; ſa vie en eſt une autre. Ces propriétés ſont ſous la ſauve-
garde des Loix. Nul homme n'a le
droit d'obliger un autre homme de
les mettre en péril par une agreſſion
réfléchie, qui force d'expoſer l'une
pour conſerver l'autre «.

Or il eſt évident par les faits, que
les ſieurs de Queyſſat ſont coupables
envers le ſieur Damade des provoca-
tions les plus caractériſées, les plus con-
damnables. Cependant ils demandent
à être déclarés accuſateurs, & qu'on

ne réserve au sieur Damade que la qualité d'accusé.

1°. C'est un principe certain, fondé sur les premieres notions de la justice, qu'entre des Adversaires dont les uns sont nécessairement coupables ou plus ou moins, mais toujours à un degré quelconque, & dont l'autre a au moins la possibilité d'être innocent, le droit d'accuser appartient à celui-ci ; car de cela seul qu'il est, *dès à présent*, certain que la Justice doit infliger à celui qui est nécessairement coupable une punition quelconque, il en résulte nécessairement aussi qu'il ne peut être admis à déterminer, à presser ses mouvemens, puisqu'il a le plus grand intérêt à les ralentir, à les retarder, à en empêcher ou éluder l'effet.

Or les sieurs de Queyssat, par l'événement, essuieront-ils une punition quelconque, & , dès à présent, sont-ils prouvés coupables d'un délit quelconque ? Voilà à quoi se réduit toute la question.

Pour la résoudre, voici des faits bien simples.

Le Juge de Libourne les a décrétés de prise de corps.

E v

Le Parlement de Bordeaux les a déboutés de leur demande en élargissement provisoire.

Le Parlement de Bordeaux a confirmé leurs décrets de prise de corps.

Le Parlement de Bordeaux a ordonné que leur Procès leur soit fait & parfait, suivant la rigueur des Ordonnances.

Le Parlement de Toulouse leur a refusé l'élargissement provisoire.

Le Parlement de Toulouse a maintenu, par son Arrêt définitif, les trois décrets de prise de corps.

Le Conseil du Roi, qui a vu par deux fois cette affaire, a ordonné que les sieurs de Queyssat seroient transférés, d'abord dans les prisons du Parlement de Toulouse, ensuite dans celles de la Conciergerie.

Mais qu'est-il besoin d'alléguer d'autres raisons ? leurs conclusions subsidiaires ne sont-elles pas déjà un aveu formel, que cette poursuite, qu'ils feignent de demander, ne peut leur appartenir ? Ils demandent *subsidiairement* que la poursuite soit déférée au Substitut de M. le Procureur-Général, & contre eux-mêmes, & contre le sieur

Damade. Celui-ci ne prendra jamais dé conclusions semblables, parce qu'il sait bien que cette pourfuite doit lui appartenir, & que la Loi la lui défere. Mais eux, certains qu'ils ne peuvent y prétendre ; mais eux, leurs premiers & leurs plus redoutables Juges dans le fecret de leurs confciences, ils concluent à ce que toutes les Parties foient privées de la qualité d'accufateurs, parce qu'ils favent bien qu'il leur eft de toute impoffibilité de jamais obtenir de l'être.

Ils favent donc bien que dès à préfent ils font des coupables dignes d'une punition quelconque.

Quant au fieur Damade, il eft, *tout au moins*, *poffible* qu'il foit innocent ; & affurément, après tout ce qu'on vient de lire, fon expreffion fe préfente avec quelque modeftie.

Quelle innocence en effet que celle à laquelle le premier Parlement, qui a jugé les Parties, a rendu hommage par une décharge entiere & folennelle ?

Quelle innocence que celle qu'a pareillement reconnue le fecond Parlement faifi de l'affaire, en refufant

E vj

d'accorder l'infirmation des décrets de prife de corps, en condamnant les fieurs de Queyffat aux fept huitiemes de dépens , en rejetant du Procès les récolemens & les confrontations?

Il eft donc *poffible* , encore une fois , que le fieur Damade foit innocent , puifque ce qui a été peut être, & qu'une Cour au moins l'a déjà jugé innocent.

Il eft donc inconteftable que la qualité d'accufateur lui appartient , & ne peut appartenir qu'à lui.

2°. C'eft encore un principe certain que l'agreffion défere à celui qui l'a foufferte, le droit de pourfuivre celui qui l'a commife.

Tout agreffeur en effet eft coupable , par cela feul qu'il eft agreffeur. La Loi le répute coupable des mêmes fautes de celui qu'il attaque , non pas au point de laiffer celui-ci impuni , s'il a par trop excédé le droit de fa légitime défenfe ; mais de maniere néanmoins à verfer fur l'agreffeur même une partie de fon châtiment.

Et rien n'eft plus jufte. L'agreffeur a combiné , a pu combiner , à fon gré, le temps , le lieu , les moyens de l'attaque : il a pu préparer des circonftances qui tendroient à en diminuer l'odieux, qui donneroient même, jusqu'à un certain point, un air de hasard & d'accident à ce qui seroit l'ouvrage d'une atrocité réfléchie. La Loi doit punir à la fois, & le crime de l'agression, & le crime des piéges préparés pour en affoiblir la preuve, pour tromper la Justice.

L'agresseur d'ailleurs a toujours à s'imputer d'avoir attaqué ; rien ne l'y obligeoit. Mais la Nature force à la défense : elle la commande à tous les êtres sensibles. Et quel homme peut se répondre à lui-même qu'il ne fera précisément que ce qui est nécessaire pour se défendre, qu'il calculera exactement le degré de sa sensibilité sur le dégré de l'outrage ? La crainte, le trouble, le péril ou réel ou apparent, ce qui est la même chose aux yeux de la Loi, l'âge, le lieu, le tempérament, l'opinion qu'on a de l'agresseur & de ses desseins, la connoissance de ses violences antérieures, de sa férocité, de sa haine, les préjugés d'état, le cri de l'honneur, le vif sentiment de l'offense au moment de l'offense même, sentiment dont la Nature

& la Loi laiſſent l'offenſé le ſeul juge
en ce péril preſſant, combien de cau-
ſes réunies, dont quelques-unes ſeulement ſuffiſent pour légitimer la défenſe la plus active & la plus animée!

Enfin, l'agreſſeur a un tort inexcu-
ſable. C'eſt qu'il trouble à la fois, &
la paix générale de la Société, & la
paix perſonnelle de celui qu'il attaque,
& qu'il eſt, par cela ſeul, l'auteur
des actes qui ſurviennent dans le cours
de la défenſe, parce que, ſans lui,
ces actes n'auroient pas ſubſiſté. Un
aſſailli tue l'agreſſeur : il ne l'auroit pas
tué, ſi celui-ci n'eût attaqué; & couché ſur la pouſſiere, cet agreſſeur eſt
encore le coupable. Un aſſailli ſe défend
avec une arme qui n'eſt pas d'un uſage
ordinaire dans les villes : ſans l'agreſſeur on auroit même ignoré qu'il la
portoit. Un aſſailli ſe bleſſe lui-même
par les éclats de ſes propres armes :
c'eſt l'agreſſeur qui lui fait réellement
la bleſſure, &c, &c.

Auſſi & les Loix Romaines & les
nôtres, & celles de tous les peuples
ſe réuniſſent-elles pour légitimer même
une défenſe immodérée & exceſſive,
pour punir une attaque même légere,

& plus imprudente que réfléchie, pour
faire fupporter à l'agreffeur, comme
premier châtiment, & parce qu'étant
coupable par cela feul, il ne peut jamais être pourfuivant, tout le poids
de l'accufation.

Or il ne faut que fe rappeler le
tableau de cette affaire, pour juger de
la nature de l'agreffion, & fi celui
qui l'a éprouvée n'a pas été expofé,
fans qu'il y eût de fa faute, à tous
les accidens qui pouvoient réfulter d'une
jufte défenfe. Au furplus, le fieur
Damade ne demande, en ce moment,
qu'une jufte préférence, & non une
victoire. Le fieur Froidefond fe plai-
gnoit de l'abfolution prononcée à Bordeaux en faveur du fieur Damade. Cette
décharge, difoit-il, le jugeoit coupable quant aux coups de fabre, & il
entendoit les légitimer par l'ufage anté-
rieur du piftolet. Mais cette reffource
ne lui fera point ôtée. En rendant
le fieur Damade accufateur, le coup
de piftolet, les coups de fabre refte-
ront toujours à juger, puifque le fieur
Damade réferve, dans fes propres conclufions, qu'il foit procédé contre lui
par la fuite, s'il y a lieu : ainfi il fe juge

lui-même auſſi rigoureuſement que le
ſieur Froidefond puiſſe le prétendre.
Il ſe réſerve , il s'offre aux coups de la
Juſtice. Mais c'eſt à lui , du moins ,
qu'il appartient de faire luire ſon flam-
beau , de précéder ſes pas , d'exciter
l'activité de ſes jugemens. Eh ! que
perſonne ne lui envie ce triſte avantage ! outre qu'il eſt légal en ſoi , qu'on
jette les yeux ſur ſes bras , dont l'un
ne lui rend que de foibles ſervices , dont
l'autre eſt déjà comme il ſera dans le
tombeau , & que chacun ſe demande
s'il ne l'a pas acheté aſſez cher !

Mais , dit le ſieur Froidefond , par
des concluſions ſubſidiaires , que le ſieur
Damade , ni moi , ne ſoyons accuſateurs , que le vengeur public rempliſſe
ce miniſtere.

Outre pluſieurs raiſons de conve-
nance alléguées par M. Elie de Beaumont , entre autres que le zele d'un
Procureur du Roi peut être ralenti ,
ſoit par le défaut d'intérêt perſonnel ,
ſoit par la ſéduction & pluſieurs autres
moyens de ſubornation , il imploroit
l'autorité de l'article 10 du fameux
Réglement du 10 Juillet 1665 , Arrêt
auquel l'Ordonnance criminelle , faite

cinq ans après, n'a porté aucune atteinte, qui prononce ce qui fuit : » En » cas de plaintes refpectives, feront » tenus les Lieutenans-Criminels & tous » autres Juges Royaux & fubalternes, » incontinent après les interrogatoires, » de juger *qui fera accufateur, & qui* » *demeurera accufé*, pour, contre lui, » être le procès inftruit par récolement » & confrontation, fans que lefdits » Juges puiffent faire diverfes inftruc- » tions, ni procéder à des récolemens » & confrontations par diverfes infor- » mations refpectives, *à peine de nul-* » *lité*, répétition de frais defdites inf- » tructions criminelles, & des dom- » mages - intérêts des Parties «. Il eft ordonné par ce même Arrêt, qu'il fera lu deux fois l'an, dans les Tribunaux, aux ouvertures de Pâques & de Saint-Martin, pour en mieux affurer l'obfervation, en lui donnant chaque année une publicité folennelle.

Or cet Arrêt de réglement décide abfolument la queftion contre les fieurs de Queyffat. Il faut, *incontinent après les interrogatoires, juger qui fera accufateur, & qui demeurera accufé*. Il

n'y a point là de faux-fuyant, point
d'évasion, point de distinction à faire.
Il faut, ou que le sieur Froidefond soit
l'accusateur du sieur Damade, ou que
le sieur Damade soit son accusateur.
Qu'il prononce lui-même. Il n'y a point
ici d'accusateur intermédiaire qui puisse
accuser l'un & l'autre.

Dira-t-on que, dans une action ré-
cente & d'un grand éclat, on a vu le
Substitut de M. le Procureur - Général
au Châtelet de Paris se rendre seul
poursuivant contre deux accusateurs
respectifs ?

La réponse sera simple & tranchante.
Ils s'accusoient de faits différens. L'inférieur accusoit son maître de l'avoir
opprimé, diffamé, de lui avoir donné
un ordre de faire telle chose. Le maître accusoit l'inférieur d'avoir vendu,
à prix d'argent, & par des conventions
illicites, des secrets d'état qu'il devoit
garder, & d'avoir donné des communi-
cations criminelles.

Ici les sieurs Damade & Froidefond
s'entr'accusent réciproquement d'un crime unique, indivisible, d'un assassinat.
Vous m'avez assassiné d'un coup de
pistolet, dit l'un. Vous m'avez deux

fois affaſſiné, dit l'autre : premiérement par une agreſſion meurtriere,
en tenant un fabre nu élevé fur ma
tête, prêt à me la fendre, fi je ne
ramaſſois pas une arme jetée par terre,
& prêt à me la fendre, fi je la ramaf-
fois ; & enfuite par des coups de fabre
que ne légitimoit pas l'uſage de mon
piſtolet, puiſque je ne l'ai employé
que dans le cas d'une juſte défenſe &
d'un péril extrême, pour conferver ma
vie.

Il n'y a donc nulle conféquence à
tirer de l'exemple qu'on voudroit oppoſer. Il n'a nul rapport avec l'affaire
actuelle. Le fieur Damade eſt dans
les termes formels du Réglement de
1665, qui n'eſt même que déclara-
tif du droit naturel qui appartient à
un offenſé de pourſuivre fon injure.

Le fieur Froidefond argumente de
la priorité de fa plainte. Mais c'eſt vouloir tirer avantage de fon crime même.
On a vu que le combat ne l'avoit privé d'aucune de fes occupations ordinaires, d'aucun de fes plaiſirs. L'attention de fon adverfaire, couvert de
bleſſures, & retenu dans fon lit, étoit

toute abforbée par la douleur. Il ne pouvoit même pas figner une procuration. La terreur qu'infpiroit le nom des Queyffat retenoit tous les gens de Loi, qui refufoient leur miniftere au moribond. Doit-on, d'après cela, donner quelque faveur à cette priorité, qui eft la fuite néceffaire, qui eft même une nouvelle preuve de l'attentat de celui qui s'eft plaint le premier ?

On a beaucoup agité la queftion de favoir fi les récolemens & confrontations faits à Libourne en exécution de l'Arrêt de Bordeaux, devoient refter au procès, pour fervir de Mémoires.

D'abord cette procédure étoit anéantie par l'Arrêt du Confeil, qui, en caffant celui de Bordeaux, avoit auffi caffé *tout ce qui s'en étoit enfuivi.* Ainfi ces confrontations & ces récolemens ne pouvoient plus être regardés comme des actes juridiques. Mais pouvoient-ils refter fous les yeux de la Juftice, fous prétexte de lui fournir quelques lumieres? Voici les raifons qui fembloient s'y oppofer.

C'eft pendant le temps que le fieur

Damade est à Barege , qu'on fait faire à Libourne les récolemens & confrontations.

L'Arrêt de Bordeaux , en ordonnant que le procès sera fait & parfait aux sieurs de Queyssat , suivant la rigueur des Ordonnances , en confirmant leurs décrets de prise de corps , en déchargeant le sieur Damade de l'accusation , les avertit de toute la grandeur du danger auquel ils sont exposés.

L'affoiblissement , le changement même des dépositions sont la seule ressource que la terreur leur inspire. Et ces variations ont été portées au point que , par inadvertance , on fait dire à quelques témoins le contraire de ce que les sieurs de Queyssat ne se rappeloient plus avoir confessé à Bordeaux. Entre une foule d'exemples qui prouvent cette vérité , nous en rapporterons deux qui sont frappans.

Le sieur de Froidefond dit , dans sa plainte , que le sieur Damade lui tira le coup de pistolet *presque à bout touchant*. La balle alors , ayant eu moins d'espace à parcourir , son peu d'effet devient moins surprenant , & il paroît

que ce fut-là d'abord le principal objet
de l'attention du sieur Froidefond, qui
avoit fort à cœur d'écarter l'idée du
plastronnement, car une telle idée est
toujours fâcheuse. Les témoins de son
information, dont l'un est frere du
mari d'une de ses sœurs, frappés de la
même idée, déposent d'un coup de
pistolet instantané, donné par le sieur
Damade sans aucuns pas ni mouvemens par lui faits en arriere, ce qui
rend équivalemment le presque à bout
touchant.

Mais c'est se tirer d'un inconvénient
pour tomber dans un plus grand. Si le
sieur Damade a tiré *à bout touchant*,
courbé & incliné, il étoit donc sous
le sabre du sieur Froidefond, il n'avoit
donc réellement que ce moyen pour
sauver sa vie, puisqu'au moment où
il eût relevé son corps le sabre en
main, on pouvoit le supposer en garde
dans ce même moment, si aisé à confondre avec l'action de relever le sabre,
& celle de lui fendre la tête. Il seroit
tombé mort, le sabre en main, d'où
l'on auroit conclu qu'il s'étoit défendu,
Le sieur Froidefond laisse alors l'opinion du plastronnement devenir ce

qu'elle pourra ; il court au plus preffé :
les dociles témoins alors lui établif-
fent *quatre pas* ; c'eft - à - dire,
au moins dix pieds de diftance toujours
gardée entre lui & le fieur Damade,
& par-là il n'a plus le fabre précifément avancé fur la tête du fieur Damade. Mais auffi cette balle ayant alors
dix pieds à parcourir, auroit dû faire
un tout autre effet. A la bonne heure,
elle aura dû avoir tel effet qu'on voudra, mais le fabre du fieur Froidefond
ne fe trouvera plus fur la tête de fon
adverfaire. Or on fent bien qu'entre
le fyftême, ou des premiers témoins,
ou des feconds, il y a inconciliabilité.
Il y a donc ici des faux témoins.

Autre exemple, Quatre ou cinq
témoins ont vu le fieur Froidefond
avancer le fabre en l'air fur le fieur
Damade qui reculoit. L'un d'eux, le
trente-deuxieme témoin, a même vu
un fabre nu que quelqu'un faifoit
voltiger en l'air, & n'a entendu le
coup de piftolet qu'après. Cela eft
pofitif. Ils y perfiftent au récolement,
quelques - uns même à la confrontation.

Mais ces témoins font des ignorans

qui ne favent pas ce que c'eſt de ſe battre au ſabre. Ces mouvemens avancés, ce voltigement en l'air, c'eſt ce qui s'appelle *ſe mettre en garde*. Il eſt vrai qu'on ne conçoit guere comment le ſieur Froidefond pouvoit s'y mettre vis-à-vis d'un homme qui n'étoit pas encore armé, qui même refuſoit de s'armer, & diſoit *je n'en ferai rien*. N'importe, l'attitude de ſe mettre en garde n'eſt point meurtriere. Les mouvemens d'un ſabre qui voltige en l'air, qu'on avance ſur la tête de quelqu'un, ſont plus inquiétans, plus voiſins du meurtre. Et voilà que les dociles témoins, ou diſent d'eux-mêmes, ou répondent aux queſtions des accuſés, que le ſieur Froidefond *étoit en garde*.

Faut-il s'étonner de toutes ces corruptions, quand on voit les émiſſaires des ſieurs de Queyſſat tenir publiquement bureau de ſubornation ? Un particulier s'eſt rendu à Genſac, où étoit le trente-troiſieme témoin, qui dépoſe que ce particulier lui a demandé à dîner, & lui a propoſé *une rétractation dont les articles lui ſeroient fournis à Caſtillon.....Le témoin paſſant depuis devant la porte de ce particulier,* celui-ci celui-ci le pria d'entrer chez lui , & , après différentes sorties & rentrées , il fit voir au témoin trois différens écrits qui contenoient rétractation sur certains faits afférens à l'affaire entre MM. de Queyssat & le sieur Damade ; qu'après de grandes promesses de récompense à lui témoin , s'il vouloit consentir à cette rétractation , il crut l'y déterminer en lui annonçant que , pour le rassurer de l'inquiétude que lui occasionneroit peut - être l'idée de cette rétractation , ils iroient ensemble , de suite , chez le plus habile Avocat de Libourne , qui , par de bonnes citations , lui prouveroit qu'un témoin , en matiere criminelle , pouvoit , sans rien risquer , augmenter ou diminuer sa déposition au récolement & à la confrontation.

Interrogé d'office par le Juge sur les nom , surnom , & demeure de cet émissaire , il n'hésite pas : » C'est Garnier , Huissier , habitant d'un fauxbourg de Castillon ; & l'Avocat de Libourne qui devoit le tranquilliser , c'est le sieur Joyeux «.

Avec quelle profonde sagesse Louis XIV , connoissant le danger de ces cor-

Tome X. F

ruptions dans les affaires de combats &
de rencontres, s'étoit efforcé de les
prévenir ! L'art. 26 de son Edit de
1679 sur les duels & rencontres, ne
semble-t-il pas dressé pour l'affaire
même ? » Pour éviter, y est-il dit, que
les prévenus ne puissent se servir des
moyens qu'ils ont accoutumé de pra-
tiquer pour détourner les preuves de
leurs crimes, *en intimidant les témoins*
ou les obligeant de se rétracter dans
les récolemens, nous voulons que,
nonobstant l'art. 3 du tit. 15 de l'Ordonnance de 1670, *il soit procédé au*
récolemens dans les vingt-quatre heu-
res, & le plus tôt qu'il se pourra,
après qu'ils auront été entendus dans
les informations «.

Si cette Loi si sage avoit été suivie dans
l'affaire du sieur Damade, il n'auroit
pas vu casser successivement les Arrêts
de Bordeaux & de Toulouse ; il n'auroit point eu à agiter la question, qui
sera accusateur ou accusé, quelles pieces
doivent rester ou ne pas rester au Procès. Il y a long-temps que le Procès
n'existeroit plus,

Qu'on ne s'étonne pas, au reste,
que les sieurs de Queyssat aient pu se
ménager de si puissans avantages. D'un

côté, les vexations intimidoient les témoins; d'un autre côté, malgré les décrets de prise de corps, & bien que l'Ordonnance défende aux Geoliers, à peine des galeres, de laisser vaguer les prisonniers, les sieurs de Queyssat ne gardoient pas prison, se répandoient dans la ville, mangeoient & jouoient dans les maisons, alloient à la chasse, jouissoient, en un mot, de la liberté la plus entiere, & avoient conséquemment tous les moyens de circonvenir, de surprendre, d'intimider les témoins. Leur liberté même inspiroit elle seule à ces témoins, presque tous des dernieres classes de la Société, la soumission & la terreur. Quand on a vu ces hommes s'élever au dessus des Loix, annoncer, par leurs sorties habituelles des prisons, le plus énorme crédit, faire casser *en un mois* un Arrêt d'un Parlement, tenir dans leurs mains tous les hommes de Loi, tout le monde a été saisi d'effroi; tout le monde a courbé la tête : & si quelque chose doit étonner en voyant tous ces moyens réunis pour eux, c'est qu'ils n'ayent pas encore influé davantage sur ces récolemens & ces confrontations.

Heureusement pour l'innocence, les formes, qu'on invoquoit contre elle au Conseil du Roi, lui sont devenues utiles. Le Conseil, en cassant l'Arrêt du Parlement de Bordeaux, a cassé aussi tout *ce qui s'en est ensuivi*, & conséquemment les récolemens & confrontations.

Mais pourquoi le sieur Damade résistoit-il à ce qu'ils y restassent à titre de simples mémoires, puisqu'alors, n'étant pas *pièces du Procès*, ils ne pouvoient être lus *lors de la visite du Procès*, & conséquemment ne pouvoient aucunement influer sur les opinions ni sur le jugement définitif ?

Le motif de sa résistance est une nouvelle preuve de l'esprit d'équité qui l'anime.

Il est certain que des témoins, & en assez grand nombre, ont été corrompus ou séduits, & qu'il faut, autant qu'il sera possible, leur faciliter le retour à la vérité.

Tant que les récolemens & confrontations, disoit-il, resteront au Procès, même comme *simples mémoires*, les agens des sieurs de Queyssat, un Garnier, Huissier, & d'autres encores, sau-

font bien faire entendre aux témoins
que ces pieces, devant être lues par les
Juges, feront toujours une charge très-
grave contre ceux qui, venant à se
repentir enfuite, redeviendroient plus
véridiques. On offrira même encore aux
témoins de les mener chez quelque Avocat pour leur faire distribuer, cette fois-
ci, une doctrine de terreur, comme
on leur avoit offert précédemment des
explications tranquillifantes ; & ainfi
la crainte finiroit par mettre le dernier fceau à l'ouvrage de la capta-
tion, de la féduction, de la corruption.

Si au contraire ces pieces repofent
à jamais dans l'obfcurité du Greffe,
fans en pouvoir fortir pour quelque
caufe que ce foit, fans pouvoir paroître au Procès, même à titre de *fimples*
mémoires ; en un mot, fi elles font
vraiment ce qu'elles doivent être aux
yeux de la Loi, c'eft-à-dire, des pieces
qui n'exiftent plus, qui n'ont jamais
exifté, il eft certain qu'une plus grande
confiance naîtra dans l'ame des témoins,
que le retout à la vérité leur deviendra plus facile ; il eft certain que cette
rejection abfolue, fi elle ne rappelle

pas à leur devoir ceux que la corruption auroit enchaînés au crime, rappellera du moins à la vérité ceux qui n'auroient été que circonvenus, intimidés, ou séduits par des difcours, par des interpellations captieufes, par des queftions équivoques, par des interrogats menaçans.

Quelles précautions il faut prendre, pour défendre ou pour reconquérir la vérité ! Quel abîme qu'un Procès criminel, même fuivi du fuccès ! Combien peu de familles, dans les claffes moyennes de la Société, peuvent fupporter les dépenfes de ces funeftes victoires ! Combien de milliers d'hommes qui n'ont pas même les moyens d'engager le combat, qui, avilis, flétris par l'indigence, ne trouvent aucun reffort pour leur ame, aucun appui pour leur liberté civile, ni dans les Loix (qui font muettes par elles-mêmes), ni dans leurs Miniftres (qui fouvent ignorent leurs maux), & font réduits à dévorer en filence les opprobres & les outrages ! De là cette lâche audace des hommes opulens & des hommes protégés. De là ces affertions répandues dans le peuple, qu'il faut s'enrichir à quelque prix que ce soit, que l'opulence ne conduit pas moins à l'impunité qu'aux honneurs, qu'on ne punit point de mort un homme d'un certain rang dans la Société, qu'il n'y a que les misérables qui aient à redouter le glaive des Loix; assertions qui corrompent les mœurs, qui découragent les ames, qui dégradent les Nations; assertions détestables, destructives de tout ordre social, de toute sûreté publique & privée, & qu'il devient instant (si l'on veut arrêter leurs funestes progrès, & s'il en est temps encore) de réprimer & de détruire par d'éclatans exemples.

» Qui ne seroit indigné, disoit M. Elie de Beaumont, d'avoir vu les sieurs de Queyssat se jouer, avec une audace incroyable, de la juste sévérité de nos Loix? Six fois décrétés de prise de corps, ils ont regardé comme au dessous d'eux de rester dans les prisons.

» Un premier Arrêt du Conseil ordonne qu'ils seront transférés, sous bonne & sûre garde, dans les prisons de Toulouse. Ils s'y rendent en poste, de leur autorité privée, avec l'éclat

F iv

d'un Gouverneur qui se rendroit à son Gouvernement.

» L'un des trois freres, après l'Arrêt de Toulouse, se députe à la Cour pour solliciter une cassation ; & le bris de prison, de la prison d'un Parlement, n'est à Toulouse qu'un jeu pour lui. Une lettre injurieuse au Magistrat qui présidoit le second Parlement du Royaume, lui notifie sa fuite ; & sa Requête en cassation est un outrage pour le Parlement entier, pour toute la Magistrature Françoise. ——

» L'Arrêt de Toulouse renvoie les sieurs de Queyssat dans les prisons de Libourne ; & ces trois violateurs des Loix daignent à peine y coucher de temps en temps, se répandent dans les cercles, se livrent aux jeux, aux plaisirs de la Société, font des parties de chasse, affectent des délassemens d'éclat, comme si le glaive de la Justice n'étoit pas suspendu sur leur tête.

» On a vu le Chevalier de Queyssat être à Paris en pleine liberté pendant près de neuf mois, n'entrer en prison que *le matin même de la premiere plaidoirie ;* &, ce qui n'est pas moins criminel,

on l'a vu abufant de cette liberté pour
paffer & repaffer, aux Tuileries, devant le fieur Damade, l'outrager par
des regards menaçans, des geftes offen-
fans, que le refpect dû au lieu força
de diffimuler encore. On a vu fes deux
freres refufer de fe laiffer traduire à
Paris par l'Huiffier porteur de l'Arrêt
de la Cour (fon procès-verbal en fait
foi), puis partir de leur chef avec un
Huiffier de leur choix, & avec la même
liberté, dans la route, que les autres
voyageurs, qu'ils fatiguerent de leurs
fuperbes récits.

» Quels refpects pour les Loix veut-
on que puiffent avoir les peuples de Libourne, de Caftillon, de Bordeaux,
de Touloufe, de Paris, quand on voit
de telles violations durer des années
entieres, & pendant un fi long temps
refter impunies ?

» Que dirons-nous de cette témérité effrénée, jufqu'ici fans exemple,
qui ofe imprimer, fous les yeux d'un
Parlement, toute une procédure criminelle, lorfque les Loix du Royaume
ordonnent qu'une telle procédure refte
fecrete & ne puiffe être connue que
des Magiftrats ?

F v

» Que dirons-nous de cette artifi-
cieuſe manœuvre pour ſurprendre &
conquérir d'avance, par la voie des
Gazettes, l'opinion publique ; de ces
récits inſérés d'abord en faveur du ſieur
Damade (qui proteſte hautement n'y
avoir eu aucune part, ni par lui, ni
par ſes amis, & qui a voulu ſouffrir
toutes ces vexations en ſilence), récits
qui donnent lieu enſuite à de longues
réfutations dans leſquelles la vérité
& la bienſéance ſont également ou-
tragées ?

Enfin, les ſieurs de Queyſſat demandoient, avec inſtance, que le Parlement de Paris évoquât le principal.
L'Arrêt du Conſeil, qui lui avoit renvoyé cette affaire, l'y autoriſoit : en
voici les termes : » A évoqué & évo-
» que les demandes & conteſtations ;
» *& icelles, circonſtances & dépen-*
» *dances*, a renvoyé & renvoie au Par-
» lement de Paris, pour y être fait
» droit, lui attribuant, à cet effet,
» toute Cour & Juriſdiction «.

Le Parlement de Paris étoit donc
ſaiſi de l'affaire, comme l'avoient été
les Parlemens de Bordeaux & de Toulouſe. Ces deux Parlemens auroient pu

évoquer. Celui de Paris le pouvoit donc comme eux.

» D'ailleurs, difoient les fieurs de Queyffat, il ne s'agiffoit dans l'affaire, ni d'affaffinat, ni de préméditation de leur part. La procuration du fieur Damade ne donnoit, à fon Procureur fondé, que le pouvoir de rendre plainte *d'excès*, *bleffures & injures*, fans aucune mention *d'affaffinat*. Il n'étoit donc queftion que de *rifques*. Or, des rifques ne font point des crimes capitaux. Elles font donc fufceptibles d'être évoquées & jugées à l'Audience «.

Mais, répondoit le fieur Damade, qu'eft-ce que l'évocation ?

Ouvrons le texte de la Loi ; il nous apprendra, par la maniere dont il s'exprime, quels font les cas dans lefquels il eft poffible de demander aux Tribunaux cette faveur qui femble placer l'accufé dans un état moyen entre le crime & l'innocence.

» Les Procès criminels, porte l'art. 5 du titre 26 de l'Ordonnance criminelle, pendans par-devant *les Juges des lieux*, ne pourront être *évoqués* par nos Cours, fi ce n'eft qu'elles connoif-

F vj

fent, après avoir vu les charges ; que
la matière eft légere & ne mérite une plus
ample inftruction; auquel cas pourront les
évoquer, à la charge de les juger fur
le champ à l'Audience ; & faire mention, par l'Arrêt, des charges & informations, *le tout à peine de nullité.*

Le tout à peine de nullité. Ainſi la
peine de *nullité* frappe fur *toutes* les
contraventions à cet article de la Loi.
Elle frappe non feulement fur l'omiſ-
fion de lire les charges & informations
& d'en faire mention , non feulement
fur l'omiſſion de juger à l'Audience &
fur le champ , non feulement fur l'o-
miſſion, de juger par un feul & même
jugement ; mais elle frappe bien plus
encore fur la facilité avec laquelle on
jugeroit , comme *matiere légere & ne*
méritant une plus ample inftruction ,
une affaire qui méritoit des peines
afflictives ou infamantes : car la juſtice
due à l'offenſé eſt violée. Celle qui eſt
due à la Société entiere , l'eſt plus fortement encore ; & ce font-là fans
doute , des contraventions plus graves ,
plus intéreſſantes , plus importantes
dans leurs conféquences, que fi l'on jugeoit une affaire dans la Chambre *du*

Conſeil, au lieu de juger *à l'Audience*, ou que ſi un Greffier omettoit dans une rédaction d'énoncer que des informations lues en effet à l'Audience y ont été lues.

» Eh ! que m'importe à moi, diſoit le ſieur Damade, malheureux citoyen vexé, outragé, mis en péril de ma vie, que la juſtice me ſoit rendue dans une Chambre appelée *Chambre du Conſeil*, au lieu de m'être rendue dans une Chambre appelée *Chambre d'Audience*, pourvu qu'elle me ſoit bien rendue ? Mais ce qui m'importe grandement, ce qui importe, en ma perſonne, à la Société entiere, c'eſt que la légéreté du châtiment n'invite pas des coupables, ou des hommes ſemblables à eux, à m'accabler par de nouveaux outrages ; c'eſt que la foibleſſe des condamnations ne mette pas une différence odieuſe entre un accuſé & un accuſé ; c'eſt que je n'aye pas employé trois années de ma vie, toute ma fortune, une partie de celle de mes proches, à pourſuivre une ombre vaine ; c'eſt que chaque membre de la Société reſte bien convaincu que, quand il aura troublé la paix publique, nulle conſidération

de naiſſance, de ſervices, de talens militaires , de recommandations des
Grands, ne peut atténuer ſon crime ,
n'en peut affoiblir le châtiment; & c'eſt
alors que nous aurons des Loix reſpec-
tées , un ordre public bien établi, une
certitude d'exiſter qui rend la Patrie
chere , qui fait ſupporter avec joie ſes
charges & ſes beſoins , & qui fait que
chacun de nous verſeroit ſon ſang pour
elle «.

Eh quoi ! le premier Juge a prononcé trois décrets *de priſe de corps*
contre les coupables ; le Parlement de
Bordeaux , dans la plus grande connoiſſance de cauſe, les a confirmés. Le Parlement de Touluſe , auſſi dans la plus
grande connoiſſance de cauſe , les a
confirmés. Ces deux Cours ont toutes
deux prononcé le refus de l'élargiſſe-
ment proviſoire , & leurs Arrêts, à cet
égard non attaqués , ſubſiſtent dans
toute leur force ; & lorſque , ſuivant
la Loi (*a*) , le décret de priſe de corps
ne peut être prononcé *contre les domi-
ciliés , ſi ce n'eſt pour crime qui mé-*

(*a*) Titre 10 , art. 19 de l'Ordonnance de
1660.

rite peine afflictive ou infamante, l'on voudra sérieusement persuader que les sieurs de Queyssat n'ont commis qu'une *faute légere*, qui ne mérite pas d'*instruction*, qu'il faut se hâter de les envoyer sur nos côtes & sur nos frontieres où des bruits de guerre appellent leur valeur, ou bien les rendre à leur Patrie pour y commettre, par l'encouragement de l'impunité, de nouveaux attentats ! La raison, la Nature, la Loi, la Patrie frémissent à de semblables pensées.

Le sieur Damade, après avoir long-temps résisté à l'évocation du principal, y consentit enfin, par une Requête donnée peu de temps avant le jugement. Voici le dispositif de l'Arrêt.

» Après qu'Hardouin, Avocat de Jean de Queyssat de Froidefond, Gerbier, Avocat de Jacques & Gabriel de Queyssat, & Target, Avocat de Damade Belair, ont été ouïs pendant neuf Audiences ; ensemble Seguier, pour le Procureur-Général du Roi, qui a fait récit des charges & informations respectives, la Cour ordonne qu'il en sera délibéré sur le champ, & qu'elle

se retirera en la chambre Saint-Louis.
Et ayant été délibéré sur le champ,
les Avocats des Parties, ouïs de nouveau
dans leurs conclusions, ensemble Seguier pour le Procureur-Général du
Roi ; la Cour faisant droit sur les appels respectifs, Requêtes & demandes
des Parties, ensemble sur les conclusions du Procureur-Général du Roi, a
mis & met les appellations, & ce dont
est appel au néant, émendant, évo-
quant le principal & y faisant droit ;
DÉCHARGE la Partie de Target de l'accusation contre elle intentée à la requête de la Partie d'Hardouin. FAIT
DÉFENSES aux Parties d'Hardouin & de
Gerbier d'excéder, maltraiter, outrager ni provoquer la Partie de Target ;
leur fait pareillement défenses d'ap-
procher, de dix lieues, des villes de
Castillon & de Bordeaux pendant la
vie de la Partie de Target, le tout sous
peine de punition corporelle. *Condamne*
lesdites Parties d'Hardouin & de Gerbier solidairement en 80000 liv. de
dommages & intérêts, par forme de
réparation civile, envers celle de
Target, & en tous les dépens des
causes principales, d'appels & de-

mandes, faits tant à Libourne, Bordeaux, Toulouse, qu'en la Cour; faisant droit sur les conclusions du Procureur-Général du Roi, condamne chacune des Parties d'Hardouin & de Gerbier en cent livres d'aumône applicables aux pauvres de la paroisse de Castillon; sur le surplus des plaintes, Requêtes & demandes des Parties, les met hors de Cour. *Permet* à la Partie de Target de faire imprimer le présent Arrêt jusqu'à concurrence de deux mille exemplaires, & d'en faire afficher cinquante tant à Libourne, Bordeaux, Castillon, Toulouse, qu'à Paris, le tout aux frais & dépens des Parties d'Hardouin & de Gerbier. Fait en Parlement, les Grand'Chambre & Tournelle assemblées, le 13 Avril 1778.

FRERE pauvre, réclamant contre le teſtament fait par ſon frere riche en faveur d'un Hôpital.

CETTE affaire mérite d'obtenir une place dans ce recueil.

Un malheureux s'attache à l'obſcurité de ſa retraite. Il y cachoit, de concert avec ſa famille, ſa pauvreté, & la honte qui l'accompagne. Il apprend tout à coup qu'un frere, pour qui le ſort le rendit conſtamment inconnu, avoit deſtiné, en mourant, ſa fortune au ſoulagement des pauvres. Pauvre lui-même & manquant de ſecours, il ſe traîne aux pieds des Adminiſtrateurs de cette fortune, & va gémir devant eux ſur ſon indigence.

Cependant les Adminiſtrateurs ſe taiſent. Le dépôt, ſuivant eux, doit ſubir une autre deſtination.

André Duſſol avoit deux fils, Etienne & Louis. La fortune fit du premier un citoyen très-riche : la Nature donna au ſecond une nombreuſe famille, mais deſtinée à la pauvreté.

Etienne Duffol avoit fui dès l'enfance la maison paternelle. Il avoit été sous les climats les plus éloignés solliciter les faveurs de la fortune. Son départ précéda la naissance de Louis : ce dernier fut toujours inconnu pour son frere.

L'ignorance la plus entiere de ses projets, & même de son existence ; quarante ans d'absence, tout autorisoit à croire sa mort certaine. Dans le testament paternel il ne fut point fait mention d'Etienne Duffol.

Rapproché de sa patrie, il fut surpris par la mort ; son retour dans cette même patrie n'y fut jamais annoncé. La disposition de ses biens honore sa mémoire ; l'ignorance où il étoit sur l'état de sa famille le justifie.

Lorsqu'un étranger, en effet, est mourant, ce sont encore des étrangers qui le consolent. Etienne Duffol ignoroit l'existence de son frere ; le reste de sa famille devoit lui être depuis quarante ans aussi inconnu. Les approches souvent trop rapides de la mort, ou même les angoisses qui la précedent, ne permettent guere à un mourant de pareils examens. Un homme qui a voyagé long-temps, a pris d'ailleurs un intérêt plus général pour les hommes. Dans le doute sur l'état de ses parens, on sactifie volontiers à la Religion ; &, pour qui ne croit plus avoir de famille, la Société en devient une.

La Religion paroît ainsi acquitter les devoirs du citoyen. Une disposition en faveur des pauvres, lorsqu'on ignoroit qu'on avoit un frere qui l'étoit lui-même, est la plus grande preuve que, sans cette ignorance, on eût soulagé sa pauvreté.

Reconnu par les Administrateurs pour le frere d'Etienne Dussol, la piété du Bureau avoit promis d'abord à Louis Dussol les plus grands secours. Une économie mal entendue a démenti ces promesses.

Tels sont les faits sur lesquels le Défenseur de Louis Dussol appuyoit sa réclamation. Il renferma ses moyens dans la discussion de deux questions. Il soutint d'abord que le testament n'étoit pas valable, & ensuite, qu'en le supposant valable, on devoit en modérer la rigueur.

» Rome admit, dans les premiers temps, à la plainte *d'inofficiosité*, tous les parens (*a*) & amis du teftateur. Dans une ville vertueuſe & libre , chaque citoyen devoit devenir comptable de ſon ingratitude ou de ſa dureté.

» Avec la liberté , Rome perdit ſa vertu. Les Empereurs & les Grands capterent les teftamens. Si les droits du ſang euſſent été en vigueur, chaque famille eût pu élever des plaintes : il fallut les arrêter dans leur principe. On donna une plus grande liberté aux teftateurs , pour pouvoir l'ôter à leurs familles , & l'on fit ainſi reſpecter l'eſclavage ſous les apparences même de la liberté.

» On n'admit en effet à la plainte d'inofficioſité , que le fils & le frere conſanguin. Cependant le terme même d'inofficioſité accuſoit cette reſtriction. Un teſtament inofficieux eſt celui qui a été fait contre cette piété naturelle que l'on doit à ſes proches.

» Cette Loi , tranſportée dans nos Tribunaux , leur a ſervi de principe.

(*a*) Voyez Valere Maxime, liv. 7 , chap. 7. Heignetius, *de Antiq. Rom.* liv. 2 , tit. 27 , §. 7 , *de inoff. tuto.*

Mais de ce qu'on aura pu déshériter un frere, lorfqu'on le connoiffoit, il ne s'enfuit pas qu'on ait pu le déshériter encore, lorfqu'on ignoroit fon exiftence.

» Parce que le teftateur connoiffoit fon frere, il aura pu l'eftimer indigne de fa fucceffion ; la Loi lui aura permis de févir contre le mauvais citoyen. Le droit de famille devient fubordonné à celui de la Société.

» Mais dans ce cas, ainfi que dans tous ceux de l'exhérédation, l'exiftence de celui que l'on exhérede eft fuppofée connue.

» Le pere pourra exhéréder fon fils, dit la Loi, mais en affignant une jufte caufe. Il falloit donc que le pere allât au devant des foupçons de la haine & juftifiât fa vengeance.

» Pareillement un frere ne pouvoit priver fon frere de la fucceffion, qu'en ne lui préférant pas une perfonne indigne.

» Il falloit donc que, même dans cette Caufe, le teftateur comparât fon frere avec la perfonne qu'il lui préféroit; il falloit que la comparaifon ne pût tenir à l'envie.

» Mais comment comparer ce qu'on ne connoît pas ? Un frere étant ignoré, la comparaison ne pouvoit avoir lieu. La préférence eût été sans objet.

» Lors donc qu'on ignoroit l'exiſtence de ſon frere, ſon exhérédation ne pouvoit lui devenir nuiſible.

» Pourquoi dire en effet, que, quand même le teſtateur eût connu ſon frere, il lui eût préféré des étrangers ? Pourquoi, dans le doute, rendre la Nature contraire à elle-même ?

» Par une conſéquence oppoſée, les Loix elles-mêmes ont déterminé la volonté des parens, par les ſentimens de tendreſſe qui l'auroient dirigée.

» Un citoyen va combattre & mourir pour la République. Dans l'intervalle, la Nature lui donne un fils. Ce dernier, inconnu pour ſon pere, pourra-t-il réclamer contre ſon teſtament ? La volonté de celui qui expire pour la Patrie doit lui être ſacrée.

» Ce ſeroit un ſophiſme trop cruel, dit la Loi. La volonté d'un homme mourant pour la Patrie eſt ſans doute bien reſpectable ; mais les droits de la Nature le ſont davantage. Pourquoi ſuppofer que ce pere l'eût outragée dans fon fils ! Pourquoi traiter une ignorance malheureufe comme une injure volontaire ?

» Les entrailles d'une mere fe font déchirées, & elle va perdre elle-même le jour en le donnant à fon fils. Dans un teftament précédent, elle n'avoit point prévu la naiffance du nouveau né. Ce dernier fera-t-il admis à la fucceffion ?

» Oui, fans doute, s'écrie le Légiflateur. Pourquoi penfer que cette mere eût méconnu le fruit de fes entrailles ? La voix du fang eût crié pour lui. L'injuftice du deftin doit être réparée (a).

» Lors donc que l'exiftence de celui qui devoit être l'objet de notre tendreffe nous eft inconnue, les Loix n'ont point voulu que les fentimens que la Nature nous auroit infpirés fuffent perdus pour lui.

» Tout fe réunit donc en faveur de ce malheureux frere ignoré, & le cri

_____

(a) *Repentini cafûs iniquitas, per conjecturam maternæ pietatis emendata eft.*

de la Nature, & la douleur même des
Loix.

» On ne peut pas dire en effet
que les Loix n'aient prévu, contre elles-
mêmes, le cas où l'exiſtence de l'exhé-
rédé ne ſeroit point connue.

» Mais dans le cas même où la Loi
ne l'eût point prévu, ne faudroit-il pas
déterminer le ſentiment du Légiſlateur
par celui que l'équité naturelle lui auroit dicté ?

» Or, l'exhérédation étant une
peine, comment permettre de l'infliger à celui que l'on ne connoît
pas ? Pourquoi permettre au citoyen
de punir ſans un objet fixe & déterminé ?

» Dans le doute enfin ſur le ſentiment du Légiſlateur, les droits de
famille, droits originaires de la Société, ne reprennent-ils pas toute leur
force ? Le Juge peut-il s'empêcher de
les ſuivre ?

» Plus le doute en effet s'éleve,
plus la Nature échappe aux entraves
de la Loi. Le doute une fois formé,
la Nature eſt rendue à ſes droits, &

la puissance exécutrice à son équité primitive.

» Par ces raisons on doit regarder le testament comme non-valable.

» Qu'à l'injustice du sort (ajoutoit le Défenseur de Louis Dussol) se joigne encore la rigueur de la Loi ; que sous cet effort réuni , le citoyen accablé courbe sa tête , le Magistrat ne devra-t-il pas du moins en soulager le poids ?

» Dans tous les temps on vit nos Cours souveraines protéger l'infortune , & la pitié indulgente de leurs Magistrats sourire au malheureux opprimé.

» Un homme meurt , & appelle les pauvres à sa succession : ce n'est plus une sœur , un frere ou une épouse qui la réclament ; c'est un simple parent du testateur , sur lequel ce dernier avoit gardé volontairement le silence. Les Administrateurs le repoussent , mais le Magistrat l'accueillit. Le fameux d'Aguesseau , chargé par son ministere d'élever sa voix en leur faveur , les condamne & prononce contre eux ; si toutefois ce n'étoit pas prononcer pour eux-mêmes, que de faire disparoître à leur égard les soupçons de la dureté, & les défendre ainsi contre leur propre erreur (a).

» Plus favorable encore au malheureux Duffol, un nouveau Jugement se présente dans l'espece suivante.

» Celui qui expose aux passans sa nudité & sa misere, & va baiser publiquement la main de celui qui le soulage, n'est pas le seul pauvre. Le pere de famille (b) qui, dans le silence, dévore sa honte & voit périr dans ses besoins cette même famille, sans oser les montrer, est encore plus malheureux; c'est à cette derniere classe de citoyens, disoit un mourant, que je veux qu'on partage ma succession.

» Cependant quelques parens du testateur, honteux de cette même pau-

---

(a) Arrêt du Parlement de Paris, 16 Juillet 1725, qui, sur les conclusions de M. d'Aguesseau, adjuge à un parent du testateur une pension viagere sur sa succession délaissée par son testament à l'Hôpital de Lyon.

(b) Il est prouvé, par les certificats de tous les Officiers du Bailliage d'Annonay, que, chargé d'une nombreuse famille, Louis Duffol ne possede qu'une petite maison.

vreté qu'il eſt ſi douloureux de produire,
ſe préſentent. Les admettra-t-on indifféremment avec tous les autres étrangers à la ſucceſſion , ou devra-t-on
leur en attribuer particuliérement une
partie ?

» La rigueur de la Loi combattoit
contre eux ; mais la Loi , faite pour le
ſoulagement des malheureux, pourroit-
elle jamais être cruelle ? La Loi ſans
doute ne peut jamais ſe tromper ; mais
celui-là ſeroit toujours dans l'erreur ,
qui , dans le doute, la croiroit inhumai-
ne : le Magiſtrat leur affecta la moitié
de la ſucceſſion (a).

» Dans ces derniers jours , plus que
jamais, les droits primitifs de l'homme ,
droits inſéparables de ſon être , ont été
invoqués. Un nouvel éclair de lumiere
ſemble avoir paſſé , en faveur de la Nature , de l'eſprit des Magiſtrats dans
celui des peuples. Antérieure à la Société , la Nature a été plus particuliérement reconnue dans ſes droits.

» Dans une Province voiſine , le
fanatiſme armoit , contre l'humanité ,

(a) Arrêt du 13 Août 1644. *Henris, tome*
3 , liv. 5 , queſt. 37.

l'erreur de vingt nations & celle de
deux siècles. Un Magistrat, impatient
du joug, porte une main hardie sur
lui, & va le combattre devant un peuple séduit. Cependant les larmes cou-
lent. Que l'éloquence est touchante
lorsqu'on parle selon son cœur ! La voix
du sage Servan n'est bientôt plus qu'une
flamme dévorante qui pénètre, & la pitié bienfaisante marche comme en triom-
phe au devant de ses paroles. Chacun,
en l'écoutant, est devenu plus vertueux
en se retrouvant plus sensible. Chaque
Magistrat, de retour dans ses foyers,
pouvoit se dire à lui-même...... On a
plaidé aujourd'hui la Cause de l'humanité devant moi ; & parce que je ne
fus jamais aussi bienfaisant, je ne fus jamais aussi juste (a).

_____

(a) Arrêt du Parlement de Grenoble (1),
qui adjuge à une femme Protestante & à
ses enfans des dommages & intérêts. Le
mariage rendu nul par l'abjuration, le mari
devenu Catholique, se refusoit à des indem-
nités envers l'infortunée qui avoit été tra-
hie par un époux également injuste & barbare.

(1) Cette note est tirée du Mémoire de M. Detrey
de Roqueville, Défenseur de Louis Dussol.

» Mais n'eſt-ce pas dans ce même Tribunal, témoin aujourd'hui de l'infortune de Duſſol, que, pauvre & ignoré de ſes parens, comme lui, un citoyen fut, par la pitié de ſes Magiſtrats, racheté dans ſes derniers jours de l'injuſtice du ſort ?

» Mon ſang a coulé particuliérement pour vous, diſoit en effet ce citoyen (a) malheureux à ces mêmes Magiſtrats ; car ſi, de tous ſes attributs, le plus beau dans la Divinité, c'eſt la juſtice, la fonction qui, dans l'homme, l'en rapproche le plus, eſt auſſi celle qu'on doit le plus honorer. Je vous avois, en quittant mes foyers, confié ma famille, ma fortune ; mais lorſque, pauvre & chargé de bleſſures, je re-

---

(a) M. de L...., Officier pauvre & réformé, dont la deſtinée avoit été ignorée par ſon oncle. Un Arrêt du Parlement de Touloule lui adjugea, en 1752, le tiers de la ſucceſſion de ſon oncle, délaiſſée par ſon teſtament à l'Hôpital : on ſent avec quel plaiſir un bon Citoyen doit citer un Jugement ſi conſolant pour l'humanité, rendu dans ſa patrie, & donner des regrets à la mémoire du Magiſtrat reſpectable, dont le ſentiment prévint à cet égard celui de la Cour.... *M. de Caraman, Avocat-Général.*

viens devers vous avec cette tendresse
& ce respect que l'on doit à ses Dieux
tutélaires , permettrez - vous que des
étrangers, sous prétexte qu'ils sont malheureux eux-mêmes , dévorent la succession de mes proches « ? Il n'en sera
pas ainsi, dirent les Magistrats ; lorfque vous combattiez au dehors pour la
Loi , elle a dû veiller dans l'intérieur
pour vous. Le patrimoine de vos proches vous sera rendu.

» Lorsque le préjugé (difoit le Défenseur de Duffol en finissant) semble
fuir ainsi de tous côtés devant le flam-
bleau de la vérité ; lorsque la voix de
l'humanité va retentir , par la bouche
des Magistrats , dans le cœur des Souverains & des peuples ; lorsqu'une se-
couffe générale semble arracher à leur
insensibilité tous les esprits , n'eft-ce
pas aux Magistrats à perfectionner leur
ouvrage , & à rendre enfin les Loix
dignes d'elles - mêmes , en les faisant concourir au bonheur des hommes ?

» Plus favorable que tous les infortunés dont on a déjà parlé, Louis Duffol eft un frere , & encore un frere
ignoré , dont on eût voilé la misere,

G iv

dont on eût foulagé l'indigence , & en
faveur de qui la tendreffe eût fubftitué
fes bienfaits , au pain toujours amer de
l'aumône. Quiconque oferoit croire le
contraire ; ne feroit qu'un homme
mauvais , & qui n'auroit jamais connu
ce doux attendriffement fur les malheureux , fource de toute vertu , &
premier bonheur d'une ame fenfible.

» La volonté des mourans, dit la
Loi , doit être facrée ; mais celui qui
appeloit à fon héritage les pauvres, n'en
eût point rejeté fon frere.

» Autrement , ce feroit tourner le
principe contre lui-même , déshonorer
la mémoire d'un mourant , alors qu'on
lui rend hommage , & la flétrir à la
fois par les foupçons de l'injuftice & de
la cruauté.

» N'ayant connu fon frere que par
fa perte, & fes richeffes que pour mieux
fentir fon infortune ; obligé de produire
cette même infortune aux yeux d'un
Public étranger , & d'y expofer un vifage flétri par la honte de l'indigence;
traînant enfin fa douleur & celle de fa
famille devant les Magiftrats , Louis
Duffol n'avoit mis d'abord d'autre Juge
entre lui & les Adminiftrateurs , que

leur générosité & sa misere. Mais n'é-
toit-il pas encore pour lui des hommes
respectables, qui, dans la Religion la plus
consolante, sauront reconnoître la voix
de la Nature & les droits de l'humanité ? Avec cette fermeté que recouvre
le malheureux devant son Juge, &
cette confiance que lui donne toujours
le sentiment de l'injustice qu'il a souf-
ferte ; traduit aujourd'hui aux pieds de
la Cour avec ces mêmes Administrateurs, Louis Duffol ne devra-t-il pas
leur dire :

» Un homme opulent vient de déposer entre vos mains de grandes ri-
chesses. Détournez pour un moment
la vue de ces haillons qui me couvrent : peu faits pour l'homme riche,
reconnoissez, à ma douleur, que c'é-
toit mon frere. Je ne l'accuserai point
cependant devant vous d'ingratitude.
Sa volonté pouvoit m'être plus chere,
mais jamais plus respectable. Ses derniers regards, en mourant, se sont tour-
nés vers les infortunés ; je suis infortuné moi-même : je dois donc l'honorer encore comme mon bienfaiteur.
Bien loin de m'opposer à sa volonté,
je m'en servirai contre vous-mêmes. Si

la bonté de cet homme pieux s'étendoit fur tous les indigens, que n'eût-
il point fait pour moi, s'il n'eût ignoré
fon frere ? Le crime fouilla-t-il jamais
mes foyers domeftiques? Mon indigence
n'étoit-elle pas un nouveau titre pour
lui ? Lors donc que fa main a détourné,
par erreur, fes bienfaits de deffus ma
tête, permettez que je concoure avec
les autres malheureux à leur partage ;
par-là fa volonté n'aura point été trompée dans fon objet. L'œil de la douleur ne fe fermera jamais fur fa perte.
Voudrez-vous m'ôter encore jufqu'au
fouvenir de fes bienfaits « !

» Telles feront les juftes plaintes de ce
malheureux pere de famille : image trop
foible fans doute de la pauvreté flétrie
& de la douleur encore irritée par le
mépris. Une adminiftration trop févere a donc méconnu le cri de la Nature. Le dépofitaire public des Loix
pourroit-il aujourd'hui prétendre que
l'intérêt général combat dans ce malheureux contre l'intérêt particulier ?
Mais quel eft donc le premier intérêt
des Loix, fi ce n'eft de venger le citoyen vertueux contre l'infortune, &
de redonner à l'humanité, à la Reli-

gion & à la Nature, ce qu'un deftin injufte leur avoit ôté «.

La défenfe de Louis Duffol avoit été préfentée fous ce point de vue dans un Mémoire que M. Derrey de Roqueville fit paroître il y a plufieurs années. Cette Caufe eft reftée indécife jufqu'au mois de Mai dernier, qu'elle a été plaidée par M. Monyer. Ce nouveau Défenfeur n'a pas fuivi le plan qui avoit été adopté par le premier ; il a réduit la Caufe à la feconde queftion, & voici de quelle maniere il l'a développée.

Il a foutenu que la demande de Louis Duffol étoit fondée fur les droits les plus facrés, fur ceux de la Nature, fur l'état d'indigence où il fe trouvoit, & fur l'ignorance où étoit le teftateur de l'exiftence de fon frere quand il a difpofé de fes biens.

» Les droits du fang, ceux de la Nature ne pouvoient point être méconnus. Louis Duffol étoit le feul frere du teftateur ; ils avoient reçu le jour des mêmes parens.

» L'indigence de Louis Duffol ne pouvoit être conteftée. Chargé de l'entretien d'une femme, de l'éducation

G vj

& de l'établiffement de fix enfans;
n'ayant, pour foutenir ces dépenfes,
qu'une petite maifon qui fervoit à fon
logement, & n'ayant, pour tout patrimoine, qu'un mince Office de Procureur au Bailliage d'Annonay, il étoit
pauvre.

» Avec ces petites propriétés & cette
nombreufe famille, fon indigence étoit
prefque abfolue, quoiqu'une indigence
relative lui eût été affez favorable dans
cette Caufe.

» Cet état d'indigence étoit prouvé
par les certificats que rapportoit Louis
Duffol des Officiers Municipaux, &
les atteftations des Officiers du Bailliage d'Annonay, qui juftifioient que,
chargé d'une femme & de fix enfans, il ne poffédoit qu'une maifon
évaluée près de mille écus, & un
Office de Procureur, évalué 7 ou 800
livres, qui rapportoit à peine de quoi
nourrir abfolument cette malheureufe
famille.

» On ne pouvoit pas révoquer en
doute l'ignorance où étoit Etienne Duffol, teftateur, de l'exiftence de Louis
Duffol fon frère.

» Il affuroit qu'il n'en avoit jamais

entendu parler, ni eu des nouvelles.
Eloigné depuis quarante années d'un
frere qu'il n'avoit jamais vu, Etienne
Duffol ne dut pas même penfer à s'informer de fon frere.

» Enfin l'exiftence de Louis Duffol,
relégué dans une petite ville du Vivarais, où il menoit une vie obfcure,
exerçant une profeffion qui ne pouvoit
fe faire connoître que dans certains quar-
tiers du petit reffort du Bailliage, pouvoit bien n'être pas foupçonnée par fon
frere Etienne.

» Il eft en effet plus que probable
que ce dernier, revenu des Echelles du
Levant, où le commerce l'avoit enri-
chi, revenu après quarante ans d'abfence, mêlé dans le tourbillon & les
plaifirs d'une grande ville, telle que
Montpellier; il eft plus que probable
que les deux freres, éloignés, ne foup-
çonnant pas leur exiftence réciproque,
& par cela étrangers à eux-mêmes, ne
fe connuffent point.

» D'ailleurs, foutenir qu'Etienne Duffol avoit connu l'exiftence de Louis Duffol avant fa mort, c'étoit calomnier
fon cœur, fa mémoire; c'étoit calomnier la Nature «.

M. Monyer a appuyé ces moyens fur une foule d'Arrêts qui ont accordé au frere oublié dans le teftament du frere, une partie de fa fucceffion, dans le cas où les pauvres avoient été inftitués héritiers.

» Ces trois confidérations, prifes de l'état d'indigence de Louis Duffol, de l'ignorance où étoit fon frere fur fon exiftence, de la Jurifprudence qui accorde aux freres *prétérits* une portion de la fucceffion de l'autre frere ; ces trois confidérations, difoit M. Monyer, devoient être décifives, pour peu qu'on confultât les Loix de la Nature «.

Tel a été le plan de la défenfe de Louis Duffol.

Il avoit pour adverfaire le Miniftere public. M. de Cambon, Avocat Général, plaidant pour l'Hôpital, a foutenu que Louis Duffol n'avoit aucun titre pour s'oppofer à l'exécution du teftament de fon frere.

» Louis Duffol, difoit ce Magiftrat, eft exclu par les Loix & par les Arrêts qu'il a lui-même cités. Il n'eft pas indigent, ou pauvre, comme il le dit ; il y a lieu de croire qu'Etienne Duffol connoiffoit l'exiftence de fon frere.

» En premier lieu, les Loix l'excluent.
La Loi Romaine n'accordoit au frere
prétérit une portion de la succeſſion
de ſon frere, qu'autant que ce dernier
avoit inſtitué une perſonne honteuſe ou
infame, *turpem perſonam*. Il étoit
donc néceſſaire, afin que le frere *prétérit* eût un droit de légitime à prétendre ſur le bien de ſon frere teſtateur,
que celui-ci eût inſtitué des héritiers
infames.

» Mais ſi le frere teſtateur n'inſtitue
point une perſonne infame pour recueillir ſon hérédité, il n'eſt pas néceſſaire qu'il laiſſe la légitime à ſes freres, ni qu'il les inſtitue ou exhérede. Il peut valablement teſter &
diſpoſer de ſes biens, ſans faire abſolument aucune mention de ſes freres,
ni leur rien laiſſer, à quelque titre que
ce ſoit.

» En appliquant ces principes à cette
Cauſe, il eſt aiſé, continuoit M. l'A-
vocat-Général, de voir que Louis Duſ-
fol ne peut rien demander, parce que
le cas de la Loi (qui eſt l'inſtitution
d'un héritier infame) ne s'y trouve
point. L'Hôpital de Montpellier eſt l'héritier inſtitué : or, un tel héritier n'eſt

pas infame : il n'y en a pas au contraire de plus favorable aux yeux de
l'humanité & de la Religion.

» De la Loi Romaine, qui n'accorde
rien, paſſons à la Juriſprudence Françoiſe, qui accorde quelque choſe.

» Les Arrêts que l'on trouve dans les
livres, ont accordé une portion au
frere *prétérit* pauvre ; mais dans quel
cas ? dans quelle hypotheſe ? C'eſt ce
qu'il faut déterminer d'une maniere
préciſe.

» Les Arrêts ont diſtingué les libéralités faites en faveur des pauvres en
général ; & les libéralités faites en faveur des pauvres de tel Hôpital, de
tel établiſſement.

» Dans le premier cas, les Arrêts ont
donné une portion de la ſucceſſion
au frere *prétérit* pauvre, parce qu'il
étoit cenſé appelé & compris dans la
diſpoſition générale des biens du teſtateur, & que ſa volonté ne ſe trouvoit
pas éludée en donnant une portion de
ſes biens à ſon frere pauvre.

» Dans le ſecond cas, les Arrêts n'ont
rien accordé au frere, quoique pauvre, parce qu'il étoit cenſé exclu de
la ſucceſſion de ſon frere par l'inſtitu-

tion d'un héritier si favorable , & parce
que la volonté du testateur eût été violée
en appelant son frere , à moins que le
frere ne se fût trouvé , dans le nombre des pauvres de l'établissement , ins-
titué héritier.

» La raison de cette Jurisprudence est
naturelle. Si le testateur institue tous
les pauvres indéfiniment , ses freres ou
ses parens pauvres se trouvent institués
& compris dans l'institution générale;
les biens du testateur parviennent à leur
destination , en passant dans les mains
des freres pauvres.

» Si le testateur institue un établissement , un Hôpital , une classe de pauvres en particulier , les freres ou autres proches parens du testateur n'auront
aucune portion de sa succession, à moins
qu'ils ne soient de cet établissement ou
Hôpital , ou bien de la classe des pauvres instituée , la volonté du testateur ne se trouvant pas autrement ac-
complie.

» Voilà les motifs de notre Jurisprudence , & les distinctions qu'elle a faites
à l'égard des freres ou proches parens
pauvres du testateur qui avoit donné ses
biens à l'indigence.

» Ainſi la Juriſprudence Françoiſe n'eſt pas plus favorable à Louis Duſſol que la Juriſprudence Romaine, quoique la premiére ait tempéré la rigueur de la ſeconde «.

Après avoir diſcuté la raiſon de la Loi & le principe de la Juriſprudence, M. l'Avocat-Général paſſoit aux circonſtances particulieres de la Cauſe.

» 1°. (diſoit ce Magiſtrat) Louis Duſſol n'eſt pas pauvre.

» 2°. Louis Duſſol devoit être connu de ſon frere Etienne Duſſol.

» 3°. Le genre de fortune de ce dernier juſtifioit ſes libéralités envers un Hôpital, & excluoit Louis Duſſol.

» 4°. Louis Duſſol a, à la vérité, ſix enfans & une femme; mais il n'eſt point pauvre : il poſſede une maiſon à Annonay, & il eſt pourvu d'une charge de Procureur au Bailliage de cette petite ville.

» S'il s'agiſſoit d'un homme d'un certain rang, d'une certaine naiſſance, d'un homme qui, d'une grande fortune, ſeroit tombé, par des événemens malheureux, dans cet état de beſoin; ſans doute, avec ces minces propriétés, il pourroit être regardé comme pauvre ; mais un Procureur à un Bailliage ne peut l'être avec une maison & un état auffi lucratif que celui de Procureur.

» En fecond lieu , il eft probable qu'Etienne Duffol étoit inftruit de l'exiftence de fon frere d'Annonay.

» Le premier foin d'un homme qui a quitté fa famille de bonne heure , qui l'a oubliée pendant un temps confidérable , le premier foin d'un fils , d'un frere , quand il revient près du fol natal , après une longue abfence , le premier foin & le plus naturel eft de s'informer de fa famille. Il eft très-vraifemblable qu'Etienne Duffol prit des informations au fujet de fon frere , feul refte de fa famille , & que peut-être les informations n'étoient pas avantageufes ou favorables à Louis Duffol.

» Enfin , le peu d'éloignement de Montpellier , où Etienne Duffol faifoit fa réfidence , à Annonay , où Louis Duffol exerçoit fa profeffion , fait foupçonner avec raifon que le teftateur devoit avoir eu des nouvelles de son frere, & qu'il le savoit existant.

» La facilité, la multiplicité même des correspondances du Bas-Languedoc au Vivarais, est une nouvelle présomption de la connoissance qu'avoit Etienne Dussol de son frere.

» En troisieme lieu, le genre de biens dont Etienne Dussol a disposé, écarte la réclamation de son frere Louis Dussol.

» Le testateur avoit rapporté, des Echelles du Levant, où il faisoit quelque commerce, une fortune qu'il y avoit acquise par quarante ans de travaux. Cette fortune étoit toute à lui; elle étoit le fruit d'un travail long & pénible, & d'une expatriation toujours fâcheuse. Les Loix de la Nature, que Louis Dussol invoque tant, ne lui donnent donc aucun droit sur la fortune d'Etienne Dussol: ce n'est pas ici le patrimoine commun; ce ne sont point les biens que lui a transmis leur pere, qu'Etienne Dussol a fait passer à l'Hôpital; c'est le produit de ses sueurs, de ses veilles, de ses voyages, qu'il a versé sur la maladie & sur l'indigence.

» Peut-être encore (& mon dessein

n'est pas (disoit M. l'Avocat-Général) de flétrir la mémoire de notre bienfaiteur), peut-être y avoit-il dans les biens d'Etienne Dussol quelque partie mal acquise, quelque légere injustice, qu'il a cru restituer ou réparer, en les faisant servir à soulager les maux de l'humanité souffrante «.

Le Défenseur de Louis Dussol répliquoit, » que ce dernier n'étoit pas, à la vérité, absolument pauvre, indigent à tendre la main, mais qu'il étoit relativement pauvre, & que cette pauvreté relative étoit celle que les Arrêts avoient gratifiée d'une portion de succession d'un frere qui instituoit des pauvres ses héritiers.

» N'y a t-il donc de pauvres que ceux qui réclament le secours des passans ? Faut-il donc des haillons pour être réputé pauvre ? D'ailleurs, la famille nombreuse de Louis Dussol est toujours voisine de la pauvreté. Ne subsistant que du produit du travail & du hasard des affaires, elle peut, à chaque minute, tomber dans l'état de la plus affreuse indigence ; la maladie, la mort de Louis Dussol pouvoit faire, à chaque instant, sept malheureux ;

Louis Duſſol pouvoit donc être réputé pauvre.

» Il étoit, ajoutoit-il, poſſible qu'E-tienne Duſſol connût l'exiſtence de ſon frere ; mais cela n'étoit pas. Eſt-ce d'ailleurs par des poſſibilités, des préſomptions, que la Juſtice doit ſe décider ? La meilleure preuve que le teſtateur n'a pas connu ſon frere, c'eſt qu'en laiſſant ſon bien aux pauvres, il ne lui a rien laiſſé : penſer autrement étoit calomnier ſon cœur.

» Le premier indigent, le pauvre le plus précieux eſt un frere aux yeux d'un autre frere, comme aux yeux des Magiſtrats qui doivent interpréter ſa volonté.

» Quant à la diſtinction faite des Arrêts qui ont accordé aux freres ou-bliés une partie des biens de leur autre frere, elle eſt odieuſe ; elle contredit toutes les Loix que la raiſon peut donner aux hommes.

» Quoi ! l'on diſtinguera les cas où les freres teſtateurs auront laiſſé leurs biens aux pauvres en général, ou à un Hôpital ? Un frere oublié ne pourra rien obtenir que dans le premier cas, & on lui refuſera tout dans le ſecond?

La Jurifprudence ne peut jamais avoir adopré une pareille diftinction «.

Malgré les efforts du Défenfeur de Louis Duffol, les raifons employées par M. l'Avocat - Général l'emporte-rent fur les confidérations ; & , par Arrêt rendu en la Grand'Chambre du Parlement de Touloufe, le 18 Mai 1778 , Louis Duffol fut débouté de fa demande , fans dépens,

PROCUREUR de Saint-Domingue accusé d'être l'Auteur de quatre couplets de chanson, poursuivi & jugé par le Conseil Supérieur du Port-au-Prince.

UN bal donné à des mulâtresses, dans la ville du Port-au-Prince, a excité la verve d'un Poëte Américain. Quatre couplets de chanson, répandus dans le public, ont servi de base à une accusation très grave & à une procédure immense contre un Procureur. Cet Officier, flétri par un Jugement, s'est pourvu au Conseil d'Etat du Roi. Voici les faits de cette affaire singuliere.

Il y avoit environ quatre ans que le sieur de la Boissiere étoit à Saint-Domingue; il venoit d'y obtenir, avec l'applaudissement du Public & des Officiers chez lesquels il avoit travaillé, une commission de Procureur au Siége Royal de Saint-Louis, lorsque la plus petite cause, en apparence, lui a ravi ses

biens

biens & son état, & a manqué de lui couter la vie.

Au mois de Décembre 1774, il s'est répandu, au Port-au-Prince, une multitude de copies d'une espece de libelle diffamatoire, qui, sous le nom & la forme d'un catalogue de livres, renfermoit des sarcasmes sanglans contre différens particuliers de l'un & de l'autre sexe, & dans lequel plusieurs personnes en place n'étoient pas ménagées.

Il paroît que le Sénéchal du Port-au-Prince, chargé par état de la Police, s'étoit occupé de la recherche de ces manuscrits, pour tâcher de parvenir à en découvrir l'Auteur. Mais le Procureur-Général du Conseil Supérieur de cette ville enleva la connoissance de cette affaire au Juge ordinaire, & l'évoqua au Tribunal supérieur. Ce Magistrat se transporta, le 20 Janvier, chez le sieur de Fontenelle, Sénéchal, & voulut l'obliger, par menaces & par autorité, à lui remettre le manuscrit que les recherches de l'Inspecteur de Police lui avoient procuré. Sur le refus de celui-ci, motivé sur ce qu'il ne vouloit pas compromettre

les perſonnes de qui il le tenoit, que
d'ailleurs ſon Siége étoit ſaiſi, en premiere inſtance, de la connoiſſance du
délit, le Procureur-Général le fit mander au Conſeil Supérieur, & le força
à remettre ce manuſcrit.

Le ſieur de la Boiſſiere n'étoit point
encore compromis dans cette querelle;
il avoit entendu lire, il avoit vu, il
avoit tenu des copies du fatal manuſcrit, comme tous les autres habitans
du Port-au-Prince. Il a été du nombre
des deux cents témoins qui ont été entendus à cette occaſion. Sur ces dépoſitions multipliées, il y avoit eu différens décrets & quelques empriſonne-
mens; les témoins avoient été récolés
& confrontés, & le ſieur de la Boiſſiere, qui croyoit cette malheureuſe
procédure terminée pour lui, étoit re-
parti pour le fort Saint-Louis, lieu de
ſa deſtination. Il avoit envoyé, par
mer, des caiſſes qui contenoient tous
ſes effets, &, entre autres, une col-
lection précieuſe de livres de la valeur
de plus de 10000 livres, unique fruit
de ſes travaux. Il ne s'attendoit pas à
être décrété précipitamment, chargé de
chaînes, jeté dans les priſons pour y

féjourner pendant cent vingt-huit jours, & pour n'en fortir qu'avec la flétrif-fure due au crime.

Voici quelle fut l'occafion de cette incroyable cataftrophe. Dans fa dépo-fition, il avoit indiqué un Commis à lui inconnu, comme ayant tranfcrit le libelle en préfence d'un Capitaine de navire, nommé *Ducaffe*; & Ducaffe interrogé, avoit déclaré que ce Com-mis étoit le fieur Cappeau; en confé-quence le fieur Cappeau & un autre de fes camarades, nommé *Cappot de Feuillide*, avoient été décrétés de prife de corps, & conftitués prifonniers; & la rumeur publique avoit appris que ces deux particuliers, lors de leur em-prifonnement, avoient juré de fe ven-ger. Ils n'ont que trop bien tenu pa-rôle. On va les voir ligués pour enve-lopper le fieur de la Boiffiere dans leur difgrace, non pas relativement au li-belle dont on pourfuivoit les Auteurs & diftributeurs, mais à l'occafion d'un délit privé, dont les perfonnes offen-fées ne fe plaignoient pas, & qui d'ailleurs n'avoit aucun trait, aucune relation avec l'objet de la procédure.

L'on a déjà dit que cette premiere

H ij

procédure étoit presque entiérement instruite. Les témoins avoient été récolés & confrontés, & le Procès avoit été réglé à l'extraordinaire. Le sieur Cappeau, en particulier, avoit été interrogé une fois, & le sieur Cappot de Feuillide trois. C'est à ce moment que le premier, dans une lettre écrite le 28 Février, du fond de sa prison, au Ministere public, cherche à détourner son attention de l'unique objet de ce Procès, en lui dénonçant, avec les qualifications les plus injurieuses & les plus offensantes, le sieur de la Boissiere comme Auteur de quatre couplets de chanson faits sur un bal de mulâtresses. Cette dénonciation venant d'un accusé prisonnier, & qui, par l'événement du Procès, pouvoit subir une condamnation grave, ne devoit pas être reçue, soit qu'on la regardât comme une récrimination véritable, soit qu'on s'arrêtât à la qualité du dénonciateur, qui, dans ce moment, étoit impliqué dans une procédure criminelle, & indigne de foi, jusqu'à ce qu'il eût été prononcé sur son sort. C'est cependant ce même dénonciateur qui, avec un autre accusé, prisonnier comme lui, vont être les seuls témoins contre le sieur de la Boissiere, les seuls auteurs & les seuls instigateurs de tous les maux qu'il va souffrir.

Dès le 2 Mars, deux jours après la lettre, le sieur Cappeau subit un second interrogatoire, dans lequel il ne s'agit plus seulement des libelles qui avoient été jusqu'alors les seuls objets de la procédure : on l'interroge sur les chansons mentionnées en sa lettre : on lui représente cette lettre, qu'il paraphe : on lui fait des questions insidieuses sur le compte du sieur de la Boissiere, qui n'étoit pour rien dans le Procès. La contradiction qui existoit entre la lettre où Cappeau affirmoit que le sieur de la Boissiere étoit l'Auteur des couplets, & son interrogatoire, où il ne faisoit plus que le présumer, étoit évidente. Cappeau ne représentoit pas même des copies des couplets qu'il attribuoit au sieur de la Boissiere ; mais il disoit, en termes exprès, qu'il en savoit à peu près le contenu, sans cependant pouvoir assurer que sa mémoire fût assez fidelle pour les rendre exactement ; & c'est sur l'invitation du Con-

seiller Commissaire qu'il écrit de mémoire ces couplets qu'il ne se rappeloit
qu'imparfaitement ; en sorte que c'est sur
un oui-dire, sur un à peu près qu'on
bâtit cette étrange procédure contre un
innocent, sans songer qu'un seul mot
changé ou même transposé dans un cou-
plet, peut rendre criminel ce qui est
par soi-même fort innocent.

Tels sont les faits qui ont paru suf-
fisans au Ministere public pour rendre
plainte contre le sieur de la Boissiere,
& pour obtenir sur cette plainte permission d'informer.

Les deux seuls témoins entendus ont
été, 1°. outre le sieur Cappeau, le
sieur Cappot de Feuillide, accusé dans
l'affaire des libelles, & prisonnier
comme lui ; 2°. la nommée Vissiere,
mulâtresse. Ils se sont accordés à dire
simplement que le sieur de la Boissiere
étoit entré chez cette derniere, tenant
un papier sur lequel les chansons étoient
écrites de sa main, à ce qu'il paroissoit,
avec des renvois & des ratures, ce qui
leur avoir fait présumer qu'il en étoit
l'Auteur. On voit que ce ne sont-là que
des présomptions & des conjectures.
Le sieur de la Boissiere a été décrété,

le 7 Mars, de prife de corps ; & le
11 du même mois, il a été enlevé
de chez lui, à quarante-cinq lieues,
par quatre Cavaliers de Maréchauffée,
qui l'ont conduit dans les prifons du
Port-au-Prince. Les 16 & 17, il a
fubi deux interrogatoires, non feulement fur les couplets en queftion,
mais encore fur toute fa vie privée,
comme fi l'on eût moins cherché l'auteur du crime imaginaire qu'on paroif-
foit pourfuivre, qu'un prétexte pour
perdre un innocent ; & le même jour
17 Mars, un Arrêt a réglé le Procès
à l'extraordinaire. En conféquence, ce
jour & le lendemain, les témoins ont
été récolés & confrontés. Ainfi c'étoit
une procédure toute nouvelle, qui néanmoins étoit entée fur la premiere
& confondue avec elle, quoiqu'elles
n'euffent rien de commun ni dans
leur objet, ni même dans le genre
d'accufation.

Le 19 du même mois, le Miniftere
public donne un réquifitoire pour faire
apporter au Greffe de la Cour quatre
caiffes énormes remplies de livres &
de papiers, que le fieur de la Boiffiere
avoit fait embarquer pour le fort Saint-

H iv

Loüis, au moment de fon départ ; & ,
par une Ordonnance du même jour, le
Miniftere public eft autorifé à faire faire
le tranfport qu'il avoit requis. En conféquence, les caiffes ont été tranfportées
par terre, à la diftance de quarante-
cinq lieues, avec des frais énormes &
par des pluies continuelles, qui ont
caufé la détérioration de tout ce qu'elles
renfermoient.

Cependant le fieur de la Boiffiere,
fûr de fon innocence, & qui ne voyoit,
dans cet appareil de procédure, aucune apparence de preuve contre lui,
préfenta, le 7 Avril, après vingt-fix
jours de détention, une Requête en
élargiffement provifoire ; mais elle a
été jointe au fond. Quarante fix jours
après, il en préfenta une feconde aux
mêmes fins, pour caufe de maladie :
elle a été pareillement jointe. Enfin ,
ce n'a été que le 13 Juin, après qua-
tre-vingt-dix-fept jours de détention,
qu'il a obtenu, fur une troifieme Requête, fon élargiffement provifoire. Cependant il a été fait, le 13 Mai, ou-
verture des caiffes & defcription des
papiers ; & il réfulte des termes mêmes
du procès-verbal, qu'il n'y a été trouvé

rien qui fût relatif au Procès. Dans un
interrogatoire du 17 du même mois,
le sieur de la Boissiere ne put s'empêcher de prier le Commissaire de faire
la comparaison des pieces fugitives trou-
vées dans ses papiers, avec les insi-
pides & grossiers couplets dont on le
soupçonnoit d'être l'Auteur. C'est à la
suite de cette perquisition & de ce
troisieme interrogatoire, que le sieur de
la Boissiere, épuisé par les chaleurs &
par soixante-dix jours de détention dans
un séjour mal-sain, avec des noirs &
des malfaiteurs, avoit présenté sa seconde Requête en élargissement provisoire, qu'on eut l'inhumanité de lui
refuser.

C'est dans cet intervalle que le sieur
Cappeau, dénonciateur du sieur de la
Boissiere, ayant obtenu son élargissement
provisoire, se répand, dans le public, en
propos contre le sieur de la Boissiere, qu'il
accuse d'avoir tenu, en sa présence, les
discours les plus imprudens & les plus
dénués de sens sur la précaution prétendue qu'il avoit eue de ne pas renfermer les chansons dans ses caisses; &
ces discours servent de prétexte à de
nouveaux interrogatoires, tant de cet

H v

accufé, que du fieur Cappot de Feuillide qui le fecondoit toujours, &
de quelques autres qui ont démenti
cette fable ridicule. Ces interrogatoires
ont encore été fuivis de récolemens &
de confrontations.

Le 21 Juin, l'Accufé eft rentré dans
les prifons; le 13 Juillet, il a fubi un quatrieme interrogatoire; & le 17, après que
le fieur de la Boiffiere, & vingt-cinq autres accufés, ont de nouveau été in-
terrogés derriere le barreau, eft intervenu l'Arrêt définitif conçu en ces termes : » Vu le Procès extraordinairement inftruit en la Cour, à la requête
de notre Procureur-Général, contre les
Auteurs, diftributeurs, adhérens & complices des libelles diffamatoires répandus en cette ville, & encore contre
la Boiffiere, accufé d'être l'auteur des
couplets de chanfon diffamatoires contre l'honneur & la réputation de différentes perfonnes; conclufions défini-
tives de notre Procureur-Général, l'interrogatoire fubi derriere le barreau,
notre Cour, en ce qui touche la Boiffiere, le déclare fuffifamment atteint
& convaincu d'être l'Auteur de plufieurs
couplets de chanfon répandus dans cette

ville contre l'honneur & la réputation
de plusieurs personnes ; pour réparation de quoi , ordonne qu'il sera
mandé à la Chambre criminelle , pour
y être blâmé. Ordonne que le présent
Arrêt sera lu , publié & affiché par-
tout où besoin sera , & envoyé dans
tous les Siéges du ressort , pour y être
pareillement lu , publié , affiché & re-
gistré «.

» En regardant (disoit le Défenseur
du sieur de la Boissiere) cet Arrêt
comme un jugement rendu par des
Juges compétens, on est étonné de
toutes les irrégularités, de tous les vices
de forme qu'il renferme; & sous ce
point de vue, il ne pourroit subsister:
mais si on le considere dans son objet , dans les circonstances qui l'ont
précédé & accompagné , enfin dans
la maniere dont le prétendu Procès
a été porté & instruit au Conseil Supérieur du Port-au-Prince ; alors on est
facilement convaincu que ce n'est point
un Jugement, *que c'est un abus de
pouvoir* qu'il importe de réprimer ;
parce que les Juges, hors les cas pour
lesquels ils ont été institués , sont
sans pouvoir , sans fonction ; ainsi ,

quoiqu'un Jugement soit régulier en apparence, s'il est rendu ailleurs que dans l'enceinte du Tribunal & dans le Sanctuaire de la Justice, ce n'est plus un Jugement, c'est une pièce informe.

» C'est par ces règles qu'il faut juger de l'Arrêt du Conseil Supérieur du Port-au-Prince, du 17 Juillet 1775. Cet Arrêt est nul par quatre raisons.

» La première, parce qu'il a été rendu sur la seule plainte de la Partie publique, dans une matière qui ne présentoit, tout au plus, qu'un délit privé, tandis que les Parties lésées gardoient le silence.

» La seconde, en ce que, par une suite de la première erreur, le Procès a été porté, *omisso medio*, devant le Tribunal supérieur, au lieu de le renvoyer devant le premier Juge, qui devoit nécessairement en connoître en première instance.

» La troisieme, en ce que, par une suite des deux premieres irrégularités, ce même Procès a été instruit & jugé concurremment avec un autre Procès antérieurement commencé & qui lui

étoit absolument étranger, *sans qu'il
y ait eu d'Arrêt de jonction*, &
quoique l'un & l'autre, au contraire,
aient continué à être conduits séparé-
ment ; en sorte que, par un mélange
bizarre, & monstrueux, *le même témoin* déposoit, dans *le même interrogatoire, sur l'un & l'autre fait*, devant *les mêmes Commissaires*, & que
la même procédure servoit, *tantôt à
la fois, tantôt alternativement*, aux
deux instructions.

» Enfin, la quatrieme raison vient
de ce que toute cette procédure contre l'Accusé a été entée sur la dénonciation, & ensuite sur le témoignage de deux accusés *actu*, détenus
en prison, en vertu de décrets rendus dans une procédure réglée à l'extraordinaire, & par conséquent indi-
gnes de foi & incapables d'ester en
jugement, jusqu'à ce qu'ils eussent
été déchargés de l'accusation «.

Le sieur de la Boissiere a été cent
vingt-huit jours dans les fers ; il y a
contracté des infirmités, dont il a été
long-temps la victime. Son état de maladie constaté n'a pu lui faire obtenir
son élargissement provisoire ; il ne l'a

eu qu'après trois Requêtes & quatre-vingt-dix-sept jours de détention. Tous ses livres & ses effets ont été perdus; sa fortune & son état-civil dans la Colonie ont été renversés; on lui a imprimée une flétrissure qui l'en a rendu l'opprobre; & tout cela, à la suite d'une procédure nulle depuis son principe jusqu'à sa fin, ou plutôt d'une procédure qui ne présente, dans son ensemble, qu'un abus de pouvoir.

Par Arrêt du Conseil d'Etat, du 26 Juin 1778, le Roi a cassé toute la procédure instruite au Conseil Supérieur du Port-au-Prince, *contre le sieur Tanguy de la Boissiere*; la plainte du Procureur-Général, *le décret & l'Arrêt définitif*; a réintégré le sieur *de la Boissiere* dans le même état où il étoit avant ledit Arrêt, & ordonné que son écrou seroit rayé & biffé, *& qu'il seroit fait mention du présent Arrêt de cassation sur le registre dudit Conseil Supérieur, en marge dudit Arrêt du 17 Juillet* 1775.

CURÉ accusé d'avoir fait un enfant à une de ses paroissiennes.

CETTE affaire présente un exemple des excès auxquels peuvent se porter les passions humaines, & des malheurs auxquels le citoyen le plus irréprochable peut être exposé.

Le sieur Labeyrie est Prêtre depuis vingt-quatre ans, & il y en a plus de dix qu'il est Curé de la paroisse de Moinuy.

Pendant ce long intervalle de temps, ses mœurs ont toujours répondu à la sainteté de son état. Il avoit vécu tranquille jusqu'au moment où il est devenu l'objet de la haine de son Seigneur. Cette haine lui fait honneur ; car il ne l'a méritée que pour n'avoir pas voulu servir des projets qui contrarioient le vœu & même l'intérêt de tous les habitans de la paroisse dont il est Curé.

Le sieur Labeyrie avoit acheté, par un bail à vie, une maison du sieur Dutroy, Praticien du bourg de Moinuy.

Cette maison touchoit celle que le sieur Dutroy occupoit lui-même. Il y eut pendant quelques années, entre le sieur Labeyrie & lui, des relations de familiarité & de voisinage. Le sieur Labeyrie alloit fréquemment dans la maison du sieur Dutroy. Le sieur Dutroy & sa famille venoit, à son tour, dans celle du sieur Labeyrie; mais ces relations cesserent enfin. D'un côté, le sieur Dutroy, qui avoit des obligations au sieur de Momuy, épousa sa haine contre son Curé; de l'autre, les enfans de ce particulier s'étant livrés à une mauvaise conduite, le sieur Labeyrie voulut en faire des représentations à leur mere; elles furent mal accueillies. Toutes ces considérations le déterminerent à se retirer peu à peu de cette maison, & en effet il s'en retira; il y a même plusieurs années qu'il n'y a plus de liaison entre cette famille & lui.

Une des filles du sieur Dutroy, nommée *Henriette*, entretenoit, depuis assez long-temps, un commerce presque public avec deux jeunes gens du bourg de Momuy, mais sur-tout avec l'un des deux. Elle en est enfin devenue enceinte. Tout autre pere que le sieur

Dutroy n'auroit vu dans cet événement malheureux qu'un sujet de consternation. Le sieur Dutroy n'y vit guere, au contraire, qu'une occasion dont la haine des ennemis du sieur Labeyrie pouvoit profiter. Un complot se forma dès-lors entre ces derniers & le sieur Dutroy.

L'objet de ce complot fut de mettre sur le compte du sieur Labeyrie la grossesse d'Henriette Dutroy, & le fruit qu'on en attendoit, étoit de forcer cet Ecclésiastique à résigner son bénéfice.

Il étoit question de faire entrer la fille même dans le complot ; c'étoit elle qui devoit donner sa déclaration : il falloit l'engager à la diriger contre le Curé.

On conçoit que la séduction d'Henriette Dutroy ne fut pas facile ; il devoit en couter à cette fille d'accuser le sieur Labeyrie ; la honte d'un côté, & l'intérêt de l'autre, s'unissoient pour la retenir.

Aussi opposa-t-elle la résistance la plus opiniâtre : sa famille même ne put la vaincre qu'en la conduisant, la nuit du 9 au 10 Février dernier, au château, où on lui fit les menaces les plus violentes, & , entre autres, *de la faire pourir dans une prison* , fi elle ne nommoit pas le fieur Labeyrie.

Malgré ces menaces , Henriette Dutroy n'étoit pas encore tout-à-fait vaincue. Cet excès d'impofture répugnoit à fon cœur : elle crut devoir prendre la fuite pour s'en garantir. Elle fe mit en route la nuit , feule & à pied , pour fe rendre chez une fœur qu'elle a , mariée , & y chercher un afile contre l'obfeffion. Mais fon frere monta auffitôt à cheval , courut après elle , l'atteignit, & la ramena au fein de fa famille , qui la força de donner fa déclaration dans le moment même.

A peine cette déclaration fut-elle donnée , que les ennemis du Curé laifferent éclater leur fatisfaction. C'étoit , fuivant le langage de quelques témoins, *une fête dans le château.*

Le fieur Labeyrie n'étoit pas à Momuy pendant que s'ourdiffoit contre lui cette trame odieufe ; il étoit à Aire. Le fieur de Momuy s'y rendit fur le champ , efpérant l'y joindre. Il portoit avec lui la déclaration dont il avoit pris foin de fe faire expédier plufieurs copies. Il comptoit que cet acte seul effrayeroit le sieur Labeyrie, & son objet étoit de lui proposer de résigner son bénéfice, de donner 3000 livres, en forme de dommages & intérêts, à Henriette Dutroy, & d'abandonner au sieur Dutroy pere la maison qu'il lui avoit achetée par bail à vie, avec les meubles qu'elle renfermoit.

Le sieur Labeyrie étoit déjà parti de la ville d'Aire, lorsque le sieur de Momuy y arriva. Il ne put donc pas lui faire ces propositions ; mais il en chargea un Ecclésiastique, qui les lui fit bientôt après. Le sieur Labeyrie les reçut avec l'indignation qu'elles méritoient.

Dans le même temps, la dame Darbins étoit également chargée, par le sieur de Momuy, de sonder là-dessus le frere du sieur Labeyrie, Chanoine de la ville de Saint-Girons. Le Chanoine montra la même surprise que le Curé, & prit des témoins de la tentative que la dame Darbins venoit d'essayer.

Le sieur de Momuy s'étoit fait expédier plusieurs copies de la déclaration d'Henriette Dutroy : on devine l'usage cruel qu'il vouloit en faire. Dès le len-

demain, toutes ces copies furent répandues, non seulement dans la paroisse
de Momuy ou dans les paroisses cir-
convoisines, mais encore dans tout le
diocese.

Il seroit difficile de se faire une juste
idée du scandale révoltant que cette
diffamation excita contre les ennemis
du sieur Labeyrie, & en même temps
de la profonde douleur dont elle accabla cet Ecclésiastique.

Il n'y avoit pas à balancer sur le
parti qu'il y avoit à prendre. Le sieur
Labeyrie se devoit à lui-même; il devoit à la sainteté du caractere dont il
est revêtu, de demander vengeance de
la diffamation qui le poursuivoit. Il se
rend en conséquence à Saint-Sever.
On se rappelle que la déclaration d'Henriette Dutroy étoit de la nuit du 9 au
10 Février; dès le 13, il porte sa
plainte; il obtient permission d'informer, & même celle de se pourvoir par
la voie des censures ecclésiastiques. L'information se fait, les censures se pu-
blient.

Le sieur Dutroy porte sa plainte au
Juge même de Momuy; il accuse, dans
cette plainte, le sieur Labeyrie d'une fé-

duction exercée sur sa fille par une familiarité de plusieurs années, & portée enfin, en plusieurs occasions, au dernier degré.

Cette plainte est suivie d'une information : le sieur Dutroy y fait entendre vingt-cinq témoins, avec cette circonstance qu'avant de prendre leur déposition, on leur demandoit s'ils avoient quelque chose à dire contre le Curé, & que ceux qui déclaroient n'avoir rien à dire étoient renvoyés.

Sur cette information, le sieur Labeyrie fut décrété de prise de corps.

Le décret n'étoit pas encore signé, que le sieur de Momuy envoyoit déjà chercher des Huissiers pour le faire exécuter : il faisoit même raccommoder la porte de la prison de son château, & y faisoit étendre de la paille fraîche dans l'intérieur, en disant *que ce seroit le lit du Curé.*

Le sieur Labeyrie eut le bonheur d'échapper aux recherches qu'on faisoit de lui. Le sieur de Momuy pressoit cependant sans cesse l'Huissier ; il le fit même souper un jour chez lui avec ses Recors ; il lui donna d'avance 42 liv., à compte de la capture qu'il devoit

faire. Tous ces mouvemens furent inutiles ; le sieur Labeyrie sauva sa personne de ses ennemis ; mais ses biens
devinrent leur proie : ils les saisirent &
les annotérent.

Dans cet intervalle , le Procureur
du Roi du Sénéchal de Saint - Sever,
instruit, par la procédure même du sieur
Labeyrie , de l'existence de celle qui
se dirigeoit contre lui devant le Juge
de Momuy, la revendiqua. Il obtint, le
21 Février , un appointement du Lieutenant-Criminel , qui en ordonne l'apport à son greffe.

Le sieur de Momuy alors intervient.
Il fait opposition à l'appointement , &
revendique lui-même sa jurisdiction:
appointement contradictoire qui le dé-
boute : appel de sa part au Parlement
de Bordeaux.

Dans le même temps , nouvelle
Requête du sieur Dutroy, en addition
à sa plainte devant le Juge de Momuy : Requête que le sieur de Momuy fait écrire , comme la premiere,
sous sa dictée. Le fait est consigné
dans la procédure : c'est celui même
qui a écrit ces deux Requêtes qui l'a
déposé. Quinze témoins sont encore

entendus ; car les premiers, quoiqu'au nombre de vingt-cinq, paroissoient si insuffisans, qu'on avoit cru nécessaire d'en ajouter d'autres. La procédure, dans cet état, est remise au greffe du Sénéchal.

Dans le même temps encore, le sieur de Momuy tentoit, contre le sieur Labeyrie, un autre genre de persécution. Il fit convoquer une assemblée de sa paroisse ; son Juge & son Procureur d'office s'y présentèrent. Ils y portèrent une délibération, toute dressée, au nom des habitans de cette paroisse, dans laquelle, supposant que le sieur Labeyrie étoit *mort civilement*, ils faisoient demander à M. l'Evêque d'Aire, par ces habitans, un *pro Curé* pour gouverner l'église à sa place ; mais ce projet du sieur de Momuy échoua : personne ne voulut signer la délibération rédigée par ses Officiers.

D'un autre côté, le sieur de Momuy se livroit publiquement aux menaces les plus violentes contre les témoins de la procédure du sieur Labeyrie ; il se livroit également contre cet Ecclésiastique aux mêmes menaces : il disoit qu'il *avoit réduit tous ses té-*

nanciers, & qu'il ne mourroit pas tranquille qu'il n'eût réduit auſſi le ſieur Labeyrie.

Inſtruit de ces derniers faits, cet Eccléſiaſtique porte une nouvelle plainte devant le Lieutenant-Criminel de Saint-Sever, & fait entendre de nouveaux témoins.

Pendant que cela ſe paſſoit, voici encore ce que faiſoit le ſieur de Momuy.

M. l'Evêque d'Aire avoit nommé le ſieur Labeyrie, Chanoine du Chapitre de Saint-Girons, & frere du Curé, pour deſſervir ſa cure à ſa place, en attendant l'événement de la procédure.

Cet Eccléſiaſtique veut faire, dans la chapelle du bourg de Momuy, le ſervice qui étoit d'uſage; le ſieur de Momuy s'y oppoſe; il en prend la clef; il demande à connoître l'Ordonnance de M. l'Evêque : cette Ordonnance lui eſt communiquée. Il perſiſte : on en eſt réduit à l'aſſigner devant le Sénéchal de Saint Sever, pour le forcer de rendre la clef.

Appointement du 14 Mars qui l'y condamne, lui donne acte de la remiſe

mife qu'il en fait faire par fon Procureur à l'audience , & lui fait défenfes de récidiver.

Enfin , & il étoit temps , le fieur Labeyrie interjette appel de toute la procédure du fieur Dutroy : il fe rend
enfuite à Bordeaux ; le fieur de Momuy s'y rend auffi. Mais de quoi s'oc-
cupe-t-il dans cette ville ? il s'occupe
de faire chercher le fieur Labeyrie
dans tous les endroits où il fuppofoit
qu'il feroit poffible de le trouver. Il va
chez tous les Commiffaires de quar-
tier ; il demande à voir leurs regiftres ;
il s'emporte fur l'inutilité de fes mouvemens : en un mot, il n'y a certainement jamais eu d'exemple de ce
degré d'animofité ni de cet excès de
fureur.

Et pendant qu'il pourfuivoit ainfi
la perfonne du fieur Labeyrie, le fieur
de Momuy ne négligeoit pas fon Procès : il faifoit intervenir , dans l'inftance qu'il a engagée contre M. le Procureur-Général , le fieur Dutroy , &
preffoit l'audience pour la juger.

En même temps , M. le Procureur-
Général follicitoit , de la Chambre de
la Tournelle , un Arrêt qui ordonnât

Tome X.   I

l'apport au Greffe de la Cour de la procédure du sieur Labeyrie. La Tournelle rend cet Arrêt, & la procédure a été remise, avant même que le Lieutenant-Criminel ait eu le temps de la décréter.

De son côté, le sieur Labeyrie avoit déjà donné, depuis long-temps, satiffaction à ses ennemis; il avoit demandé lui-même des fers.

Il a ensuite cherché à user du privilége qui lui appartient comme Ecclesiastique, d'être jugé toute la Grand' Chambre assemblée. Il étoit trop jaloux de ce privilége glorieux, pour n'en pas réclamer l'exercice. Il ne vouloit pas perdre un seul des Juges que la Loi elle-même lui avoit donnés. Il a présenté sa Requête; il a obtenu à l'audience Arrêt qui le renvoie à être jugé Grand'Chambre & Tournelle afsemblées.

Tel est l'état de l'affaire.

M. Romain de Seze, Défenseur du Curé, présenta sa défense sous deux points de vue. Il attaqua la procédure de nullité, & soutint qu'elle étoit calomnieuse.

On distingue les crimes des Eccle-

siastiques en délits communs & en délits privilégiés : les uns sont de la connoissance du Juge d'Eglise seul ; les
autres appartiennent, à la fois, aux
Juges d'Eglise & aux Juges laïques.

Quels sont les Juges laïques qui
connoissent les délits privilégiés ? Sont-
ce les Juges Royaux seuls ? Ceux des
Seigneurs le peuvent-ils comme eux ?

L'Edit de 1695, porte à l'art. 38 :
» Les procès criminels qu'il sera nécessaire de faire à tous Prêtres, Dia-
cres, Sous-Diacres, ou Clercs vivant
cléricalement, & qui seront accusés
des cas qu'on appelle privilégiés, seront
instruits conjointement par les Juges
d'Eglise & par nos *Baillis & Séné-
chaux*, ou *leurs Lieutenans*, en la
forme prescrite par nos Ordonnances,
& particuliérement par l'art. 22 de
l'Edit de Melun, par celui de 1678,
& par notre Déclaration du mois de
Juillet 1684, lesquels nous voulons
être exécutés selon leur forme & te-
neur «.

Voilà la disposition d'une Loi célebre, qui a été faite exprès pour ré-
gler la Jurisdiction Ecclésiastique, &

qui n'a jamais reçu d'atteinte dans les Tribunaux.

Cette Loi, comme on voit, confirme le privilége que les Loix précédentes avoient donné aux Ecclésiastiques d'être jugés par les Juges Royaux exclusivement.

La maxime générale veut que tout Juge du lieu du délit soit compétent pour informer de tous les délits; & la Déclaration de 1731, des cas prévôtaux, a donné une force nouvelle à cette maxime.

Mais il en est de celle-là comme d'une infinité d'autres : il ne faut pas lui donner trop d'extension; car autrement c'est en abuser.

D'abord, si on cherche l'esprit de la Loi, il est facile de se convaincre qu'elle n'a voulu donner ce pouvoir aux Juges subalternes, que dans les cas pressans par eux-mêmes, & qui exigent que l'instruction soit pressante aussi.

En second lieu, cette maxime, applicable à tous les citoyens en général, ne peut pas l'être aux Ecclésiastiques. Les Ecclésiastiques font en effet une

claffe à part : leur privilége les fé-
pare de la multitude ; autrement
il feroit illufoire. Que ferviroit en
effet que prefque toutes les Loix du
Royaume euffent décidé que les Juges
Royaux feuls pouvoient connoître de
leurs délits , s'il étoit permis , au
moyen d'une maxime vague , d'éluder
abfolument leurs difpofitions ? D'ailleurs, qu'on confidere que , fi on adop-
toit en effet cette maxime dans
tous les cas, il n'y auroit plus aucune
procédure qu'on pût caffer, ce qui devient alors du plus grand danger ; car
qui ignore que le fort d'un malheureux
accufé eft prefque toujours attaché aux
premiers actes de la procédure ?

Mais il y a plus; Serpillon a com-
menté la Déclaration de 1731 , & Serpillon dit que , quoiqu'il y ait un article dans cette Loi qui permette aux
Prévôts des Maréchaux d'informer contre des perfonnes privilégiées, ce qui
fuppofe, par la nature de cette jurifdiction même, des cas qui requierent cé-
lérité , elle n'a cependant porté aucune
atteinte à la prérogative des Eccléfiaftiques. Cet Auteur va même plus loin. il
dit qu'*il répugne de penfer qu'un Ecclé-*

I iij

fiaftique foit traduit , en premiere inf-
tance , devant les Juges fubalternes
fans diftinction , & qu'en caufe d'ap-
pel il ait le privilége d'être jugé toute
la Grand'Chambre affemblée , comme
les principaux Officiers des Parle-
mens. Il n'y a , ajoute-t-il , ni propor-
tion ni juftice dans ce fyftême.

Et ce que Serpillon a foutenu, ainfi
que tous les autres Auteurs, les Arrêts
l'ont toujours jugé.

M. Romain de Seze tiroit de ce
développement, la conféquence que
la procédure qu'il attaquoit étoit
nulle, & qu'elle ne pouvoit fubfifter.
Il paffoit enfuite à la difcuffion du
fond.

» Qu'une jeune fille , dont la foibleffe vaincue enfin, n'a cédé qu'à un
fentiment qu'encourageoit l'efpoir du
mariage , paroiffe dans les Tribunaux,
qu'elle y accufe fon féducteur, qu'elle
y demande le prix d'une vertu dont
elle ne lui auroit jamais fait le facri-
fice , fi elle avoit pu prévoir qu'il cef-
feroit un jour de le mériter, il n'y a
rien là que de naturel : victime innocente de l'amour , ce n'eft pas un dédommagement pécuniaire que pourfuit

cette fille, devenue, pour ainfi dire, malheureufe par le bonheur même. On
voit à travers les larmes qu'elle répand, que le vœu fecret de fon cœur
eft de rappeler à elle le cœur ingrat
qui fembloit n'attendre que le moment
de fa victoire pour l'oublier; & ce
vœu, non feulement les Magiftrats l'entendent, mais, autant qu'il eft en eux,
même le rempliffent.

» Mais qu'une fille, déjà à cet âge
où la raifon eft, depuis long-temps, en
état d'éclairer le cœur, & de l'avertir
du danger d'un penchant coupable;
une fille, qui n'a pas pu être féduite
par l'efpérance d'un lien qu'elle ne
pouvoit pas contracter; une fille dont,
par conféquent, la foibleffe n'a aucune excufe, dont la chute même eft
un crime, & dont le crime eft irréparable, fe préfente auffi dans les Tribunaux : qu'y vient-elle faire ? Que
veut-elle que les Magiftrats lui donnent
à la place de la pudeur qu'elle a immolée ? De l'argent ? Mais c'eft-là un
genre de dédommagement qui ne peut
fatisfaire qu'une ame vile. De l'argent
ne compenfe point la honte, & fur-
tout la honte ineffaçable qui fuit la

I iv

manifeſtation d'une faute de cette nature. Il faut donc croire que c'eſt quelque paſſion cachée qui la fait agir ;
il vaut même mieux le croire pour elle. Il
vaut mieux , pour cette fille , croire
qu'elle eſt l'inſtrument malheureux d'une
haine ſecrete qui ſe venge , que ſa
propre diffamatrice.

» Henriette Dutroy eſt devenue enceinte : ſuppoſé qu'en effet ce ſoit le
ſieur Labeyrie qui l'ait rendue telle ,
c'étoit-là un malheur , mais ſans remede. Qu'auroit fait , dans cette ſituation , un pere de famille ſage ? Il auroit pleuré ſur ſa fille & avec elle ;
mais il auroit été le premier à enſe-
velir ſa faute dans l'obſcurité ; il n'auroit jamais ſouffert qu'on la publiât ,
il auroit eſpéré la couvrir éternellement
d'un voile par ſon ſilence ; il auroit
pris toutes ſortes de précautions pour
que ſon ſecret ne fût pas trahi ; ſur-
tout , il ſe feroit bien gardé de venir
dans les Tribunaux accuſer le ſieur Labeyrie , parce qu'il auroit ſenti que
c'étoit perdre lui-même ſa fille , & que
l'honneur de ſa fille lui eût été plus cher
que le dédommagement que le ſieur Labeyrie eût pu lui en donner.

» Pourquoi donc le sieur Dutroy a-
t-il suivi une marche toute différente ?
Pourquoi a-t-il été le premier à publier
une faute qu'on ignoroit ? Pourquoi est-
il venu lui-même révéler la honte de
sa famille ? A cette conduite si éton-
nante, on doit soupçonner deux passions plus fortes que l'intérêt, la haine
& la vengeance. Le sieur Dutroy a
voulu servir une animosité étrangere &
la sienne propre ; il a cédé à une séduction puissante ; il a sacrifié sa
fille.

» Ce n'est pas même seulement de
l'argent que ce pere dénaturé a cherché
dans ce sacrifice ; de l'argent ne lui
auroit pas paru un dédommagement
suffisant de l'opprobre qui devoit le
suivre. Non, ennemi, & vendu à un
autre ennemi du sieur Labeyrie, le
sieur Dutroy a voulu compromettre la
réputation de cet Ecclésiastique, lui
ôter son honneur, mettre son état
même en danger. Il a voulu le dévouer
aux horreurs d'une procédure criminelle ; & comme il n'y avoit, pour y
parvenir, d'autre moyen que de le calomnier, il l'a calomnié.

I v

» Voilà le secret de cette déclaration qui accuse le sieur Labeyrie ; son existence seule est déjà une preuve commencée de son imposture ; & cette preuve , l'examen des énonciations même qu'elle renferme , va l'achever.

» Premièrement , Henriette Dutroy s'est dite *mineure* ; elle a supposé qu'elle n'étoit âgée que de vingt quatre ans ou environ ; & c'est de sa part un mensonge. Son extrait baptistere la confond : elle est née le 25 Août 1751 ; elle étoit donc , au mois de Février 1778 , époque de la déclaration , dans sa vingt septieme année , & par conséquent *majeure* depuis long-temps.

» Et quand elle s'est permis ce mensonge odieux , elle n'ignoroit pas l'influence qu'il pouvoit avoir dans les Tribunaux ; elle n'ignoroit pas qu'on y fait une différence considérable entre une fille qui est encore dans cet âge qui touche à l'adolescence , & une fille qui l'a passée : elle a donc voulu tromper exprès la Justice , pour surprendre d'elle un intérêt qu'elle ne méritoit pas d'exciter. Cette fausseté raisonnée ne sert donc qu'à démontrer celle du fait même, au soutien duquel elle **a** cru devoir l'employer.

» Ainsi le premier mot qui est sorti de la bouche d'Henriette Dutroy, a été un mensonge, malgré le serment qu'elle avoit fait de ne dire que la vérité.

» Secondement, elle a dit *qu'elle croyoit* être enceinte des œuvres du sieur Labeyrie.

» *Qu'elle croyoit* ! est-ce donc là un objet de doute ! *Qu'elle croyoit* ! Quoi ! Henriette Dutroy prétend n'avoir eu qu'une foiblesse, & elle n'ose pas assurer que celui qui, selon elle, l'a seul partagée, est l'auteur des suites dont elle a été l'occasion ! Elle s'exprime sur son compte d'une maniere incertaine ; elle hésite de le nommer, elle avoit donc des motifs de croire qu'en effet ce n'étoit pas lui.

» Troisiémement, le Juge lui demande pour qu'elle raison elle s'est abandonnée au sieur Labeyrie ? Henriette Dutroy lui répond tranquillement, *que ce n'est pour aucune raison.*

» Ce n'est donc pas ici une affaire de séduction ; ce n'est pas une foiblesse ménagée de loin par un sentiment ins.

piré ; ce n'eſt pas une faute comman-
dée par le mouvement effréné d'un
penchant impoſſible à vaincre ; c'eſt la
chute la plus coupable.

» Le Juge demande à Henriette Dutroy , en quels lieux , en quelles oc-
caſions , combien de fois le ſieur
Labeyrie eſt devenu ainſi le maître
d'elle ?

» Henriette Dutroy lui répond que
ce n'eſt qu'une ſeule fois : elle dit que
le ſieur Labeyrie ſe rendit un jour dans
ſa maiſon , qu'elle étoit dans la chambre d'en haut , qu'il y monta , & que
dans l'inſtant même il devint ſon
maître.

» Henriette Dutroy affecte de n'entrer dans aucun détail : elle ne dit ni
le jour , ni l'heure à laquelle le ſieur
Labeyrie s'eſt rendu chez elle. En au-
roit-elle oublié l'époque ? Une fille qui
n'a fait qu'une ſeule faute , ſe la rappelle toute ſa vie pour la pleurer.

» Elle ne dit pas ſi elle étoit , ce jour-
là , ſeule dans la maiſon ; elle ne dit
pas ſi ſon pere , ſa mere , ſon frere ,
quelqu'un de ſa famille enfin , y étoit
avec elle. Cette circonſtance eſt cependant infiniment grave ; car s'il n'y avoit

perſonne dans la maiſon , par quel ha-
ſard extraordinaire toute la famille étoit-
elle abſente ? & alors pourquoi ne pas
l'expliquer ? Si au contraire quelqu'un
de la famille étoit avec elle , ſon pere
ou ſa mere , par exemple , conçoit-on
que le ſieur Labeyrie ait eu le courage
d'attaquer leur fille ſous leurs propres
yeux ? Un tel excès d'imprudence eſt-il
vraiſemblable. A quelque degré qu'on
puiſſe porter le cyniſme , il exiſte des
bornes que l'homme le plus téméraire
ne peut pas franchir.

» Elle ne dit pas ſi c'étoit le jour où
la nuit que le ſieur Labeyrie ſe rendit
chez elle ; autre circonſtance pourtant
eſſentielle : car ſi c'étoit la nuit, comment le ſieur Labeyrie a-t-il pu s'intro-
duire dans ſa maiſon ? comment a-t-il
pu la ſurprendre ? comment n'a-t-il pas
été lui-même ſurpris ? Si c'eſt le jour ,
comment a-t-il pu vaincre l'obſtacle de
ſa famille ?

» Mais ce n'eſt pas tout : à l'époque
de la prétendue viſite du ſieur Labeyrie , ſi funeſte pour cette fille , cet Eccléſiaſtique avoit ceſſé depuis long-
temps toutes ſes liaiſons avec ſa famille ; il ne fréquentoit plus ſa maiſon ;

il n'y alloit plus du tout ; aucun témoin ne dit l'y avoir vu. Comment donc
y est-il retourné exprès pour satisfaire
ses désirs coupables ? comment l'a-t-il
osé ? comment l'a-t-il pu ?

» Il y a plus ; tout se réunit ici pour
confondre Henriette Dutroy , & ce
qu'elle a pris le parti de taire , & ce
qu'elle a pris le parti de dire.

» Elle a supposé que le sieur Labeyrie s'étoit rendu chez elle , qu'il étoit
monté dans sa chambre , & que là il
l'avoit sacrifiée à son incontinence.

Il n'est pas facile de découvrir , à
travers la briéveté obscure du récit
d'Henriette Dutroy , si elle se livra
volontairement au sieur Labeyrie , ou
si au contraire il fut obligé d'user de
violence ; mais au moins ce fut l'un ou
l'autre.

» Si elle se livra volontairement ,
c'est une fille prostituée , qui n'a aucune espece d'excuse pour elle , puisque loin d'avoir succombé , elle s'est
offerte , & qu'elle n'a pas cédé à son
cœur , mais à ses désirs. Sous ce point
de vue , les Tribunaux doivent non
seulement la repousser , mais encore la
punir.

» Si, au contraire, elle fut la victime de la violence du sieur Labeyrie, comment ne la rendit-elle pas inutile par ses efforts ? comment du moins n'appella-t-elle pas à son secours les personnes qui auroient pu se joindre à elle pour l'en affranchir.

» Une Loi du Deutéronome permettoit d'accueillir la réclamation d'une fille attaquée par un séducteur dans des lieux écartés, parce qu'elle supposoit que cette fille avoit crié ; mais qu'elle n'avoit pas été entendue : *Sola erat in agro*, dit la Loi, *clamavit & nullus essuit qui liberaret eam*. Mais quand le délit avoit été commis dans la ville, la Loi ne vouloit pas qu'on écoutât la fille abusée, *quia non clamavit*, dit-elle, *cùm erat in civitate*.

» Ce n'est pas dans un lieu écarté qu'Henriette Dutroy prétend avoir été attaquée par le sieur Labeyrie, c'est dans sa maison. Pourquoi donc n'a-t-elle pas crié ?

» En deux mots, vous ne supposez point de penchant ; vous n'alléguez point de séduction ; vous ne parlez que d'un seul acte : ou vous vous êtes vous-même donnée, & alors quelle accufatrice êtes-vous ? ou vous avez été victime de la violence ; & en ce cas, expliquez donc comment cette violence a pu réuffir, & pourquoi vous ne lui avez pas oppofé d'obftacle.

» Voilà de ces argumens de raifon, de bon fens & de vérité, que toutes les procédures du monde n'affoibliroient pas.

» Le Juge demande encore à Henriette Dutroy fi elle eft allée dans la maifon du fieur Labeyrie, ou dans d'autres endroits avec lui, pour fatisfaire les défirs de cet Eccléfiaftique.

» Elle répond *qu'elle y a été quelquefois, mais que ce n'a jamais été pour le même objet.*

» Voilà, fuivant le propre langage d'Henriette Dutroy, tout le commerce coupable du fieur Labeyrie avec elle, réduit à une feule vifite : toutes les autres, de fon aveu même, font innocentes.

» Henriette Dutroy reconnoît qu'elle n'a point fait confidence de fa groffeffe au fieur Labeyrie.

» Chofe naturelle, dans le cas où le fieur Labeyrie n'a point été réellement l'auteur de cette grosseffe ; mais chofe incroyable , dans le cas où en effet cette grosseffe feroit fon ouvrage , & derniere preuve qu'en effet elle ne l'eft pas.

» Enfin , Henriette Dutroy termine fa déclaration par avouer qu'on ne lui a rien confeillé contre la vie de l'enfant qu'elle portoit dans fon fein , & qu'elle n'a mis elle-même rien en ufage pour l'attaquer.

» Telle eft l'analyfe fidelle de la piece fondamentale de l'accufation d'Henriette Dutroy «.

Contre les déclarations pofitives de fa fille , le pere avoit fuppofé dans cette plainte , qu'il y avoit eu entre le fieur Labeyrie & fa fille une fréquentation de plufieurs années.

Le fieur Labeyrie n'a point défavoué que , dans les premieres années où il étoit Curé de Momuy , il avoit eu des liaifons avec la famille Dutroy. Un Curé dans la campagne , ou dans un village , eft obligé de voir tout le monde : on fe voit même dans ces lieux-là avec plus de familiarité.

A fon titre de Curé , le fieur Labeyrie en joignoit un autre ; il étoit

voisin du sieur Dutroy, leurs maisons
se touchoient ; & celle qu'occupoit le
sieur Labeyrie, le sieur Dutroy la lui
avoit vendue : cet Ecclésiastique l'avoit
achetée, par un bail à vie, presque au
moment où il prit possession de son bénéfice. Il n'est donc pas étonnant qu'il
y eût, à cette époque, de la liaison entre la famille Dutroy & le sieur Labeyrie ; mais cette liaison de famille
n'a jamais donné lieu à aucune liaison
plus particuliere entre cet Ecclésiastique
& la fille du sieur Dutroy, & toute
liaison même a cessé il y a quelques
années.

Le sieur Dutroy a supposé ensuite,
que s'étant apperçu de trop de familiarité entre sa fille & le sieur Labeyrie,
il avoit défendu à l'une toute fréquentation avec l'autre.

Le sieur Dutroy ajoute que le sieur
Labeyrie introduisoit sa fille dans sa
maison, par la porte de derriere, le
matin & le soir, le jour & la nuit.

Premiérement, il n'y a point de
porte de derriere dans la maison du
sieur Labeyrie. La prétendue porte que
le sieur Dutroy affecte méchamment
d'appeler porte de derriere, est une

porte cochere qui donne fur la place publique, & vis-à-vis la maifon même du fieur Dutroy.

Secondement, le fieur Labeyrie n'eft point difconvenu, dans fon interrogatoire, que la fille du fieur Dutroy ne foit venue plufieurs fois dans fa maifon, le jour feulement, mais jamais la nuit : elle y eft venue même fous plufieurs rapports, comme paroiffienne, comme voifine ; elle y eft venue pour y travailler à la journée, avec d'autres femmes ou filles, à des meubles qu'il faifoit faire ; elle y a même mangé, mais feulement lorfqu'elle y travailloit, & avec les autres ouvrieres ; mais tout cela n'a eu lieu que pendant le temps des relations qui exiftoient entre fa famille & le fieur Labeyrie ; tout cela s'eft paffé fous les yeux dé cette famille, qui vivoit alors amicalemeut avec fon Curé.

Henriette dit, dans fa déclaration, qu'elle étoit allée plufieurs fois chez le fieur Labeyrie ; mais elle n'a pas laiffé ignorer qu'il n'y avoit jamais eu rien de coupable entre eux : elle n'a point voulu qu'on envifageât cette fréquentation comme fufpecte ; elle n'a articulé aucun genre de séduction ; elle n'a parlé d'aucune privauté ; elle n'a reproché aucun écart à cet Ecclésiastique : c'est donc à elle qu'il faut s'en rapporter ici plutôt qu'à son pere ; & peut-on avoir de témoignage plus fort pour démentir l'un, que celui de l'autre ?

Enfin le sieur Dutroy a prétendu, dans sa plainte, que le sieur Labeyrie avoit souvent attiré sa fille dans des lieux écartés, dans des bois taillis, dans des vignes & dans un pavillon de son jardin.

Henriette Dutroy a démenti ce fait, & les vûes coupables que la plainte suppose au sieur Labeyrie : elle-même l'a donc justifié.

Après avoir ainsi discuté la plainte du sieur Dutroy, M. Romain de Seze passoit à l'examen de l'information.

» En général (disoit-il), de la part de tout citoyen, la séduction est un délit grave ; mais de la part d'un Prêtre, & sur-tout d'un Curé, c'est presque le plus grave de tous les délits : toutes les considérations possibles se réunissent même pour le rendre tel.

Il faut donc une conviction plus évidente contre un Curé , que contre un citoyen ordinaire ; car plus une accusation est considérable , plus il faut , dans les Tribunaux , de preuves pour la justifier. Les Loix sont ici d'accord avec la raison.

» La Jurisprudence , dans les accusations en crime de rapt , est infiniment sage. On exige que l'information fournisse des preuves d'une fréquentation coupable ; que les témoins détaillent ou des entrevues nocturnes , ou une communication intime , ou des libertés suspectes , ou des privautés indécentes ; en un mot , qu'ils attestent un commerce qui soit tel qu'il ait pu conduire à l'effet qu'on suppose qu'il a produit.

» Le sieur Dutroy a fait entendre quarante témoins.

» 1°. Parmi ces témoins , il y a des gens appartenans au sieur de Momuy , persécuteur du sieur Labeyrie ; d'autres , ennemis déclarés de cet Ecclésiastique , pour avoir été ou renvoyés ou dénoncés par lui ; d'autres , parens du sieur Dutroy ; d'autres qui n'exiftent pas même dans la paroiffe.

» En fecond lien, fur ces quarante témoins, aucun n'a dépofé ni pu dépofer d'aucune entrevue coupable entre le fieur Labeyrie & Henriette Dutroy, d'aucune liberté fufpecte, d'aucune privauté indécente.

» En troifieme lieu, on juge de l'acharnement de ces témoins, par la nature même des détails dans lefquels ils entrent. Le fieur Labeyrie eft dénoncé pour avoir ri, pour avoir regardé, pour s'être promené feul dans fa galerie, pour avoir jeté de la terre, pour avoir défait une corde avec une canne; en un mot, pour des actes aufli ordinaires qu'indifférens; la recherche même qu'on a mife dans ces miférables détails, ne prouve autre chofe, finon l'envie qu'on avoit de nuire au fieur Labeyrie, jointe à l'impuiffance d'y parvenir.

» Quant au fond même des témoignages, prefque tous roulent fur ce qu'on dit avoir vu quelquefois le fieur Labeyrie fe promener dans un bois taillis, ou dans une prairie qui

borde la vigne appartenant au sieur
Dutroy, ou dans cette vigne elle-même;
& Henriette Dutroy, ou passant en
même temps dans les mêmes lieux,
ou se promenant avec le sieur Labeyrie.

» Que le sieur Labeyrie se soit promené, il y a quelques années, dans
un bois taillis voisin de son presbytere,
qui n'existe plus; qu'il se soit promené
en plein jour dans une prairie où Henriette Dutroy travailloit pour son pere
pendant sa liaison avec sa famille;
qu'un Prêtre, qui vit à la campagne,
ait été trouvé dans les champs, qu'y
a-t-il donc là de répréhensible ? Pas
un seul témoin qui dise l'avoir trouvé
dans une situation, on ne dit pas
coupable, mais seulement suspecte;
d'ailleurs les faits dont ils parloient,
peu concluans par eux-mêmes, le rap-
portoient à des époques antérieures,
à trois & même cinq années auparavant,
& n'offroient que l'envie de nuire
& de calomnier. L'auteur soupçonné
de la grossesse d'Henriette étoit du
nombre des témoins, & ne demandoit pas mieux que de rejeter la faute
sur le Curé.

Une des dépositions les plus graves, étoit celle d'un Chirurgien, déposant que le sieur Labeyrie lui avoit demandé un jour s'il y avoit des signes pour connoître si une fille ou une femme étoit enceinte, parce qu'il en soupçonnoit quelqu'une dans sa paroisse; & que lui, Larouture, les lui avoit appris : qu'alors le sieur Labeyrie lui avoit demandé s'il y avoit des remedes pour faire avorter, & qu'alors lui, Larouture, lui avoit dit qu'oui.

» Tel est le langage de ce Chirurgien.

» Mais le Curé avoit justifié l'innocence de ses intentions dans son interrogatoire.

» Ayant été instruit qu'une veuve de sa paroisse étoit soupçonnée d'être devenue enceinte, il avoit voulu s'assurer s'il existoit des signes capables de l'en convaincre, ou des moyens qui pussent lui procurer son avortement, afin de veiller à ce qu'elle n'en fît aucun usage funeste.

» Il fit venir une déclaration qui attestoit le fait. Cette déclaration portoit le nom de la femme qui avoit cru devoir instruire le sieur Labeyrie
de

de la groffeffe de cette veuve , &
celle des deux perfonnes honnêtes que
le fieur Labeyrie chargea d'y veiller.

» Si le fieur Labeyrie eût eu de
mauvaifes intentions en faifant ces queftions au fieur Larouture , ce ne feroit
pas à lui qu'il les auroit faites ; il
n'ignoroit pas que le fieur Larouture
étoit coufin-germain d'Henriette Dutroy , & l'ennemi de lui , Labeyrie ; il
auroit donc craint qu'il n'en abufât :
c'eût été au fieur Labeyrie , fon frere ,
Chirurgien auffi , qu'il fe feroit adreffé ,
parce qu'il auroit pu compter fur fa
difcrétion.

» Henriette Dutroy l'a dit elle-même
dans fa déclaration de groffeffe :

» D'un côté , qu'elle n'avoit point
fait confidence de cette groffeffe au
fieur Labeyrie. Cet Eccléfiaftique ne
pouvoit donc pas foupçonner qu'elle fût
enceinte.

» De l'autre , qu'on ne lui avoit
confeillé l'ufage d'aucun remede contre la vie de l'enfant qu'elle portoit
dans fon fein.

» Le fieur Labeyrie ne cherchoit donc
pas à acquérir pour elle les connoif-
fances qui y avoient rapport.

Tome X.   K

» Un Prêtre qui eſt parvenu à l'âge de cinquante ans, ſans avoir appris les ſecrets funeſtes que le crime met en uſage pour cacher ſa honte, eſt néceſſairement un Prêtre vertueux; cette ignorance du vice eſt la preuve la plus frappante de la chaſteté du cœur qu'elle honore. S'il avoit eu moins d'innocence, il auroit eu bien plus de lumieres «..

Par Arrêt du premier Juillet 1778, le Parlement de Bordeaux, la Grand'Chambre & la Tournelle aſſemblées, caſſa la procédure; permit au Curé de faire ſuite de la procédure devant le Lieutenant-Criminel de Saint-Sever; condamna le ſieur Dutroy aux dépens; & faiſant droit ſur les concluſions de M. le Procureur-Général du Roi, décréta le Juge de Momuy d'ajournement perſonnel.

MARIAGE *contracté en Corse par un Officier François avant que cette isle fût soumise à la domination du Roi, attaqué de nullité.*

ANNE-THÉRESE DE LA ROSATA est née en Corse, dans la ville d'Algaïola, au mois de Septembre 1747 : elle est fille du sieur Pierre de la Rosata & de demoiselle Marthe Juliani : le sieur de la Rosata, son pere, avoit été, en 1749, Directeur-Général des vivres & des magasins du Roi dans toute l'étendue de l'isle de Corse, où nous avions alors des troupes : il avoit épousé la demoiselle Juliani, issue d'une famille Corse distinguée; il s'établit, après le départ de notre armée, dans la ville d'Algaïola, où il exerça long-temps la charge de Podestat.

Il mourut estimé & regretté de ses concitoyens, laissant quatre enfans, deux filles & deux garçons. L'un de ses fils a exercé, après son pere, la charge de Podestat, & a depuis assisté aux assemblées générales

K ij

des Etats de Corse en qualité de Po-
deftat Major, & de Député de la Province de Balagne : l'autre eft Officier
dans la légion de Conflans.

Quant aux deux filles, l'aînée a
époufé le Chevalier de Tournainville,
Officier François : la cadette a époufé
le fieur le Grand en 1767.

On fait que le feu Roi avoit envoyé des troupes en Corfe, pour y protéger la domination chancelante des
Génois : les Corfes, fiers & indociles,
n'avoient jamais fupporté qu'à regret
leur dépendance. Soit que le fentiment
de la liberté fût plus profond chez ce
peuple, foit que la fierté Génoife eût
choqué l'orgueil des Corfes, la République de Gênes a prefque toujours
été forcée de défendre fes droits par
les armes : le feu Roi fecourut cette
République alliée : le Régiment de
Rouergue fut un de ceux qui pafferent
dans l'ifle en 1764. C'eft dans ce Régiment que fervoit le fieur le Grand,
alors majeur de plus de trente années,
& qui avoit déjà perdu depuis long-
temps fon pere & fa mere.

Le Régiment fut en garnifon à Saint-
Florent ; la demoifelle de la Rofara

étoit dans cette ville chez la dame de la Riviere sa tante, & c'est là qu'elle eut le malheur de voir le sieur le Grand pour la premiere fois.

Celui-ci parut sensible aux charmes de la demoiselle de la Rosata, & ne négligea rien pour l'intéresser. Il savoit que cette jeune personne étoit née d'une famille honnête & estimée dans le pays ; qu'elle étoit unie, par le sang, aux habitans les plus distingués de la Corse ; que sa sœur aînée avoit épousé le Chevalier de Tournainville ; que ses freres devoient un jour occuper des emplois honorables : toutes ces considérations fortifierent peut-être l'inclination naissante du sieur le Grand.

Quoi qu'il en soit, il chercha à plaire ; & dans un lieu où les habitans s'occupent peu de l'art de charmer un sexe qu'ils captivent, il plut. Il fit part de ses projets de mariage au Chevalier de Tournainville & à la dame de la Rosata mere : le sieur de la Rosata pere étoit mort depuis quel-ques années.

Le sieur le Grand s'annonçoit comme jouissant, dans sa patrie, de 10000

livres de rente , & comme deſtiné ,
par ſa naiſſance & par ſes relations ,
à des emplois plus importans que celui qu'il occupoit. Cependant , malgré le tableau ſéduiſant qu'il fit de
ſa poſition , & quoiqu'il eût fait un
voyage à Algaïola pour déterminer
la dame de la Roſata à l'accepter
pour gendre , il eſſuya d'abord un refus
formel.

La demoiſelle de la Roſata mal-
heureuſement avoit , pour le ſieur le
Grand , d'autres yeux que ſa mere ;
elle ſentit vivement ce refus : elle mar-
qua à ſon frere de ſe rendre auprès
d'elle à Saint-Florent ; elle ne lui diſſi-
mula pas ſon goût pour l'Officier François
qui la demandoit en mariage ; elle s'en
fit un protecteur auprès de ſa mere ,
& celle-ci enfin céda aux inſtances
réunies de ſon fils & de ſa fille. Le
ſieur le Grand fit alors un ſecond voyage
à Algaïola ; il en revint avec le con-
ſentement de la dame de la Roſata ,
& toucha une dot de 6000 livres , dont
il donna ſa reconnoiſſance.

Jamais peut-être on ne fit éclater une
joie plus vive & plus pure , en apparence , que celle du ſieur le Grand ,

quand il eut obtenu ce confentement fatal : tout fon bonheur , fa vie même dépendoient , difoit-il , du fuccès de fes démarches : il fe hata en effet de remplir fes projets.

Un mariage célébré dans la ville même où fon Régiment étoit en garnifon, le jetteroit dit-il, néceffairement dans des dépenfes exceffives ; il demanda que la cérémonie fût faite à quelques lieues de là. La mere & la fille , qui n'avoient pas d'autre intérêt que celui du fieur le Grand, y confentirent ; & le mariage fe fit dans *l'eglife paroiffiale de l'ancienne Pieve d'Oftriconi* , du diocefe de Mariana , par l'Aumônier même du Régiment de Rouergue , fuivant tous les ufages alors en vigueur dans l'ifle de Corfe , & après avoir rempli toutes les formalités requifes.

Voici la traduction fidelle de l'acte de mariage , tel qu'il a été dépofé dans la Chancellerie épifcopale , délivré & certifié véritable par le Chancelier épifcopal , par le Grand-Vicaire Official , & par le Juge Royal de la ville & Jurifdiction de Baftia.

» L'an 1767 , le 20 du mois de

K iv

Juillet, moi souffigné Pere Vincent-
Marie de Baftia, Prêtre de l'Ordre de
S. François, & Aumônier du Régiment de Rouergue, fais pleine & in-
dubitable foi, la main fur la poitrine,
fuivant la coutume, d'avoir, le 13 du
courant, conjoint par ordre, en face
d'églife, par paroles de préfent, le fieur
le Grand, Lieutenant au Régiment de
Rouergue, natif de Bourgueil en Anjou, & demoifelle Anne-Thérefe, fille
du fieur Pierre de la Rofata, de la ville
d'Algaïola en Corfe, lefquels avoient
préalablement donné leur confentement
refpectif, réciproque, libre à la célébration dudit mariage, & s'étoient auparavant confeffés & communiés : tout
cela formellement exécuté par moi,
felon le rit de notre Sainte Mere Eglife
& le Rituel Romain, dans l'églife paroiffiale de l'ancienne Pieve d'Oftriconi, de ce diocefe de Mariana,
fous le titre de Saint-Martin, en préfence des fieurs Louis de la Rofata,
Jofeph Orcini, tous deux d'Algaïola,
& Céfar-Emmanuelli de Palefca, témoins appelés & préfens à la célébration dudit mariage ; en foi de quoi ;
&c. Donné à Baftia l'année & mois

comme ci-deſſus. Copie moi Pere Vincent-Marie de Baſtia, de l'Ordre des
Mineurs.

« 1775, le 3 Août, dans la Chan-
cellerie épiſcopale de la ville de Baſtia,
Royaume de Corſe, extrait en tout
comme ci-deſſus, du propre original
exiſtant dans les archives de ladite
Chancellerie ; Paul-Chriſtophe Chieza,
Chancelier de la Cour épiſcopale de
Mariana & Accia ».

A peine le ſieur le Grand eut uni
ſon ſort à celui de la demoiſelle de la
Roſata, qu'il voulut la conduire en
France & la préſenter lui-même à toute
ſa famille. Peu de temps après la cérémonie, il partit avec pluſieurs Officiers
de ſon Corps : la dame le Grand ſon
épouſe, & la dame de Tournainville
ſa ſœur, partirent auſſi dans le même
moment, mais dans un bâtiment ſé-
paré. Arrivés à Marſeille, le ſieur le
Grand paſſa quelques jours avec ſa
femme & ſa belle ſœur, chez une de
leurs parentes : enfin il ſe rendit avec
elles dans cette Capitale : il quitta ſa
femme un ſeul jour, pour conduire la
dame de Tournainville, ſa belle-ſœur,
à Dreux chez ſon mari ; il rejoignit

K v

auffi-tôt la dame le Grand , & fe hâta
de fe rendre à Bourgueil , province
d'Anjou , lieu de fa naiffance.

La famille du fieur le Grand étoit
prévenue de fon arrivée & de l'arrivée
de fa femme ; la demoifelle fa fœur
vint au devant d'eux à trois lieues ,
& accueillit la dame le Grand , dont
on lui avoit fait le portrait le plus avan-
tageux. Le Chevalier le Grand , frere
du mari , toute fa famille , tous les habitans de Bourgueil parurent le voir avec
plaifir , & donnerent à fon époufe les
démonftrations les plus vives d'eftime
& d'attachement.

Il eft vrai que la dame le Grand ne
fut pas long-temps à Bourgueil , fans
reconnoître que fon mari l'avoit étran-
gement trompée fur l'état de fa fortune ; mais elle voyoit en lui le choix
de fon cœur , & fon affection n'en fut
pas altérée.

Son mari la laiffa bientôt dans fa
maifon & dans fa famille , pour rejoindre fon Régiment en Corfe. Pendant
fon abfence , la dame le Grand s'occupoit uniquement du foin d'économi-
fer fes modiques revenus; elle épargnoit
même le néceffaire , pour lui fournir

des secours : heureuse alors de pouvoir faire des facrifices à l'homme qu'elle aimoit uniquement , & dont elle se croyoit uniquement aimée !

Ce fut dans ces premiers temps , où les sentimens du sieur le Grand pour sa femme ne paroissoient pas encore altérés, que celui-ci éprouva dans l'isle de Corse une maladie cruelle , qui en peu de jours le mit aux portes du tombeau. Il étoit à Bastia ; les parens de son épouse accoururent aussi-tôt , & lui portèrent toutes sortes de secours , & peut-être doit-il la vie aux soins généreux de cette famille.

Cependant , quels furent les sentimens du sieur le Grand dans ce moment terrible où la mort sembloit prête à le frapper ? Réclama-t-il contre une union fondée sur un crime prétendu ? Abjura-t-il ses erreurs & ses égaremens supposés ? Eprouva-t-il dans cet instant funeste , le trouble & les remords d'une conscience coupable ? Non. Pendant toute sa maladie , il ne parla que de son épouse, sa chere épouse : son regret unique étoit d'expirer loin d'elle ; & ne pouvant mourir dans ses bras ; il voulut du moins lui donner une derniere marque de sa tendresse. Il fit un testament en faveur de sa femme : à la vérité, il a dit depuis, qu'il l'avoit révoqué ; mais alors il lui laissoit toute sa fortune, & aujourd'hui il lui dispute l'honneur de porter son nom.

Le sieur le Grand recouvra enfin sa santé & ses forces ; le premier usage qu'il en fit fut de quitter la ville de Bastia pour aller respirer un air plus pur, & prendre quelque repos chez les parens de sa femme. Entiérement rétabli par leurs soins, il repassa en France : sa femme reçut de lui les marques de tendresse & de confiance qu'elle devoit en attendre, & la possession de son état prit de nouvelles forces. Les preuves géminées de cette possession se trouvent consignées dans tous les dépôts publics de la ville de Bourgueil : là se trouve un acte de baptême, dans lequel le sieur *le Grand & la dame le Grand son épouse*, présentent un enfant à l'Eglise ; ici sont des actes solennels passés par le sieur *le Grand & par la dame le Grand son épouse, qu'il autorise*.

Enfin, le moment approche où le

cœur du fieur le Grand va éprouver la révolution la plus terrible , & où un époux honnête & tendre deviendra l'ennemi le plus cruel & le tyran le plus implacable. Avant d'entrer dans ce nouvel ordre de faits , il faut rendre compte de plufieurs pieces qui prouveront quel étoit, à Bourgueil , l'état de la dame le Grand , & quels fentimens elle avoit infpirés à la famille même de fon mari. La dame le Grand invoquoit d'abord trois lettres du frere de fon mari , qui étoient conçues en ces termes :

A Rochefort , ce 18 Février 1770.

» Je reçois aujourd'hui , ma chere petite fœur , une lettre de votre mari , datée du 2 Janvier de Baftia : je ne vous en donne point le contenu , &c. «.

A Rochefort , ce 16 Mai 1770.

» Vous me nommerez l'homme aux trente-fix raifons, ma chere petite fœur ; toujours du retard dans mes réponfes , & toujours des raifons pour me juftifier , &c. «.

A Rochefort , le 26 Mai 1770.

» Ma très-chere & bien aimée petite fœur , vous devez être raffurée fur mon

compte par une derniere lettre que je vous
ai fait, &c. &c. «. A ces lettres, qui
prouvent d'une maniere bien évidente
l'état de la dame le Grand, elle en
ajoutoit une d'un Capitaine du Régiment de son mari, qui lui avoit été
écrite en 1772. La voici.

MADAME,

» Je suis au désespoir de ne m'être
point trouvé au Régiment pour vous
tirer tout de suite d'inquiétude sur le
compte de M. votre mari : j'ai profité
de mon sémestre pour le passer à Avignon, où je viens de recevoir la lettre
dont vous m'avez honoré, qui m'a été
renvoyée de Metz. Je pense que vous
aurez reçu des nouvelles de M. le
Grand, depuis le moment de votre
inquiétude ; je ne sache point qu'il ait
eu la moindre incommodité, sans quoi
je l'aurois su, recevant très-souvent
des nouvelles du Régiment, où l'on
me marque jusqu'à la plus petite circonstance : je suis bien fâché que sa
négligence vous ait donné la moindre
inquiétude, & de n'être pas à portée de lui en faire les plus grands reproches.

» Vous me rendez justice, madame, en étant persuadée de tout l'intérêt que je prends à tout ce qui vous regarde, quoique je n'aye rien fait d'essentiel pour vous en convaincre ; je voudrois trouver des occasions de pouvoir vous en donner toutes les assurances.

» J'ai été pendant quelque temps dans l'espérance la plus flatteuse. M. le Grand m'avoit dit que, si le Régiment eût resté à Avignon, vous deviez y passer pour aller voir vos parens ; j'en étois d'autant plus aise, qu'il m'avoit assuré que j'aurois eu l'honneur de vous voir ; vous devez être persuadée du plaisir que j'en aurois eu.

» J'ai l'honneur d'être avec respect, &c. Signé PRUDHOMME. A Avignon, le premier Février 1772 «.

Ainsi la dame le Grand étoit connue dans le Régiment de son mari, comme à Bourgueil, pour épouse légitime ; c'en est assez pour détruire l'impression funeste des calomnies auxquelles on s'est livré, soit sur le compte de la dame le Grand, soit sur le compte de ses parens, & pour fixer enfin l'opinion des Magistrats sur la légitimité de son état,

fur fa poffeffion publique & conftante,
& fur l'honnêteté de la famille à laquelle
elle doit le jour.

Le fieur le Grand, livré à de nouvelles paffions, avoit outragé & méconn-
nu fa femme. Il ofa former le projet
d'opprimer une Etrangere, & de la forcer à fe réfugier en Corfe. Ce fut au
mois de Décembre 1774, que la dame
le Grand fe trouva pleinement convaincue du changement abfolu de fon
mari : fes excès n'éclaterent cependant
pas encore ; elle dévora dans le filence
tous les outrages qu'elle put diffimuler, & elle attendit un retour heureux
du temps & de la patience : vain efpoir ! un autre objet avoit abforbé tous
les fentimens & flétri l'ame du fieur le
Grand.

Celui-ci chercha à vendre tout fon
bien, vers le commencement de l'année
1775, foit qu'il voulût dénaturer fa
fortune pour priver fa femme de tous
fes droits, foit que fes folles dépenfes
euffent rendu cette vente néceffaire.
Quoi qu'il en foit, il vendit prefque
tout ce qu'il poffédoit, par actes des
24 Mars & 15 Mai 1775 ; il força la
dame fon époufe à paroître dans ces

contrats : elle se soumit à la volonté de son mari, & y stipula en qualité *de la dame le Grand, autorisée par le sieur son époux.* Ces actes de complaisance ne ramenèrent cependant pas à elle un cœur qui lui avoit entièrement échappé. Sa perte étoit jurée ; son époux, en proie à une nouvelle passion, vouloit absolument la renvoyer dans la Corse ; & voici par quels moyens il se flatta d'y parvenir.

Le sieur le Grand devoit partir pour aller rejoindre son Régiment le premier Juin 1775. La veille de son départ, il fit comparoître son épouse devant lui, & lui déclara sans détour, qu'il falloit se séparer, & se séparer pour toujours. Il lui fit des défenses absolues de disposer désormais, soit de ses meubles, soit de ses revenus ; il lui enjoignit enfin de retourner dans sa patrie, pour y traîner, sous les yeux de sa famille, une existence honteuse, puisqu'elle seroit chassée des lieux que son mari habitoit.

On conçoit facilement que la dame le Grand demeura interdite quand elle entendit prononcer cet arrêt terrible ; elle eut recours aux seules armes de

fon fexe , aux prieres & aux larmes.
Ses prieres , fes larmes, fes careffes ,
rien ne put émouvoir fon tyran. Il fut
fourd au cri de la pitié & de l'humanité. Il s'empara, le jour même, de tous
les papiers de fon époufe , & des lettres qu'il lui avoit écrites , & de l'acte
qui établiffoit fon mariage , & de la
quittance des 6000 liv. reçues en dot ,
quittance dont il ne refte plus aujourd'hui de trace. Il fit auffi-tôt enlever
fes meubles & fes effets de fa maifon
fife à Bourgueil. Il défendit à la demoifelle le Grand, & à un domeftique qu'il
confervoit pour la récolte prochaine ,
de fournir aucun fecours à fa femme ;
il porta la barbarie jufqu'à fe tranfporter chez le Boucher , le Boulanger &
les autres fourniffeurs de fa maifon ,
pour leur dire de ne rien donner à cette
époufe qu'il alloit laiffer fans argent ,
fans reffource , à 400 lieues des rivages qui l'avoient vu naître. Il partit
effectivement le premier Juin 1775.

Comment (dira-t-on) les fentimens du fieur le Grand ont-ils été altérés à ce point ? Eft-il poffible qu'il
ait traité fa femme avec tant de barbarie , fi cette femme n'eft pas crimi-

nelle, ou du moins indiscrete ? Ne
l'auroit-il donc arrachée à la Corse que
pour la livrer, en France, à l'infamie &
à la misere ? Tant d'horreurs ne se pré-
sument pas , & le sieur le Grand seroit
le plus injuste de tous les hommes, si
sa femme n'étoit pas coupable. Hé
bien , elle n'est cependant pas coupable ; son cœur est pur , & sa conduite
est sans reproche. Elle ose invoquer le
suffrage de la famille du sieur le Grand
& de tous ses concitoyens ; de ces mêmes concitoyens sous les yeux desquels
elle a vécu pendant tant d'années , &
dont la voix s'éleveroit sans doute contre une Etrangere , si elle avoit violé
les loix de la bienséance & de l'honnêteté.

Elle succomboit sous le poids de ses
infortunes , si la dame de Tournainville sa sœur, qui étoit alors à Bourgueil , ne lui avoit pas tendu une main
secourable. Cependant son mari partit
le premier Juin 1775 , & passa par
Paris , où il resta plusieurs jours. C'est
à cette époque, dans le temps que le
sieur le Grand étoit dans cette Capitale,
qu'il fut adressé une lettre, signée le
Grand , *au Pere Vincent-Marie Sisco*,

Religieux de Saint François, à Baſ-
ria en Corſe. (C'eſt celui qui avoit marié les ſieur & dame le Grand). Cette
lettre avoit un double objet : 1°. d'engager ce Religieux à ne délivrer aucun
acte de mariage à la dame le Grand :
2°. de le porter à donner un certificat
conforme au modele qui étoit envoyé.
Cette lettre importante mérite d'être
tranſcrite ici.

     A Paris, le 20 Juin 1775.

    » Vous ſavez, mon Révérend Pere, que
les mariages ne ſont pas toujours heureux, & le mien eſt du nombre : madame
le Grand, ennuyée de demeurer en France, cherche tous les moyens de retourner dans ſon pays ; il n'y a pas de
moyen dont elle ne ſe ſerve pour venir à ſes fins : je voudrois pouvoir faire
ce qu'elle déſire ; mais vendre mon
bien pour le placer en Corſe, c'eſt chercher le certain pour l'incertain ; du
moins il faut qu'elle attende que je
ſois retiré du ſervice ; je la tiens du
côté du mariage, elle n'a pas de certificat ; j'ai celui que vous m'avez donné ; &, pour la contenir, je voudrois
que vous me donnaſſiez un certificat tel
que les choſes ſe ſont paſſées ; vous ſavez

vous même que celui que vous m'avez donné n'eft pas exactement vrai : on a dû vous prévenir, de ma part, de ne point donner de certificat ; c'eft le moyen de remettre la paix, parce que, craignant les formalités, elle fera tenue de vivre tranquille. Je vous prie de me faire ce plaifir : fi je puis vous être utile, mandez-le moi ; je ferai ce que vous défirez ; répondez-moi tout de fuite. Je fuis très - fincérement, mon Révérend Pere, votre très-humble & très-obéiffant ferviteur. *Signé* LE GRAND. Ne dites rien de ce qui fe paffe ; je vous le donne fous le fecret ; adreffez, Capitaine à Lille «.

Voici le modele du certificat qui étoit joint à la lettre.

» Je fouffigné, Prêtre Religieux de l'Ordre de Saint François, réfidant au couvent de Saint François à Baftia, certifie & déclare qu'étant Aumônier des troupes Françoifes à Saint-Florent, l'année 1767, que le 13 Juillet de la même année, étant avec le fieur le Grand, Lieutenant au Régiment de Rouergue, nous rencontrâmes dans la plaine d'Oftriconi, le fieur la Rofata & fes fœurs, & qu'après avoir déjeû

né enfemble ; on me propofa de faire
le mariage du fieur le Grand avec la
demoifelle de la Rofata , & que malgré les repréfentations du fieur le Grand
fur l'invalidité du mariage , il fut obligé
de céder , & moi de lui donner la bénédiction , fans publication ni aucun
enrégiftrement , & fans autre formalité ;
après cela , nous partîmes tout de fuite ,
M. le Grand & moi , pour Saint-Florent. Le fieur de la Rofata & fa fœur
partirent pour Palafca. Telle eft la vérité dudit mariage. En foi de quoi je
donne le préfent certificat , comme
étant pure vérité. Fait à Baftia.

» Envoyez - moi ce certificat , je
vous enverrai cinq louis en vous ré-
pondant «.

La dame le Grand , délaiffée fans fecours & fans reffource , prit le feul parti
qui lui reftoit ; elle préfenta fa Requête au
Juge de Bourgueil : elle expofa la maniere
dont fon mari l'avoit abandonnée ; elle
conclut à ce qu'il fût tenu de lui fournir les alimens dus par un mari à fa
femme , & de lui payer annuellement
une provifion alimentaire de 500 liv. ,
fauf , eft-il dit , à prendre télles autres
conclufions , & à former telle demande
en féparation qu'elle avifera : Sentence

contradictoire, qui accorda à la dame le Grand une provifion alimentaire de 350 livres.

Le fieur le Grand interjeta appel de cette Sentence au Bailliage de Chinon ; & cette provifion n'a jamais été payée à fa femme : il falloit cependant que la dame le Grand foutînt fon exiftence malheureufe ; elle fe trouva forcée de vendre les dépouilles d'un pré appartenant à fon mari.

Le fieur le Grand fut inftruit, à Lille, de la demande de fa femme : auffi-tôt il revint à Bourgueil ; il arriva au commencement du mois d'Août ; il trouva tout le monde révolté de fa conduite : il n'eut pas, dans ce moment, le courage de braver le cri public ; il prit le parti d'inviter fa femme à fe rendre dans fa maifon de campagne auprès de lui. Le fieur Bouille & le Curé de Bourgueil furent les porteurs de cette négociation , & on peut juger par le caractere facré d'un des négociateurs, s'il étoit queftion de rendre une femme à fon mari , ou feulement de réintégrer une concubine dans la maifon de fon corrupteur.

Cette négociation verbale fut fuivie

d'une sommation par Huissier, faite à la requête du sieur le Grand, à la dame *le Grand*, pour l'inviter à revenir dans la maison de son mari, aux offres que faisoit celui-ci de la bien recevoir & de vivre avec elle comme par le passé.

A la lecture de cette piece, la dame le Grand se livra encore à l'espérance : elle pensa que son mari avoit réfléchi sur sa conduite passée, & qu'il se rendoit enfin à ses devoirs : elle déféra à la sommation, & rejoignit le sieur le Grand : aussi-tôt celui-ci fit rendre au Bailliage de Chinon une Sentence par défaut, qui infirmoit celle du Juge de Bourgueil. Ce jugement fut rendu *contre la dame le Grand*, & signifié *à la dame le Grand*.

Celle-ci fut à peine rentrée chez son époux, qu'elle y éprouva une maladie non moins dangereuse que celle dont le sieur le Grand avoit été affligé en Corse. Il avoit trouvé, dans la famille de sa femme, tous les secours que sa malheureuse situation pouvoit exiger : pénétré de reconnoissance & de tendresse, il avoit fait, dans ce moment fatal, un testament en faveur de son épouse.

épouse. Mais que les temps étoient changés! La dame le Grand se trouvoit dans la maison maritale, doublement accablée par la maladie & par le chagrin, & elle ne reçut de son époux ni secours ni consolation ; elle fut obligée de demander, comme une grace, son transport à Bourgueil chez la dame de Tournainville sa sœur : son mari y consentit, heureux d'être délivré de l'embarras que lui causoit une femme mourante. La dame le Grand trouva dans l'amitié de sa sœur, les secours qu'elle auroit dû attendre de la tendresse du sieur le Grand. Sa santé se rétablit, & elle retourna avec le sieur le Grand le 18 Septembre.

Le 21, son mari repartit pour se rendre à son Régiment : il ne voulut pas (comme il avoit fait dans le mois de Juin) interdire à sa femme l'usage absolu de tous ses meubles ; il se contenta d'en renfermer la majeure partie ; il en laissa une très-petite quantité à son épouse ; &, après avoir calculé dans son imagination ce qui étoit absolument nécessaire à une femme pour ne pas mourir de faim, il fit défenses au Boucher de fournir par semaine plus de quatre livres de viande, & au Boulanger, plus de six livres de pain.

La dame le Grand se vit donc encore forcée de recourir à la pitié de la dame de Tournainville sa sœur, & de se retirer dans sa maison : un espoir lui restoit encore ; la récolte de la vendange approchoit, elle y veilla ; elle en fit le partage : elle comptoit pouvoir disposer d'une partie pour se procurer des alimens ; mais aussi-tôt la demoiselle le Grand, sa belle-sœur, lui fit signifier une procuration de son frere, portant pouvoir de faire faire la récolte, & d'en disposer à son gré, avec défenses à la dame le Grand d'y toucher. Cette procuration fut signifiée le 6 Novembre, par le ministere d'un Huissier, à la requête de la demoiselle le Grand, à *dame Anne - Thérese de la Rosata, épouse du sieur le Grand son frere.*

Ainsi ce nouvel acte d'hostilité est encore un hommage rendu à la qualité d'épouse dont la dame le Grand a toujours joui. Mais si le sieur le Grand prenoit encore la qualité de mari, il

n'en avoit pas moins abjuré tous lés
fentimens. Peu de jours après la figni-
fication dont on vient de parler, les
minces fournitures que le Boucher &
le Boulanger faifoient furent fuppri-
mées ; ils reçurent des défenfes de rien
donner à l'avenir.

Ce dernier trait détermina enfin la
dame le Grand : auffi-tôt elle préfenta
fa Requête au Lieutenant-Général de
Saumur, en féparation de corps & de
biens. Elle demanda la jouiffance de
ceux qui lui appartenoient; acte de fa
renonciation à la communauté ; la
reftitution dés 6000 livres de dot
qu'il avoit touchées , avec intérêts &
dépens ; & par provifion , une fomme
de 2000 livres.

Un premier jugement *contradictoire*
adjugea une provifion de 200 livres;
& fa qualité d'époufe ne *lui fut pas
alors conteftée*. La dame le Grand fit
fignifier la Sentence & faifir les revenus de fon mari. Cette provifion de
200 livres n'étoit cependant pas encore payée en 1777 : enfin , le 28 Février de cette année , le fieur le Grand
fit faire des offres de cette fomme à

la dame son épouse ; mais il attacha
à ces offres la condition de donner
main-levée des saisies.

Dans l'exploit, il ne donna à sa
femme que le nom d'*Anne-Thérèse
de la Rosata*, sans y ajouter la qualité de la dame le Grand. Celle-ci ne
put dissimuler une injure si grave : elle
accepta les offres ; mais elle observa
» que la conduite de son mari, qui
lui refusoit la qualité de sa légitime
épouse, ne pouvoit tourner qu'à la honte
du sieur le Grand ; car ou le mariage
est légitime, ou non, ajoute-t-elle ; au
premier cas, l'injure qu'il fait est un
motif de séparation de corps & de biens;
au second cas, le sieur le Grand seroit
un ravisseur contre lequel toutes les
Loix divines & humaines s'éleveroient
pour lui faire subir la peine due à son
crime «.

Cet outrage fut accompagné d'un
autre : il osa lui adresser une lettre de
huit pages, dans laquelle il avoit
rassemblé tout ce que la calomnie peut
inventer de plus noir.

» Votre pere, disoit-il dans cette lettre, n'étoit qu'un déserteur,

» Votre mere, ajoutoit-il, appartient à d'honnêtes gens, mais fans diftinction.

» *J'eftime tous les hommes dans tous les états, lorfqu'ils les honorent; & comme je crois votre famille de ce nombre, je leur rends cette juftice* «.

Dans cette même lettre, le fieur le Grand difoit à fa femme : » Je ne vous ai jamais féduite, ni par ma naiffance, ni par ma fortune ; *j'ai toujours connu l'une & l'autre.*

» Vous rapportez, ajoute-t-il, un teftament que j'ai fait ; j'en conviens : les mêmes témoins qui l'ont figné certifieront que j'étois à la derniere extrémité «.

Enfin, dans la fuite de la lettre, le fieur le Grand fe plaint vaguement de la conduite de fa femme, & l'accufe de défordres.

Le fieur le Grand annonçoit, à la fin de fa lettre, *qu'il alloit en faire tirer*, difoit-il, *plufieurs exemplaires, & qu'il l'enverroit généralement partout.*

On ignore fi cette lettre a été effectivement répandue ; le fait eft affez indifférént ; mais on fait feulement que, le 21 Mars 1777, le fieur le Grand fit fignifier à fa femme un écrit également remarquable par fon laconifme & par la hardieffe des affertions : le voici.

» 1°. Meffire Jean le Grand dénie précifément qu'il foit l'époux de la demoifelle de la Rofata ; qu'il l'ait époufée le 13 Juin 1767, publiquement & en face de l'Eglife : 2°. qu'il ait reçu la fomme de 6000 livres, ni toute autre fomme, de la mere de la demoifelle de la Rofata : 3°. que ce foit lui qui l'ait emmenée en France ; perfiftant, au furplus, &c. «.

Le lendemain du jour où cet écrit fut fignifié, la Caufe fut plaidée devant les premiers Juges ; & effectivement le fieur le Grand fit dénier formellement fon mariage, dont il n'y avoit jamais eu de célébration, difoit-il ; il fit auffi plaider une partie des calomnies contenues dans fa lettre.

Le Jugement qui fut rendu, porte avec lui les motifs qui l'ont fait rendre ; c'eft-à-dire, une fuite d'actes qui conftatoient la qualité & l'état d'époufe légitime. Il prononce la féparation de

corps & de biens, & ordonne que le
mari payera annuellement à son épouse
la somme de 400 livres, jusqu'à ce
que son douaire ait été liquidé, &c.

Tel est le Jugement rendu par le
Bailliage de Saumur. Le sieur le Grand
en appelle au Parlement. Sans discuter
les faits allégués par son épouse, il présentoit contre sa demande en séparation,
un genre de défense singulier. » La
dame le Grand n'est pas sa femme,
disoit-il ; en vain elle rapporte l'acte de
la célébration de son mariage ; en vain
elle établit une possession constante,
publique & soutenue pendant dix années ; en vain elle produit les titres les
plus solennels pour établir cette possession : ces actes, sa possession, ses titres,
tout doit s'évanouir «.

La dame le Grand étoit son épouse
légitime en Corse, quand sa famille
pouvoit le secourir & le protéger ; elle
étoit son épouse légitime, quand, ornée
encore des graces de l'enfance, le sieur
le Grand, âgé de plus de trente années,
s'énorgueillissoit de la produire dans le
sein de sa famille & de sa patrie :
elle étoit encore son épouse, quand

le fieur le Grand, aux portes du tombeau, n'exiftoit qu'avec les fecours de la famille de la Rofata. Mais aujourd'hui que le fieur le Grand eft de retour en France & ne doit plus repaffer en Corfe ; que la dame le Grand a perdu, avec fa premiere jeuneffe, les agrémens qui l'accompagnoient ; que le fieur le Grand, en proie à une nouvelle paffion, n'a plus aucun goût pour elle, elle ceffe d'être fa femme : les Loix de France viennent le dégager des nœuds importuns qu'il a formés en Corfe.

Que la dame le Grand retourne en Corfe ; qu'elle traîne, loin de fon mari, une exiftence trifte & honteufe ; c'eft-là le fort qu'elle mérite, pour avoir, dans l'âge le plus tendre, de l'aveu de fes parens, à la face des autels, fuivant les formalités ufitées dans fon pays, lié fon fort à un François majeur de trente années, & qui habitoit la Corfe depuis trois ans.

Tel étoit le fyftême du fieur le Grand.

Si cette union étoit revêtue de toutes les folennités prefcrites dans les

lieux où elle s'est formée, elle est
sans contredit inattaquable. Les Parties
étoient d'accord de ce principe.

La demoiselle de la Rosata rapportoit deux expéditions de son acte de
mariage ; l'une délivrée en 1775, l'autre
en 1777. Elle sétoient l'une & l'autre
extraites *sur l'original existant dans la*
Chancellerie épiscopale de Bastia, où il
avoit été déposé. Ces deux expéditions
étoient conformes, attestées véritables par
le Chancelier épiscopal, par l'Official,
& légalisées enfin par le Juge civil ;
elles méritoient donc toute confiance.

C'est en vain que, pour en diminuer l'autorité, le sieur le Grand présentoit une prétendue copie de l'acte
de mariage, contraire, en quelques
points, à celle dont on vient de parler.
Il suffit de jeter les yeux sur la piece
qu'il rapportoit, pour en reconnoître
à l'instant la supposition & la fausseté.

1°. Cette copie informe *ne paroif-*
soit pas extraite d'une piece originale,
quoique l'original de l'acte de célébration du mariage de la dame le Grand
existât, comme on l'a vu, dans la Chancellerie épiscopale de Bastia.

L v

2°. Au bas de cette copie prétendue, on trouvoit un prétendu certificat, signé *Joseph-Maria Columbanus*.
Ce certificat, qui n'étoit pas daté,
étoit conçu en latin, & paroissoit attester
la vérité de l'acte écrit au dessus. Mais,
d'un côté, les actes de la Chancellerie épiscopale s'expédient en italien &
non pas en latin, ainsi qu'il résulte
de ceux que rapportoit la dame le
Grand dûment légalisés : de l'autre
côté, le Chancelier épiscopal s'appeloit
Columbani, & non pas *Columbanus*;
il signoit *Columbani*, & l'on sait que
les Italiens ne changent jamais la ter-
minaison de leur nom pour lui en donner
une latine.

3°. La prétendue copie du sieur le
Grand étoit écrite sur du papier ordinaire, quoique, *depuis l'Edit d'Août*
1770, les actes, en Corse, soient expé-
diés sur du papier marqué ; aussi cette
pièce n'étoit-elle légalisée par aucun
Juge Ecclésiastique ou Civil.

4°. Cette copie prétendue étoit absolument contraire aux deux copies *dé-
livrées sur l'original existant dans la
Chancellerie épiscopale* ; copies qu'on
rapportoit dûment légalisées, & par

le Juge Ecclésiastique, & par le Juge Civil de Bastia.

Il est donc évident que la copie informe, présentée par le sieur le Grand, ne méritoit aucune foi, & devoit être rejetée.

On ne savoit par quelle manœuvre il s'étoit procuré cette piece informe, & on n'avoit pas d'intérêt à l'approfondir, parce que, d'un côté, cette piece n'avoit aucune authenticité, puisqu'elle n'étoit légalisée, ni par le Juge Ecclésiastique, ni par le Juge Civil, & qu'elle se trouvoit détruite par les deux copies légalisées; & que, de l'autre côté, cette piece même, dans l'état où elle étoit, auroit prouvé encore la fausseté du fait que le sieur le Grand a toujours plaidé, & dont la Sentence avoit donné acte, qu'*il n'y avoit eu aucun mariage entre lui & sa femme.*

Il est donc constant que le mariage dont il s'agit fut célébré, du consentement des Parties, selon le Rituel Romain, en présence de trois témoins, *dans l'église paroissiale de l'ancienne Pieve d'Ostriconi, du diocese de Mariana, sous le titre de Saint-Martin,* par le Pere *Vincent* Marie de Bastia,

L vj

Prêtre de l'Ordre des Mineurs de Saint-François, & Aumônier du Régiment de Rouergue.

On a opposé deux vices ; le premier, de n'avoir pas été fait par le Curé du domicile des Parties ; le second, de n'avoir pas été infcrit fur les regiftres de la paroiffe. Le Concile de Trente, publié en Corfe, difoit-on, exigeoit ces deux formalités : elles n'ont pas été remplies. Le mariage eft donc nul.

Le mariage eft un lien indiffoluble, un acte de la Société civile, que l'Eglife a élevé à la dignité de Sacrement.

Comme contrat civil, il ne peut fe former que par le confentement des Parties ; comme Sacrement, il exige la préfence d'un Miniftre de l'Eglife.

À ces deux obligations, qui font de l'effence du mariage, & qui le conftituent, les Loix des différentes Nations ont ajouté de nouvelles formalités pour donner encore plus de ftabilité à un acte qui intéreffe fi effentiellement le repos des familles, la confervation des mœurs & de l'honnêteté publique. De ce nombre, sont la publication des bans, la préfence des témoins, la néceffité de leur fignature, & autres folennités de cette efpece. L'objet de ces réglemens fut de prévenir les fuites funestes de la clandestinité des unions, de fauver la jeuneffe & l'inexpérience des piéges de l'intérêt & de la féduction, & de conferver aux peres l'autorité facrée que la Nature leur a donnée fur leurs enfans.

Mais ces réglemens (quelque refpectables qu'ils puiffent être) ne tiennent cependant pas à l'effence du mariage, puifqu'il peut exifter, & qu'il a long-temps exifté fans ces formalités ; auffi ne font-elles pas également obfervées par tous les peuples : chaque Gouvernement a adopté, à cet égard, les regles qui lui convenoient.

Avant le Concile de Trente, il n'y avoit pas de Loi qui eût établi clairement & formellement la néceffité de la préfence du propre Curé, pour la validité du mariage : le Curé n'eft donc pas le Miniftre néceffaire du Sacrement. C'eft ce que M. d'Agueffeau a développé dans un Mémoire particulier, qu'il compofa au fujet de la néceſſité de la préſence des propres Curés. Mémoire imprimé avec ſes Œuvres, tom. 5 , pag. 161.

» L'Egliſe , dit ce Magiſtrat, n'a point encore décidé abſolument & expreſſément que le Curé fût le Miniſtre du Sacrement de mariage. Pluſieurs Théologiens le ſoutiennent ; d'autres le regardent ſeulement comme témoin néceſſaire. On diſpute tous les jours ſur ce point, qu'on ne regarde que comme une opinion ſur laquelle les Théologiens peuvent exercer librement la ſubtilité de leurs controverſes; & s'il falloit même juger des ſentimens des Prélats qui ont aſſiſté au Concile (de Trente) ſur cette queſtion , par les termes dans leſquels leurs décrets ont été conçus , ils paroîtroient n'avoir conſidéré dans le Curé que la qualité de témoin néceſſaire «.

Le Sacrement de mariage peut donc être conféré par tout autre Miniſtre que par le Curé , puiſque celui-ci n'en eſt pas le diſpenſateur abſolu. Le Concile de Trente a voulu que le mariage fût célébré en préſence des Curés , témoins précieux , plus inſtruits que perſonne des ſentimens & de l'état des contractans : mais cette Loi de Police, toute sage qu'elle est, n'a pas été généralement exécutée.

En France, nous avons, à cet égard, adopté les dispositions du Concile : l'Ordonnance de Blois & l'Edit de 1639 ne laissent là-dessus aucun doute; & cependant, malgré les dispositions précises de ces Loix, de quelque zele que les Magistrats aient été animés pour leur exécution, telle fut la force de l'usage, que jusqu'au commencement de ce siecle, une foule de mariages se sont faits hors de la présence des Curés & sans leur consentement. La Déclaration du mois de Juin 1697 en fournit une preuve bien frappante ; voici de quelle maniere le Légiflateur s'est exprimé :

» Quelques Archevêques & Evêques nous ont représenté qu'ils trouvent dans leur diocese un *nombre confidérable* de personnes qui vivent comme dans des mariages véritables, sous la foi de ceux qu'ils prétendent avoir contractés *devant des Prêtres autres que leurs propres Curés ;* & quelques autres qui s'imaginent que des actes que des Notaires ont eu la témérité

de leur donner de leurs confentemens
réciproques, leur ont pu conférer la grace
du Sacrement de mariage, & fuppléer
à la bénédiction des Prêtres que l'E-
glife a obfervée fi religieufement depuis les premiers fiecles de fon établiffement ; qu'ils efperent que l'Edit
que nous avons eu la bonté de faire
au mois de Mars dernier, pourra empêcher à l'avenir la plus grande partie
de ces défordres, &c. ".

C'eft ainfi qu'eft conçu le préambule de la Déclaration ; & en conféquence, » il fut enjoint aux Tribunaux,
lorfqu'ils jugeroient des Caufes ou des
Procès dans lefquels il s'agiroit de mariages célébrés par-devant *des Prêtres*
autres que les propres Curés des contractans, & fans en avoir obtenu les
difpenfes néceffaires, D'OBLIGER ceux
qui fe prétendroient ainfi mariés, de
fe retirer par-devers leur Archevêque
ou Evêque, pour *réhabiliter* leur mariage, &c. ".

Il eft évident, d'après cette Déclaration, que, malgré les difpofitions
précifes du Concile de Trente, formellement adopté en cette partie par
nos Ordonnances, l'ufage des mariages

hors de la préfence des Curés s'étoit
foutenu en France, c'eft-à-dire, dans
un État où le Souverain & les Tribunaux veillent également pour le main-
tien de la Loi. Seroit-il donc bien étonnant que, dans la Corfe, où jamais
aucune Loi femblable ne fut publiée,
où le Gouvernement n'a jamais eu cette
ftabilité, ni la légiflation ce degré de
perfection dont la France s'honore; fe-
roit-il bien étonnant qu'un ufage qui
s'eft foutenu parmi nous jufqu'au commencement de ce fiecle, fe fût per-
pétué en Corfe jufqu'à ces derniers
temps ?

Un certificat donné par le Chancelier épifcopal de Baftia, porte que les
mariages célébrés dans la forme de celui des fieur & dame le Grand, avant
que les Ordonnances Françoifes fuffent
publiées en Corfe, ont eu une pleine
& entiere exécution, tant pour le fpi-
rituel que pour le temporel. Voilà ce
qu'attefte l'Officier de Corfe le plus
inftruit par état fur cette matiere.

Le même fait eft encore attefté par
le Comte de Petriconi, ci-devant Député de l'Ordre de la Noblelfe des Etats
de Corfe. Son témoignage eft d'autant

plus important, qu'il a été marié dans la même forme que les sieur & dame le Grand ; & voici l'attestation qu'il a donnée.

» Matthieu Simoni de Petriconi, Chevalier, Colonel d'Infanterie, Chevalier de l'Ordre Royal & Militaire de Saint-Louis, ci-devant Député de l'Ordre de la Noblesse des Etats de Corse, certifie, &c. Certifions aussi qu'en Corse, lorsque l'on se marioit, un Prêtre quelconque célébroit le mariage, soit dans une église, chapelle ou maison, les parties consentantes, & en présence de trois témoins, & souvent ni les mariés ni les témoins ne signoient pas, & cela s'est toujours pratiqué depuis un temps immémorial, jusqu'à ce que la France ait fait la conquête de l'isle ; & si l'on déclaroit nuls les mariages faits de telle maniere, au moins la moitié des mariages le seroit, & on donneroit lieu à des procès scandaleux qui mettroient le trouble dans toute la Corse : moi-même j'ai été marié par un Grand-Vicaire de l'Evêque, dans une piece de la maison de mon grand-pere, à huit heures du soir, en présence de trois témoins ; & telle maniere de se marier a toujours été en ufage dans ce pays, &c. Fait à Paris ce 6 Juillet 1778. *Signé*, Simoni de Petriconi ".

Un homme connu dans l'Europe par fon érudition, & qui a donné une Hiftoire de Corfe en quatre volumes, qui ont paru fucceffivement en 1770, 1771 & 1772 (le fieur Cambiagi), a répondu à la perfonne qui l'a confulté, en ces termes :

» Monfieur, votre principal objet étoit de me demander deux chofes : la premiere, s'il exiftoit une églife fous l'invocation de Saint-Martin, dans la Piève d'Oftriconi, & comment l'on faifoit les mariages en Corfe avant qu'elle fût fous la domination Françoife.

» Je réponds que tout Corfe, pourvu qu'il connoiffe tant foit peu ce Royaume, conviendra de l'exiftence de cette églife, quoiqu'à l'heure qu'il eft elle foit à demi-ruinée, ce qui eft arrivé fur la fin précifément de la derniere guerre. Vous dites qu'il s'agit d'un Officier François qui refufe de reconnoître pour fa femme une demoifelle de Corfe, après avoir vécu avec elle l'efpace de onze années, & cela parce

qu'au lieu d'un Curé, on trouve qu'un
Moine, Aumônier du Régiment du
même Officier, a fait le mariage, &
parce qu'il semble qu'il n'existe point
de signature de la part des mariés ni
des témoins.

» Un pareil mariage, me dites-vous,
a été fait en 1767 : si cela est, comment pouvoit-on contracter des mariages selon la méthode actuelle & prescrite, lorsque la France n'en étoit point
la maîtresse ? Cela a dû se faire selon
la Coutume du Royaume ; cette Coutume étoit qu'un Abbé ou Moine quelconque pouvoit faire le mariage, lorsqu'il y avoit le consentement des contractans, & qu'il y avoit deux témoins,
y ayant de cela beaucoup d'exemples ;
les époux & les témoins ne signoient
pas ; seulement celui qui avoit célébré
le mariage en faisoit un extrait, qu'il
faisoit enregistrer ensuite dans les Chan-
celleries des Evêques diocésains. Mais,
dans ces derniers temps, les Evêques, à
commencer par Saporiti de Mariana, &
la plus grande partie des Curés, ayant
abandonné leurs résidences, pour l'ordinaire les Moines suppléoient, & ceux-
ci retenoient près d'eux les extraits,
ou n'en avoient point : la substance, c'est

qu'un Prêtre quelconque, ou féculier ou régulier, faifoit le mariage, & il étoit valide felon la Coutume du pays, pofé toujours la préfence des témoins.

» Si un Aumônier a fait le mariage, tant mieux, car il pouvoit, à plus forte raifon fuppléer : par conféquent, dans ces dernieres circonftances, ce mariage eft un des plus folennels pour les formes, &c. *Signé*, Cambiagi «.

Tant de témoignages, des témoignages fi pofitifs, qui ne font combattus par aucune efpece de preuve, ne laiffent aucun doute fur l'ufage de la Corfe avant la réduction de l'ifle. L'Edit donné par le feu Roi à Fontainebleau, au mois d'Octobre 1769, & regiftré au Confeil Supérieur de Corfe le 6 Mars fuivant, détruit toute efpece de difficulté.

L'objet de cet Edit étoit de faire un réglement pour la célébration des mariages dans l'ifle de Corfe. Dans le préambule, le Roi déclare qu'il juge digne de fa juftice, de fa fageffe & de fa bonté, de faire jouir fes fujets Corfes des avantages qu'ont produits en France les Réglemens donnés par fes prédéceffeurs ; en conféquence, l'article pre-

mier de l'Edit est conçu en ces termes :

» Les mariages seront célébrés publiquement en face de l'Eglise , en présence ou avec la permission par écrit
des Curés de chacune des Parties con-
tractantes : déclarons nul & de nul effet
tout mariage qui seroit *à l'avenir* autrement contracté «.

Les mariages autrement contractés
par le passé étoient donc valables ; l'u-
sage étoit donc constant & reconnu par
le Gouvernement , & par conséquent
le mariage dont il s'agit a été célébré
avec toutes les formalités alors requises
& usitées dans l'isle de Corse. Ce
mariage est un des plus solennels qui
aient été célébrés dans ces temps de
trouble & de confusion ; attaquer cet
engagement , c'est porter une main sa-
crilége sur l'état d'une foule de familles. Il existe à Paris des femmes Cor-
ses , mariées à des François avec moins
de formalités que la dame le Grand,
» L'Arrêt (disoit le Défenseur de la dame
le Grand) décidera si elles sont des
épouses légitimes ou de viles concubi-
nes. Ce n'est donc pas sur le sort
de la seule dame le Grand que vous

allez ftatuer ; vous prononcerez en même temps fur l'état d'un peuple entier. L'inconftance & la bonne foi, le libertinage & le devoir attendent avec la même impatience l'oracle qui va s'expliquer ; il donnera un libre cours aux paffions les plus déréglées, où il rendra le calme & la paix à l'innocence & à la vertu «.

La dame le Grand a été mariée comme toutes les femmes de l'ifle de Corfe l'ont été ; elle a juré & reçu une foi qu'elle n'a jamais violée : l'Arrêt qui donneroit atteinte à cet engagement facré., renverferoit du même coup l'état de tout un peuple ; il porteroit la défolation, la honte & le défefpoir chez une Nation fiere & fenfible.

L'état de la dame le Grand étoit donc inébranlable ; en vain fon époux auroit-il attaqué fon mariage par la voie de l'appel comme d'abus. Il n'y auroit pas eu lieu de balancer un inftant à déclarer qu'*il n'y a abus* dans un engagement, cimenté par l'obfervation de toutes les formalités alors en ufage.

Mais fuppofons, pour un inftant, que le Concile de Trente a été publié en Corſe, que les Loix civiles en ont adopté les diſpoſitions, que ces Loix y ont toujours été ſévérement exécutées, & qu'en un mot le mariage devoit être célébré en préſence du propre Curé : quand on accorderoit tous ces points, quoiqu'ils ne ſoient pas conſtans & que le contraire même ſoit prouvé, il n'en réſulteroit encore rien en faveur du ſieur le Grand ; il eût toujours été non-recevable à attaquer ſon mariage, & à en alléguer les prétenduës nullités.

Lorſque les Loix ont prononcé la nullité d'un mariage célébré hors de la préſence du propre Curé, elles n'ont pas eu pour objet ſans doute de favoriſer la mauvaiſe foi, l'inconſtance ou le libertinage ; elles n'ont pas prétendu donner des armes au crime, pour accabler l'innocence & la vertu ; oppoſer le trouble ſimulé de ſa conſcience ; pour briſer le lien ſacré que l'on a tiſſu ſoi-même, c'eſt peut-être la plus monſtrueuſe & la plus horrible de toutes les profanations.

On n'écoute donc les plaintes des contractans que dans les deux cas ; le premier, lorſqu'ils alleguent des moyens

qui

qui vicient la substance même de l'engagement ; tels, par exemple, que l'impuissance, le défaut de liberté, & autres de cette espece. Le second, lorsque l'un des contractans, pour calmer le trouble véritable d'une conscience alarmée, demande (non pas à anéantir ses engagemens), mais à rectifier, par une réhabilitation, les omissions qui l'inquietent ; voilà la démarche de l'homme constant, de l'homme pour qui ses engagemens sont sacrés : mais, lorsqu'un majeur de trente années a épousé une jeune personne à la face des autels, publiquement, sans séduction ni violence, lorsqu'il l'a reconnue & honorée pendant dix ans, comme son épouse légitime ; s'il se présente ensuite, sous prétexte d'une omission de formalité, non pas pour réhabiliter son mariage, mais pour vouer sa compagne au mépris & à l'infamie par l'abandon le plus cruel ; alors on ne voit dans cette démarche que de l'inconstance & de la perfidie, & on repousse avec horreur celui qui fut assez ennemi des bienséances & de soi-même pour se la permettre ; parce que, quelque importante

Tome X.   M

que puisse être la formalité dont on arti-
ticule l'omission, elle n'anéantit cependant pas, relativement aux conjoints,
le serment donné & reçu aux pieds
des autels. Ce serment a produit entre
eux un engagement sacré, dont ils peuvent sans doute désirer de réparer les
vices, mais qu'ils ne sçauroient rompre
sans être *parjures*.

» Voilà (disoit le Défenseur de la
dame le Grand), voilà la doctrine
constante que la raison & l'honnêteté
avouent également que nous avons pui-
sée dans les Auteurs les plus respectables, que MM. les Gens du Roi nous
ont transmise par une tradition non in-
terrompue, & qui a toujours été con-
sacrée par les Arrêts «.

Il faut avouer cependant que, dans
un petit nombre d'occasions, on a paru
accueillir les plaintes des contractans
eux-mêmes, en déclarant leurs mariages abusifs : mais dans quel cas a-t-on
fait droit sur les réclamations d'un des
conjoints ?

C'est lorsqu'il n'y avoit réellement
pas de mariage ; c'est lorsque l'époux
qui réclamoit, avoit été victime de la

violence ou de la féduction ; c'eft lorfque deux François, voulant fe fouftrairè
au joug importun de nos Loix, avoient
fui leur patrie pour aller contracter, dans
une terre étrangere , un engagement
honteux & illicite ; c'eft enfin lorfque
la voix du contractant fe trouvoit foutenue par celle d'un pere ou d'une mere
dont les droits étoient violés.

Mais jamais un majeur, qui s'eft
marié librement , fans féduction &
fans violence , n'a été écouté lorfqu'il
a voulu rompre fa chaîne , fous prétexte d'un défaut de formalités. On ne
peut voir dans fa perfonne , qu'un in-
conftant ou un perfide ; & la Loi n'eft
pas faite pour favorifer l'inconftance &
la perfidie.

C'eft ce qui faifoit dire à M. d'A-
gueffeau , que dans les Caufes de cette
nature , il falloir pefer les circonftances : » Il feroit difficile, s'écrioit ce Magiftrat , d'établir comme une maxime
certaine , que les majeurs font toujours
non-recevables , ou doivent toujours
être écoutés.

» Dans le fait , fi un majeur qui
s'eft marié fans participation , fans clan-

M ij

deftinité , fans apparence de féduction ;
dont le mariage eft confirmé ou par la
longueur de la cohabitation , ou par la
naiffance de plufieurs enfans , ou par
un long filence , vouloit rompre un
pareil engagement , il feroit déclaré
non-recevable.

« Mais fi , au contraire , ce mariage,
quoique contracté par un majeur, pa-
roiffoit l'effet de la furprife , un ouvrage
de ténebres , un myftere d'iniquité ;
s'il s'étoit plaint auffi-tôt après ; fi on
ne pouvoit lui oppofer aucune ratifica-
tion publique ou particuliere , nous
croirions alors que fa qualité de majeur ne doit pas empêcher de l'é-
couter ».

Tels font les principes qui dérivent
des fources les plus pures ; l'application
en eft déjà faite par l'expofé des faits
qu'on a lus.

« Ici , difoit M. Treillard , c'eft la
Caufe du fieur le Grand lui-même que
je plaide : il eft trop heureux que fon
mariage foit inattaquable; s'il n'étoit pas
le mari de la dame le Grand , il feroit
le plus odieux & le plus coupable des
féducteurs : on prononceroit contre lui

des réparations immenfes, parce qu'elles feroient néceffairement proportionnées aux outrages : comment le fieur le Grand les acquitteroit-il ? La dame le Grand feroit-elle dédommagée par le trifte plaifir de retenir fon féducteur dans les fers ; & celui-ci ne voit-il pas la perte de fon honneur & de fa liberté, néceffairement attachés au fuccès qu'il pourroit avoir ?

» Il a dit que la dame le Grand n'afpiroit qu'à l'empêcher de contracter un établiffement honorable ; feroit-ce donc dans l'état de détreffe auquel il eft réduit, & après l'éclat fatal de cette malheureufe affaire, qu'il formeroit un établiffement de quelque efpece qu'il pût être ?

» Mais, dira-t-on, le fieur le Grand n'a pas eu d'enfans de la dame le Grand, & l'Arrêt qui diffoudroit fon mariage, ne flétriroit pas du moins des êtres innocens.

» *Il ne flétriroit pas des êtres innocens !* Hé ! de quel crime eft donc coupable la dame le Grand ? Quelle faute auroit pu attirer fur fa tête la dégradation qu'on lui prépare ? Connoiffoit-

M iij

elle nos Loix en 1767? Son engagement n'étoit-il pas fondé fur l'honneur
& fur la bonne foi? N'étoit-il pas ap-
prouvé par fa mere & par fa famille?
S'eft-elle un inftant écartée des devoirs aufteres d'une époufe, & n'a-t-elle
pas toujours joui de l'eftime & de la
confidération publique? Qu'a-t-elle
donc fait pour s'attirer tant de perfécutions & pour mériter les maux fous
lefquels elle fuccombe?

» En voici le tableau.

» Cette époufe infortunée, ajoutoit
M. Treillard, à qui on a donné une
provifion annuelle de 400 liv. jufqu'au
jugement définitif de toutes les contef-
tations, eft venue dans cette Capitale
réclamer la Juftice. Elle s'eft d'abord
préfentée dans plufieurs maifons re-
ligieufes pour y trouver un afile;
la modicité de fa provifion n'a pas permis qu'elle y fût reçue. La fatigue d'un
voyage, l'inquiétude, & pourquoi
craindrois-je de le dire? le befoin qui
l'affiégeoit de toutes parts, avoit déjà
altéré fa conftitution : dans ce moment, elle apprend que fon mari eft
à Paris, qu'il cherche à foulever con-

tre elle des protections puissantes, &
qu'il répand sur son compte les plus
horribles calomnies. Etrangere dans
cette Capitale, n'y connoissant personne, sans secours, sans appui, elle
se croit immolée à la haine de son
époux ; cette idée produit chez elle
la révolution la plus terrible ; & , au
moment où je parle, accablée par la
maladie, manquant de tout, étendue
sur un lit de douleur, elle invoque la
mort comme le seul terme de ses infortunes. Et qu'on ne croye pas que je
cherche ici à surprendre la pitié par
des descriptions touchantes de maux
imaginaires. Le sieur le Grand peut
aller se repaître de ce spectacle, & juger par ses propres yeux de l'état de
sa femme (a).

_____

(a) M. Treillard a prouvé, par sa conduite personnelle, que l'éloquence qui a
dicté ce tableau si touchant, étoit inspirée
par la vérité des faits, & par la sensibilité
de l'Orateur. Voici un fait dont sa modestie
ne lui a pas permis de nous instruire ; mais
il est venu à la connoissance des Rédacteurs
du Mercure de France, qui l'ont publié dans
le volume du 25 Août 1778. » Le Défen-

» Le regret le plus vif de cette infortunée, eſt de ne pouvoir pas elle-même faire, à chacun de ſes Juges, le récit fidele de tout ce qui s'eſt paſſé ; & je ſens plus que perſonne combien ces details ſe ſont affoiblis en paſſant par ma bouche : elle ſeule étoit capable de les rendre, & l'Art ne peut rien auprès de la Nature. L'obſtacle cruel qui l'arrête feroit donc le plus grand & le dernier de ſes malheurs, ſi ſes Juges ne daignoient pas ſuppléer à ce qui peut man-

---

ſeur des bonnes mœurs, diſent-ils, s'eſt doublement ſignalé dans cette circonſtance : il a non ſeulement obtenu, par ſes talens, le triomphe d'une épouſe vertueuſe, d'une Etrangere opprimée, ſans crédit & ſans reſ-ſources ; mais il a tiré lui-même de ſa bourſe un argent que ſa cliente étoit dans l'impoſ-ſibilité abſolue de fournir pour ſa défenſe. il a fait plus : madame le Grand, attaquée d'une fluxion de poitrine, en arrivant à Paris, a fait connoître ſa ſituation déplorable à ſon Avocat, qui lui a auſſi-tôt envoyé les ſecours de l'Art, & lui a fait offrir tous ceux dont elle pourroit avoir beſoin. Ainſi, ſans autre intérêt que ceux de la juſtice & de l'humanité, M. Treillard a entrepris de ſauver, à la fois, & l'honneur & la vie de cette infortunée «.

quér à sa défense. Je la termine, disoit encore M. Treillard, en réclamant pour une infortunée, les sentimens d'humanité & de justice qui ont toujours animé la Cour : ces sentimens se concilient parfaitement dans cette occasion, & on peut être sensible sans cesser d'être juste. N'enlevez pas (crioit-il aux Magistrats) à une épouse malheureuse le seul bien qui lui reste, sa qualité de femme légitime : ne permettez pas que, sous les dehors imposans de l'honneur & de la Religion, le sieur le Grand consomme le projet le plus déshonorant & le moins religieux. Ne dégradez pas une femme qui ne mérita jamais cette honte. Apprenez aux Nations étrangeres, qu'elles trouveront toujours parmi vous de sages interpretes de leurs Loix ; & que les peuples de la Corse, si fortement intéressés dans cette Cause, témoins de votre justice, bénissent à jamais le jour qui les soumit à une domination sous laquelle l'innocence isolée & sans appui, triompha toujours de l'intrigue & de la mauvaise foi ».

Par Arrêt du 20 Juillet 1778, rendu

M v

ſur les concluſions de M. l'Avocat-
Général d'Agueſſeau, la Sentence du
Bailliage de Saumur a été confirmée, &
par une ſuite néceſſaire, le mariage des
ſieur & dame le Grand a été déclaré
valable.

*AVOCAT accusé de rapt de séduc-
tion, condamné par les premiers
Juges à être pendu, & par le Tribunal Souverain, à être marqué
& aux galeres à perpétuité, qui
a ensuite obtenu la révision de son
Procès.*

Toutes les ames sensibles se sont
attendries au récit que les Papiers publics ont fait de cette affaire aussi célebre que malheureuse. Elles ont appris
avec douleur qu'un citoyen qui occupoit un rang honorable dans la Société,
avoit été exposé à partager l'infamie &
la mort réservées aux scélérats ; pour
une action sans doute répréhensible,
mais peut-être beaucoup plus imprudente que criminelle. Quoique les Magiftrats de la Cour Souveraine, plus
humains que les premiers Juges, aient
laissé la vie à cet infortuné, on n'a pas
été moins affligé en apprenant qu'ils
l'avoient condamné à la flétrissure &
aux galeres perpétuelles. Les accens de

M vj

la douleur de ce malheureux jeune homme ont percé, du fond de son cachot, jusqu'au Trône ; la justice & la bienfaisance qui y sont assises, sont venues à son secours : un Arrêt du Conseil a ordonné la révision de son triste & cruel procès.

» Après avoir bu à longs traits (disoit son Défenseur) la honte abominable d'être marqué sur la Place publique d'Arras, le sieur Derugy (c'est le nom du citoyen infortuné) est maintenant détenu au fort de la Tournelle à Paris (a); il y attend avec effroi le moment où il doit être conduit à son horrible destination. Sa raison n'a pu survivre à son déshonneur. Son esprit aliéné n'offre plus en lui que les traits du plus sombre désespoir. Sa mere, aussi infortunée que lui, peut seule invoquer l'autorité des Loix. Mais quelles sont ses ressources ? Après avoir joui d'une fortune honnête, elle ne vit plus que d'aumônes. Un grenier lui sert de logement ; elle y couche sur de la paille, & s'y nourrit de pain qu'elle arrose de

---

(a) C'est la prison qui sert de dépôt pour les criminels condamnés aux galeres.

larmes, & qu'elle doit à des ames cha-
ritables que ses malheurs ont touchées.
L'Avocat de son fils, fidele aux devoirs
& à l'honneur de son ministere, lui
donne son travail & ses soins, par le
seul sentiment de secourir des malheureux opprimés, & de faire une action
louable devant Dieu & devant les hommes. Telle est la position du citoyen
qui implore la justice souveraine de Sa
Majesté «.

Voilà de ces traits qui honorent
le Barreau. Ce n'est pas le seul exemple de générosité que le malheur du
sieur Derugy ait produit. Nous en ci-
terons un second dans la suite, qui
fait également l'éloge du cœur & des
talens d'un autre Avocat (a) du Barreau
de la Capitale.

Le sieur Derugy est né à Arras, d'une
famille ancienne & honnête, mais peu
favorisée des dons de la fortune. Etant
fils unique, ses parens ne négligerent
rien pour lui donner une éducation distinguée. Après avoir fini ses études
avec succès, il annonç; du goût pour
la profession d'Avocat. Comme il avoit

_____

(a) M. Perron, Avocat au Parlement.

toutes les difpofitions qui pouvoient le faire réuffir dans la carriere du Barreau, fa mere , qui étoit alors veuve , fit tous les facrifices néceffaires pour lui procurer cet état. Un heureux naturel, des talens dont le germe commençoit à fe développer , le rendirent bientôt cher aux perfonnes dont il étoit connu.

En 1770 , il fut introduit dans la maifon de la dame veuve Ferco; il avoit alors vingt-huit ans.

La dame Ferco faifoit à Arras un commerce affez confidérable d'Orfévrerie; elle avoit deux filles , l'une âgée de vingt-deux ans & l'autre de quatorze : elle deftina dès-lors l'aînée au fieur Derugy ; & dans les ouvertures qu'entraîna l'exécution de ce projet , la dame Ferco fit entendre au fieur Derugy , qu'elle y mettoit la condition qu'il embrafferoit la profeffion d'Avocat.

Le fieur Derugy fe rendit d'autant plus volontiers à cette invitation, qu'elle s'accordoit avec des études antérieures , avec ce goût irréfiftible qui ordinairement détermine le choix d'un état.

Déjà Derugy parcouroit avec diftinction la pénible & honorable carriere
du Barreau ; elle devoit le conduire
à un but défiré ; mais après une affez
longue épreuve , il fentit avec furprife que la vivacité d'efprit & les
qualités aimables de la demoifelle
Ferco cadette , faifoient beaucoup plus
d'impreffion fur fon cœur , que la
beauté même peu commune de la fœur
aînée.

Celle - ci s'apperçut promptement
d'une préférence qui l'humilioit ; elle
confia fon chagrin au fieur Ferco fon
frere , qui fe chargea de venger fon
amour-propre offenfé. On prétend qu'il
entroit dans fes plans de porter obftacle au mariage de la cadette comme
de l'aînée de fes fœurs ; qu'il vouloit
les confiner l'une & l'autre dans un
couvent , & que c'étoit à ce but
que tendoient les fcenes défagréables
qu'il leur avoit fait éprouver jufqu'a-
lors.

Le 6 Février 1774 , la dame Ferco
étant atteinte d'une maladie dangereufe , le fieur Ferco fon fils , qui avoit
une demeure féparée , crut avoir le
droit de donner des ordres dans la

maifon de fa mere; la demoifelle Ferco
cadette ne fut pas affez prompte peut-
être à les exécuter; & dès le 13 du
même mois, fon frere la traita avec
tant de barbarie, qu'elle confidéra une
fuite prochaine comme le feul moyen
d'échapper au péril qui la menaçoit.

Cette réfolution extrême effraya cependant la timidité naturelle à fon
fexe; avant d'abandonner la maifon
de fa mere, la demoifelle Ferco eut la
prudence de confulter affez publiquement le fieur Derugy, qui, en homme
fage & éclairé, lui confeilla de ne rien
précipiter, & d'attendre que la dame
Ferco pût confentir à une retraite plus
décente.

Cependant la maladie de la dame
Ferco faifoit des progrès, & l'empire
abfolu de fon fils marchant d'un pas
égal, les rigueurs qu'éprouvoit chaque
jour la demoifelle Ferco, prirent le
même accroiffement; enfin, pour mettre fon exiftence à couvert, elle fut
contrainte, le 18, de fortir de la maifon maternelle.

Réfugiée d'abord chez la dame veuve
Duchâteau, elle fit prier le fieur Derugy de s'y rendre, & il n'eut cette

complaisance que pour lui conseiller encore de rentrer dans la maison de la dame Ferço ; le sieur Derugy porta même l'attention jusqu'à faire une première démarche, pour qu'un des couvens de la ville d'Arras fût ouvert à la demoiselle Ferco.

Mais cette tentative n'ayant pas réussi, la demoiselle Ferco prit d'elle-même une retraite chez le sieur Dumoutier.

La famille de la demoiselle Ferco n'avoit pas à se plaindre de la conduite du sieur Derugy ; cependant on méditoit contre lui la plus noire vengeance : sur le soir, en pleine rue, il fut attaqué par quatre assassins, qui le laissèrent sur la place, baigné dans son sang.

Le cri public ayant obligé le sieur Derugy de rendre plainte, le sieur Ferco, son frere, & deux autres complices furent décrétés de prise de corps.

Poursuivis par le sieur Derugy, devenu malgré lui leur accusateur, les sieurs Ferco déterminerent la dame leur mere à lui imputer la fuite de leur sœur ; mais cette récrimination ne produisit pas même un simple décret , tandis que les affassins du sieur Derugy subirent *la peine du blâme.*

Cette espece de guerre entre les deux familles n'avoit porté aucune atteinte aux sentimens du sieur Derugy pour la demoifelle Ferco ; elle avoit trop de discernement pour ne les avoir pas pénétrés ; déjà même elle y répondoit en secret. On est si sensible dans le malheur !... Les obstacles qu'éprouvoit cette passion naiffante lui donnoient encore plus d'énergie ; la demoifelle Ferco conçut seule le projet hardi de terminer , par un mariage anticipé, les inquiétudes , les agitations & les tourmens de la haine & de l'amour.

La pudeur combattit d'abord l'exécution de ce projet ; mais, preffée par les circonstances, & après d'affez longs entretiens qui tendoient infenfiblement au même but, la demoifelle Ferco fit part de ses idées au sieur Derugy, trop confiant, trop foible alors pour les rejeter ; & cette union , qui n'eut d'autres témoins que la bonne foi des deux époux , devint la source de tous les malheurs fous le poids defquels ils font deftinés à gémir pendant le refte de leur vie.

Si la confiance mutuelle du fieur Derugy & de la demoifelle Ferco fut fans bornes, le remords qui vint les éclairer fe fit fentir avec tant de force, qu'ils fe féparerent prefque auffi-tôt avec une forte de terreur; il femble qu'ils prévoyoient ce qui devoit leur arriver.

La demoifelle Ferco fuit vers Tournay; elle y paffe près de neuf mois, fans avoir d'autre relation avec la ville d'Arras, que celle de faire une derniere tentative auprès du Magiftrat, pour obtenir une retraite plus convenable que celle où elle cachoit encore fon défefpoir; on ne peut en effet nommer autrement les angoiffes de toute efpece que la demoifelle-Ferco éprouvoit alors. Comme elle étoit à la veille de donner le jour à un être infortuné qui devoit partager fa détreffe, elle écrit de Douay à la nommée Legard, Sage-femme, pour la prévenir de fon retour à Arras; elle lui demande des fecours, elle exige fur-tout le plus profond fecret; & la femme Legard, par les ordres de la dame Ferco, qu'elle avoit cru devoir avertir, change brusquement sa demeure ; du fauxbourg de Saint-Nicolas, elle se transporte dans l'intérieur de la ville.

La demoiselle Ferco y arrive cependant le 15 Décembre de la même année 1774, sur les dix heures du soir ; les rigueurs de la saison, les douleurs bien plus vives d'un prochain enfantement, rendoient horrible la situation de cette jeune personne : mais combien son état devint encore plus critique, lorsqu'elle reconnut qu'elle ne pouvoit attendre aucun secours de la part de la femme Legard !

Eperdue, désespérée, la demoiselle Ferco ose croire que la mere du sieur Derugy, qui occupoit une maison différente de celle de son fils, ne sera point insensible au malheur de l'épouse infortunée dont il avoit secrétement fait choix.

Mais la dame Derugy ne se rendit point aux instances déchirantes que lui fit la demoiselle Ferco ; la prudence l'emportoit alors sur les sentimens même de la Nature.

Ce refus étoit le dernier trait qui

pût atteindre le cœur de la demoiselle
Ferco : sa tête s'échauffe, son esprit
s'aliene ; elle marche avec précipitation vers un puits connu dans le voisinage : elle s'élance pour y terminer
ses malheurs, quand, saisie de la plus
affreuse compassion, la dame Derugy
l'arrête, & ne craint plus de sauver son
propre sang.

Cet acte d'humanité & de tendresse
calme les agitations de la demoiselle
Ferco, sans diminuer ses douleurs ;
elle les supporte avec plus de courage
dans la maison de la dame Derugy ;
&, tour à tour, en proie à des sentimens de reconnoissance & de terreur,
dès le lendemain, la demoiselle Ferco
donne le jour à un fils, dont la destinée commence d'une maniere si effrayante.

Mais, tandis qu'on s'occupe des premiers soins qu'exige l'état de cet enfant infortuné & de sa déplorable mere,
tandis qu'on présente l'un au baptême,
la dame Derugy demande que, sur
le champ, l'autre cherche ailleurs un
asile qui la mette à couvert des
recherches qu'elle avoit raison de
craindre.

Deux jours s'écoulent dans des refus, des perplexités qu'il est facile
d'imaginer ; la Nature combattoit alors
des terreurs trop légitimes.

Cependant un bruit sinistre se fait
entendre, les coups redoublent, la
porte de la dame Derugy ne résiste
plus ; les cris d'une troupe de satel-
lites parviennent jusqu'à la demoiselle
Ferco ; &, sans considérer la rigueur
extrême du froid, l'obscurité de la
nuit, ni le danger imminent auquel
elle alloit s'exposer, elle sort d'un lit
de douleurs, traverse la maison & un
jardin spacieux, tombe de foiblesse à
chaque pas, franchit un mur, se cache
dans un endroit où rien ne la garantit
des injures de l'air, & y reste jusqu'au
lendemain, quoiqu'elle eût perdu en
route le peu de vêtemens dont elle avoit
pu se saisir.

Inquiet sur le sort de la demoiselle
Ferco, le sieur Derugy, qui la regar-
doit comme son épouse, la trouve, au
point du jour, dans l'état le plus alar-
mant ; il lui aide à se conduire, ou
plutôt il la porte, presque mourante,
chez une personne qui veut bien la
recevoir pendant cinq heures ; de là ils

vont chez la demoiselle Defmarêts , & , après quelques momens de repos , le fieur Derugy y eft arrêté en vertu d'un décret , rendu la veille fur une feconde plainte de la part de la dame Ferco.

A peine avoit-on conftitué le fieur Derugy prifonnier à la Conciergerie de la Gouvernance d'Arras , que la demoifelle Ferco y fut , à fon tour , conduite par les ordres du Magiftrat.

Qu'on fe repréfente ici une perfonne de dix-fept ans & demi , élevée dans l'aifance , en couche depuis trois jours , & dans le temps le plus froid de l'année , entourée d'une brutale foldatefque , livrée à fes remords , expofée aux avides regards d'un peuple immenfe , marchant à pied , & en plein midi , dans les rues d'une grande ville.

Qu'on jette enfuite un coup-d'œil fur l'afile qui lui eft offert , où elle ne trouve pas même un meuble propre à y prendre le repos dont elle avoit un fi grand befoin , également dénuée d'autres fecours , fans confolation comme fans confeil , toute entiere à fes triftes penfées , à la honte , à l'efpece d'infamie dont on venoit de la couvrir ;

qu'on se fasse un tableau de cette horrible situation, & l'on n'aura encore qu'une foible idée de tout ce que la demoiselle Ferco eut à souffrir pendant les trois jours que dura cette premiere captivité.

Mais bientôt les tourmens de l'esprit & du corps furent suivis d'un interrogatoire, d'une visite de sa personne, & de tout ce qui pouvoit alarmer encore sa sensibilité & cette pudeur qui n'abandonne jamais entiérement son sexe.

Enfin, elle est transférée dans une maison de pénitence, où elle gémit depuis près de sept années, n'ayant eu, jusqu'à ce jour, d'autre ressource pour fournir à sa subsistance & celle de son enfant, qu'une pension de 145 livres.

Ce foible secours, accordé par la dame Ferco, eût suffi à sa fille, si la délicatesse du tempérament de cette derniere lui eût permis de se livrer long-temps, avec la même ardeur, au travail le plus opiniâtre : on sera en effet surpris qu'elle ait pu résister à toutes les angoisses qui lui étoient encore réservées.

L'instruction

L'inftruction criminelle contre le fieur Derugy fe pourfuivoit, avec le plus grand appareil, à la requête de la dame Ferco : elle l'accufoit d'un rapt de féduction, prouvé, fuivant elle, par la naiffance même de l'enfant dont fa fille étoit accouchée. Une foule de circonftances fembloient dépofer contre le prétendu raviffeur ; les récolemens, les confrontations fe fuccedent avec rapidité. Quelle eft la furprife du fieur Derugy, quand, le 27 Juillet 1775, on amene devant lui la demoifelle Ferco ! il croyoit l'avoir perdue fans retour ; on lui avoit fait entendre qu'elle n'avoit pu furvivre à leur commun défaftre. La fcene fut fi touchante, fi pathétique, que les Juges mêmes ne purent refufer des larmes au malheur des deux infortunés. Le fieur Derugy étoit tombé fans connoiffance ; la demoifelle Ferco s'empreffoit de le rappeler à la vie ; tout ce que les douleurs de l'ame ont de terrible, tout ce que le défefpoir le plus impofant peut infpirer d'effroi ou de compaffion, les fpectateurs l'éprouverent tour à tour : mais cette cruelle épreuve ne les ramena point à des

Tome X. N

sentimens plus doux; le 11 Novembre
suivant, le Magistrat d'Arras rendit
sa Sentence, » par laquelle il déclara le
sieur Derugy atteint & convaincu d'a-
voir séduit, suborné & ravi, le 18
Février 1774, Louise-Philippine Ferco,
mineure, & d'avoir abusé de ladite
Ferco, en ayant avec elle des habi-
tudes qui l'ont rendue enceinte, dont
elle est accouchée le 18 Décembre de
ladite année :.... pour réparation de
quoi, ledit Derugy a été condamné à
*être pendu & étranglé jusqu'à ce que
mort s'ensuive*, à une potence qui,
pour cet effet, seroit dressée sur la
place de la ville d'Arras, au devant
de l'Hôtel commun de ladite ville; &
les biens dudit Derugy ont été déclarés
confisqués «.

. La rigueur de ce Jugement fut
même portée si loin, que les personnes qui, pendant les recherches dont
on a parlé, avoient donné asile à la
demoiselle Ferco, furent condamnées,
l'une à la peine du blâme, & l'autre
à la peine du bannissement.

L'esprit de prévention (disoit le
Défenseur du sieur Derugy) qui avoit
séduit les premiers Juges, vint assiéger

encore ceux du Conseil, qui devoient prononcer, pour là seconde fois, sur cette étrange affaire ; mais les peines furent plus douces en apparence : Derugy fut seulement condamné, le 22 Mai 1776, à la flétrissure d'un fer chaud, & aux galeres perpétuelles.

A l'égard de sa mere, on la condamna à un simple bannissement de neuf années.

Tous les deux cependant furent condamnés en 8000 livres de dommages & intérêts envers la dame Ferco, & en tous les dépens de cet horrible Procès ; les autres accusés furent mis hors de Cour.

La condamnation, quant aux dommages & intérêts & aux dépens, fut exécutée avec tant de promptitude, que tout ce que Derugy & sa mere avoient en or, en argent, en effets mobiliers, montant à plus de 15000 livres, disparut avec la rapidité d'un éclair ; &, après quatre mois d'attente dans un cachot, où le prétendu ravisseur languissoit déjà depuis la fin de l'année précédente, il fut conduit sur une place publique, & là, au milieu des gémissemens, des larmes, des sanglots d'une foule immense de spectateurs, on lui imprima, sur les épaules, une note d'infamie que tous les jugemens des hommes ne pourront jamais effacer.

Qui le croira ? quelques momens avant cette derniere scene, Derugy se flattoit d'être arrivé au terme de ses malheurs ; le Procureur, chargé de sa défense, avoit osé lui assurer que la demoiselle Ferco l'attendoit aux autels pour ratifier une union contractée sous les plus sinistres auspices.

Cette barbare perfidie porta une atteinte si cruelle dans tous les sens de l'infortuné Derugy, qu'il sentit à peine l'impression du fer chaud ; mais sa tête en fut affectée, & il eut désormais un genre de méfiance si invincible pour toutes les espérances d'un meilleur sort, que, depuis cette époque, il ne cessoit de demander l'exécution de la seconde partie de l'Arrêt prononcé contre lui.

Bientôt il n'eut plus de désirs à former ; il fut attaché à la chaîne & conduit à Paris, au château de la Tournelle, pour passer de là à une derniere destination.

Mais le bruit de tant de malheurs réunis s'étant répandu, des citoyens

fenfibles folliciterent & obtinrent, du
Chef de la Juſtice, une ſurſéance. Un
Avocat généreux ſe chargea de porter
aux pieds du Trône les plaintes du
ſieur Derugy, & fit imprimer une
Requête (a) qu'il préſenta au Conſeil,
pour demander la réviſion du Procès
de cet infortuné.

Voici le précis des moyens qu'il
a employés. » Nos Loix, diſoit-il, ont
une ſi grande horreur pour le rapt,
qu'elles puniſſent preſque également le
rapt de ſéduction & le rapt de violence. A peine même, dans leur ſainte
colere, ont-elles diſtingué la ſimple
ſéduction, du rapt de ſéduction.

» Cependant il faut bien diſtinguer
ce que les Loix ont entendu par la
ſimple ſéduction & la ſubornation qu'elles qualifient de rapt de ſéduction,
qui eſt ſujette aux peines du rapt. Par
exemple, qu'un valet ſéduiſe la fille
de ſon maître, ce ſcélérat foule à ſes

(a) C'eſt dans cette Requête, & dans
un Mémoire imprimé, que M. Perron vient
de faire paroître ſous le nom de l'enfant
du ſieur Derugy & de la demoiſelle Ferco,
que nous avons puiſé les faits dont nous
venons de rendre compte.

pieds les Loix & les devoirs les plus
facrés; que la vertu des jeunes perfonnes puiffe être attaquée impunément par des hommes que l'honneur
ne peut retenir, & à qui il ne refte
que leur vie pour répondre de leur
crime, les maifons les plus diftinguées
feront à chaque inftant déshonorées;
que les gens de baffe extraction, pour
envahir les fortunes des maifons opu-
lentes, cherchent à féduire les enfans
des premiers citoyens; enfin, que des
hommes, en qui l'âge doit avoir éteint
les paffions & fortifié la raifon, qui,
fans fe maîtrifer eux-mêmes, profitent
de l'efpece d'afcendant que leur donne
l'autorité de l'âge fur des perfonnes
jeunes & fans expérience, pour les féduire, l'intérêt public eft compromis par de pareils attentats : c'eft pour
les prévenir que les Loix ont prononcé
les peines les plus rigoureufes contre
ceux qui les commettent. Mais il faut
bien fe garder de confondre ces délits qui effrayent la Société, avec les
foibleffes de l'humanité, & cette effer-
vefcence des fens dont les écarts blef-
fent, à la vérité, les Loix de la décence & de l'honnêteté, mais dont

les effets malheureux n'entraînent au-
cunes fuites qui troublent l'ordre &
le repos public. Auffi nos Ordonnances
ont fait une exception qu'il eft important de rappeler.

» L'article 3 de la Déclaration
du 22 Novembre 1730, après avoir
prononcé la peine de mort contre les
raviffeurs, ajoute : » Les perfonnes
majeures ou mineures, qui, n'étant
point dans les circonftances ci-deffus
marquées, fe *trouveront feulement
coupables d'un commerce illite*, feront
condamnées à telles peines qu'il
appartiendra, felon l'exigence des cas,
fans néanmoins que les Juges puiffent
prononcer contre elles la peine de
mort, fi ce n'eft que, par *l'atrocité
des circonftances, par la qualité &
l'indignité des perfonnes*, le crime
parût mériter le dernier fupplice : ce
que nous laiffons à l'honneur & à la
confcience des Juges, &c. «

» Or il eft facile de démontrer que
le fieur Derugy eft dans l'hypothefe
prévue par cet article, & qu'il doit
jouir de l'exception que le Légiflateur
a faite.

» En effet, il eft certain que c'eft la

N iv

demoiselle Ferco elle-même qui a quitté
la maison de sa mere. Il est prouvé, par
le concours le plus unanime de tous les
témoins, que la demoiselle Ferco n'est
sortie de la maison maternelle que
par les traitemens affreux qu'elle y
éprouvoit. Il est encore certain que,
loin d'avoir favorisé l'évasion de la demoiselle Ferco, le sieur Derugy lui a
au contraire conseillé de prendre une
retraite avouée par les Loix & par
l'honneur. Quel est donc le crime qu'il
a commis? Il est auteur de la grossesse
de la demoiselle Ferco. Mais ce délit a-t-il aucun des caracteres d'un rapt?
Non : c'est une foiblesse criminelle,
sans doute, mais que le Législateur a
défendu lui-même de punir par des
peines capitales.

» Il est si vrai que le sieur Derugy
n'a point commis de rapt, que les
premiers Juges l'ont eux-mêmes pensé,
en ne donnant aucune suite à la premiere information faite à la requête
de la dame Ferco. S'il y eût eu quelques preuves de rapt, ces Juges
si séveres se seroient certainement
empressés de remplir alors leur devoir,
& de faire le procès au coupable.

» Comment se peut-il donc que ces mêmes Juges aient déclaré ensuite le sieur Derugy *atteint & convaincu* d'avoir *ravi, le* 18 *Février* 1774, *la demoiselle Ferco, mineure ?* . . . . . La conduite de ces Juges offre une contradiction choquante. Le sieur Derugy n'est point un homme de basse extraction qui ait voulu séduire une fille d'une famille distinguée, pour y entrer malgré elle & s'emparer de sa fortune. Il n'est pas de ces hommes avancés en âge, dont la raison a dû invinciblement surpasser le feu des passions, & qui, par les détours d'une expérience raffinée, ait profité de la candeur d'une jeune fille pour la perdre. Jamais il n'eut aucun commerce avec la demoiselle Ferco dans la maison maternelle : ce n'est que depuis la catastrophe fatale, au milieu du trouble & des malheurs des deux amans, emportés encore plus par leur désespoir que par leur passion, que le sieur Derugy & la demoiselle Ferco ont eu des liaisons que la Religion & les Loix condamnent. Ainsi il n'y a aucune preuve de rapt.

N v

» Dans les circonſtances horribles
où le ſieur Derugy s'eſt trouvé, il a
eu le malheur de ſuccomber à ſa foibleſſe, il en convient; mais on ne
peut pas dire que ce ſoit lui qui ſe
ſoit introduit dans la maiſon pour ſéduire la demoiſelle Ferco. Il y étoit
admis par la mere. Ce n'eſt point d'ailleurs dans cette maiſon, à l'ombre de
la confiance qu'on avoit en lui, qu'il
a cédé à ſon penchant. Il n'a point
cherché des plaiſirs criminels pour déſ-
honorer la complice de ſa foibleſſe,
& refuſer enſuite d'être ſon époux,
après qu'il auroit triomphé d'elle,
puiſqu'il n'a jamais ceſſé de la demander en mariage, & que les ſentimens de ſon amante ſont toujours
les mêmes. Il a été foible, il l'avoue;
mais dans quelles circonſtances? C'eſt
après avoir long-temps combattu contre ſon propre cœur, & après avoir
donné à ſon amante les conſeils les
plus ſages, qu'il a enfin cédé aux plaintes & aux cris de cette fille malheureuſe; c'eſt lorſqu'accablés par le poids
de leur infortune mutuelle, & ne ſe
connoiſſant plus ni l'un ni l'autre,

ils se sont abîmés dans le néant, plutôt que dans les plaisirs, au moment où ils ont commis leur crime.

» Voilà la faute du sieur Derugy & celle de son amante infortunée, lors même qu'ils la commettoient, & qu'ils espéroient l'effacer par un mariage légitime : pouvoient-ils prévoir qu'une mere seroit assez barbare pour perdre pour toujours sa fille ?

» Fut il jamais, en effet, une mere plus cruelle que la dame Ferco, plus opiniâtre & plus acharnée qu'elle à poursuivre les deux victimes qu'elle vouloit immoler ! Non. — Car elle sait que sa fille ne respire que pour le sieur Derugy, & que ce dernier ne respire que pour elle. Cependant la dame Ferco persiste dans sa colère... S'il lui reste des doutes sur les sentimens de sa fille, qu'elle pénetre dans la prison qu'elle habite ; elle entendra ses gémissemens, elle entendra les vœux qu'elle adresse au Ciel pour obtenir l'époux que la Nature lui avoit donné, & que son cœur avoit choisi.... S'il faut, à cette mere insensible, un tableau encore plus déchirant, qu'elle ose descendre dans   chot du sieur Derugy ; elle y verra l'époux qu'elle avoit destiné à sa fille aînée, chargé de chaînes, étendu sur la paille, faisant retentir l'antre du crime, des plaintes d'un amour malheureux, demandant sans cesse, dans l'égarement de sa raison, l'objet chéri qui l'a plongé dans un abîme de maux : qu'elle descende dans cet horrible séjour, surtout dans un de ces momens où le sieur Derugy se rappelle qu'il porte une marque éternelle de déshonneur & d'infamie, & que c'est la mere même de celle qu'il demande pour épouse, qui lui enleve tout à la fois son état, sa fortune & son honneur ; elle entendra les cris lamentables que l'excès du malheur arrache à cette ame ulcérée..... Pourra-t-elle résister à un spectacle aussi déchirant....? Non.... Nous osons croire qu'elle abjurera l'insensibilité qui a causé des maux aussi effrayans ; nous osons même croire que des sentimens plus doux entreront dans son cœur, aigri par la colere, & qu'elle tâchera de guérir les plaies malheureusement trop profondes, qu'elle a faites dans deux cœurs, dont la foiblesse devoit être plus excusable à ses yeux qu'à ceux de tout autre, puisqu'il dépendoit d'elle de conserver l'honneur à deux citoyens, & de ne pas invoquer contre eux la rigueur des Loix.

» Au reste, ces mêmes Loix que la dame Ferco a appelées à son secours dans sa colere, ne donnoient point aux Juges le droit de prononcer des peines aussi séveres que celles qu'ils ont prononcées. On frémira toujours d'horreur, lorsqu'on se rappellera *qu'un simple commerce illicite entre deux personnes d'une condition égale, a été puni de mort par les premiers Juges*; & que, si les Magistrats du Conseil Provincial, moins austeres, n'avoient pas adouci le premier Jugement, la ville d'Arras auroit vu, dans son enceinte, un de ses citoyens périr par un supplice infame, pour un délit que les Loix ne punissent que par des dommages & intérêts «.

Aussi, sur ces moyens, qui étoient bien capables de faire impression, il est intervenu, le 27 Juillet 1778, un Arrêt du Conseil d'Etat, qui » a ordonné qu'il seroit procédé, au Conseil Provincial d'Artois, à la révision du Procès criminel, & même à Jugement nouveau contre Derugy & les autres accusés, &c. «.

Pendant la durée de ce nouvel examen du Procès, M. Perron, Avocat au-Parlement, fit imprimer un Mémoire pour l'enfant du sieur Derugy & de la demoiselle Ferco, pour demander des alimens à la dame Ferco; les Accusés ne voulurent point reparoître devant les mêmes Juges qui les avoient condamnés avec tant de rigueur; le sieur Derugy trouva par la fuite la liberté qu'un long désespoir lui faisoit mépriser, tandis que sa mere traînoit dans l'exil le plus douloureux les tristes restes de sa déplorable existence.

ACCUSATION de rapt de séduction.

TOUTES les Causes qui intéressent les mœurs sont importantes. Celle dont nous allons rendre compte offre des détails piquans & des questions curieuses qui peuvent également piquer la curiosité de nos Lecteurs. Voici de quelle manière les Défenseurs des Parties en ont tracé des tableaux opposés.

» Il a été un temps, disoit le Défenseur de l'Accusé (1), où une fille grosse pouvoit choisir indistinctement, parmi tous les hommes de sa connoissance, l'auteur de sa fécondité. Un préjugé, qui tenoit à des mœurs qui ne sont plus les nôtres, lui faisoit accorder une pleine croyance. L'esprit de chevalerie, qui rendoit nos peres si galans & si respectueux, l'enthousiasme d'une vertu dont leurs romans nous fournissent des exemples, les portoient à supposer toujours une résistance extrême qui n'a-

_____

(a) M. Poitevin, Avocat au Parlement de Toulouse.

voit cédé qu'à une extrême féduction:
de là cette foi aveuglément ajoutée à une
déclaration de groffeffe ; de là encore
cette alternative rigoureufe d'époufer la
fille féduite , ou de fubir la peine de
mort.

» L'excès de cette rigueur ramena
bientôt à des idées plus faines fur la pro-
portion de la peine au délit. On eft revenu plus tard de l'excès de confiance
qui confondoit la conviction avec la
plainte ; mais enfin on en eft revenu.
Notre Siecle étoit, à la fois, & trop éclairé
& trop corrompu , pour qu'on continuât
de donner au témoignage que rend dans
fa propre caufe une fille débauchée ,
la perfection de la preuve que la Loi
ne trouve ailleurs que dans l'uniformité
d'un double témoignage fans intérêt.
Une fille a beau dire aujourd'hui qu'un
tel eft pere de fon enfant , on ne l'en
croit qu'autant qu'elle prouve d'ailleurs
une familiarité fufpecte : il faut de
plus , qu'il paroiffe qu'elle a été féduite par la promeffe ou par l'efpérance
du mariage ; car fi elle indique un
homme qui ne peut devenir fon époux,
un homme déjà marié , alors les preuves doivent être auffi claires , auffi pré-

cifes que dans toute autre efpece de
délit caché ; & en cela notre Jurifprudence actuelle eft d'accord avec la
Jurifprudence ancienne.

» Le Préfident Faber , qui avoit mis
en vogue la fameufe maxime dont on a
tant abufé , qu'une fille doit en être crue
fur fa parole , *creditur virgini* , a lui-
même excepté le cas où elle accuferoit
un homme marié. L'idée de libertinage
que préfente fa conduite , doit , dit-il ,
rendre plus fufpect encore un témoignage
qui l'eft toujours beaucoup. D'autre part,
la préfomption de fageffe d'un homme
marié , & les conféquences d'une accufation qui compromet la paix d'un ménage , le bonheur d'une famille entiere,
& l'autorité d'un pere de famille , lui
firent fentir que l'événement d'une accufation d'adultere ne devoit pas dépendre de la fragilité d'un tel témoignage.

» C'eft dans ce principe , dont la fageffe a toujours été adoptée par les
Arrêts , que la demoifelle Rigal doit lire
le fort de fon accufation , avec d'autant plus de raifon , qu'elle eft dans
une efpece plus défavorable encore ,
puifqu'avant de nommer le fieur Palhès,

elle avoit déjà dédié sa grossesse à un
autre homme.

» Il est trop vrai, répondoit le Défenseur de la jeune fille (a), que nous
ne sommes plus dans le siecle où la
bonté des mœurs faisoit accorder une
pleine croyance à la déclaration d'une
fille séduite. Ce siecle heureux a dif-
paru, peut-être, sans retour ; & le tableau qu'en fait le Défenseur du sieur
Palhés est bien propre à nous le faire
regretter. Aussi n'avons-nous garde de
soutenir qu'aujourd'hui *une fille puisse
choisir indistinctement, parmi tous les
hommes de sa connoissance, l'auteur
de sa fécondité*, & encore moins en
dédier, à son gré, le fruit à un homme
engagé dans les liens du mariage.

» Mais nous soutenons que, dans tous
les temps, on a puni & l'on punira avec
sévérité un homme marié pour la seconde fois, & âgé de plus de 40 ans,
qui est convaincu d'avoir trahi les Loix
de l'amitié & de la confiance les plus
intimes, pour ravir à la fille de son
ami ce qu'elle avoit de plus précieux;

(a) M. Castan de la Courtade, Avocat
au Parlement de Toulouse.

un perfide qui , non content de la précipiter dans l'abîme de la séduction , a fait tous ses efforts pour lui faire rejeter sur un innocent les coupables effets de sa flamme adultere.

» Nous soutenons que , dans tous les temps, on a cru & l'on croira qu'une fille , sans expérience & à peine nubile lors de sa chute , qui a toujours vécu sous les yeux de parens vertueux ; qu'une fille , à qui son séducteur avoit préparé la voie la plus sûre de réparer son honneur en accusant un homme libre , & qui , malgré cela , poursuit un homme marié , dont elle ne sçauroit attendre la même réparation ; que cette fille n'est conduite que par la vérité , & que , si elle a eu le malheur de succomber à la séduction , elle a au moins l'avantage de ne s'être pas laissé séduire par la calomnie.

» C'est dans ces principes que la demoiselle Rigal a fondé l'espérance d'obtenir justice d'une perfidie qui remplit sa vie d'amertume , & qu'elle espere trouver dans sa probité le dédommagement de sa foiblesse.

» Il est facile d'imaginer que les Parties n'étoient pas d'accord sur les faits ;

voici la narration du Défenseur de la jeune fille.

» La demoiselle Rigal, difoit-il, eſt née dans une condition également éloignée de la baſſeſſe qui avilit, & de la ſupériorité qui corrompt. Le ſieur Rigal ſon grand-pere, a été pendant plus de 20 ans Directeur des vivres de la Marine. Il eut ſept enfans. L'aîné, Capitaine Aide-Major du Régiment de Flandre, fut tué à la guerre d'Italie de 1734. Le ſecond, après avoir été Cornette de Cavalerie, mourut Capitaine-Général des Fermes du Roi. Le troiſieme périt pendant la guerre de 1749 ſur un vaiſſeau qu'il commandoit, & qui fut coulé à fond dans un combat, au paſſage de Mahon. Le quatrieme, après avoir été Lieutenant dans le Régiment de Lorraine, eſt actuellement Capitaine-Général des Fermes du Roi en Provence. Le cinquieme vit honorablement à Agde dans la maiſon paternelle. Le ſixieme eſt le pere de la demoiſelle Rigal, qui, après avoir été long-temps Capitaine de Milice Garde-côte, s'eſt fixé dans le pays de ſa femme. Le ſeptieme eſt actuellement Capitaine d'Infanterie.

» La naissance de la mere de la demoiselle Rigal n'est pas au dessous de celle de son pere. On connoît à Montblanc la famille des Nauthons, & l'on n'ignore pas qu'elle y a toujours tenu un rang distingué.

» Le sieur Palhès n'a pas le même avantage ; mais il a trouvé le secret de se procurer une aisance qui l'a mis au niveau des meilleures Maisons de Montblanc.

» On ne fait pas cette comparaison pour s'enorgueillir de ce qui est l'effet du hasard ; mais uniquement pour observer une chose qui a été remarquée dans tous les temps, que l'éducation a un grand rapport à la naissance, & que c'est l'éducation qui donne les principes & forme les sentimens.

» Ceux de la demoiselle Rigal ont été conformes à son état. Eloignée des exemples contagieux des villes, elle n'a jamais eu sous ses yeux d'autre spectacle que celui des vertus de ses parens. Ils ont eu malheureusement pour voisin le sieur Palhès. Ce voisinage fut d'abord la cause de la connoissance qu'ils firent avec lui. Elle produisit ensuite entre les deux familles une liai-

son si intime , que bientôt elles n'en
firent , pour ainsi dire , plus qu'une. Le
sieur Palhès entroit dans la maison du
sieur Rigal, & celui-ci dans celle de l'autre comme dans la sienne même. Les femmes (chose rare) étoient aussi intimes que
les maris.

» Les liaisons des meres honnêtes sont
toujours celles des filles qui leur ressem-
blent. La demoiselle Rigal s'étoit unie
aussi étroitement avec la femme du sieur
Palhès, que la dame Rigal elle-même :
toutes les trois étoient presque toujours
ensemble. La femme du sieur Palhès
étant tombée malade , la demoiselle
Rigal lui rendit les soins d'une fille.

» Une si grande intimité fournissoit
au sieur Palhès de fréquentes occasions
de converser, de s'amuser, de folâtrer
avec la demoiselle Rigal, qu'il avoit
vue enfant , sur ce ton de familiarité
qu'un pere prend avec sa fille. De son
côté , celle-ci , naturellement gaie &
ingénue , se livroit à ces amusemens
avec la même confiance qu'elle auroit
eue pour son pere. Elle étoit bien éloignée de soupçonner que le sieur Palhès
fût entré dans sa maison pour abuser
de sa jeunesse ; jamais il ne lui vint
dans l'esprit de se méfier de lui ; &

c'eſt parce qu'elle fut toujours ſéduite par l'apparence de la franchiſe & de l'honnêteté , qu'elle ne ſe crût point expoſée à une ſéduction criminelle.

»Mais le ſieur Palhès , à qui 40 ans & deux mariages avoient donné une grande expérience, tourna adroitement contre la demoiſelle Rigal ſa crédule ſimplicité. Les familiarités qu'il ne s'étoit d'abord permiſes que devant tout le monde, il les prit bientôt en ſecret ,& la choſe ne lui étoit pas difficile ; car , pouvant entrer à toute heure dans la maiſon de la demoiſelle Rigal , il choiſiſſoit le temps où elle étoit ſeule. Par ce moyen, il parvint à allumer dans ſon jeune cœur des feux illégitimes. Aux propos enjoués , il fit ſuccéder les propos libres ; aux badinages décens , les entrepriſes qui alarment la pudeur, & que la réſiſtance ne ſert qu'à rendre plus téméraires ; aux apparences d'une honnête amitié , toute la violence d'une paſſion ſans meſures. C'eſt ainſi qu'il l'entraîna peu à peu dans l'abîme qu'il lui avoit toujours caché.

»Il n'y a que la premiere victoire qui coûte au ſéducteur : la volonté de ſa malheureuſe victime n'eſt plus enſuite

que la fienne propre ; il fubjugue tellement fon être , qu'elle ne penfe que
par fon efprit , ne fent que par fon
cœur , ne voit que par fes yeux. Ainfi
il ne faut pas s'étonner que , pendant
trois ou quatre mois après la défaite de
la demoifelle Rigal , le fieur Palhès
ait exigé avec empire , & obtenu fans
réfiftance, des faveurs qui étoient devenues des droits pour lui.

» La demoifelle Rigal ne fortit de
l'état d'humiliation auquel elle avoit
été réduite , que lorfqu'elle s'apperçut
qu'elle ne pouvoit plus le cacher. Alors
les rôles changerent ; toute la force fe
tourna du côté du fexe le plus foible.
Le chagrin, le défefpoir s'emparerent
de la demoifelle Rigal ; elle accabla de
reproches l'auteur de tous fes maux.
Celui-ci la raffura autant qu'il le put,
lui promit de la fecourir de toutes les
manieres , & fur-tout de lui faciliter
les moyens de dérober aux yeux de fes
parens & du public les triftes effets de
fa chute.

» On croiroit que ces moyens étoient
ceux que l'on prend ordinairement, de
prétexter un voyage , une vifite chez
des parens éloignés , une maladie, &c.;
point

point du tout, le fieur Palhès en avoit
de plus faciles. D'abord, il lui conseilla
de se faire avorter par de fréquentes
faignées, fous prétexte d'éprouver de
grands maux de tête. Mais la demoifelle Rigal n'ufa de deux faignées, que
comme d'un remede indifpenfable aux
douleurs qu'une jeune perfonne éprouve
dans l'état où elle étoit. Enfuite le fieur
Palhès, qui n'étoit pas fatisfait, lui remit une poudre qui lui dit être propre
à procurer l'avortement. Il lui recom-
manda de l'avaler infufée dans de l'eau
tiede, l'affurant qu'elle l'exciteroit à
vomir, & que les efforts feroient déta-
cher l'enfant.

La demoifelle Rigal réfifta de toutes
fes forces aux follicitations preffantes
du fieur Palhès ; elle ne put fe réfou-
dre à fauver fon honneur par un crime.
Pour fe délivrer de fes perfécutions,
elle lui dit qu'elle avoit avalé la poudre, quoiqu'elle n'en eût rien fait.

Le fieur Palhès, croyant tous fes remedes impuiffans, eut recours à un autre moyen. Comme il avoit fouvent vu,
dans la maifon du fieur Rigal, le fieur
Paire, Chirurgien, garçon de très-bonne

famille , & que celui-là avoit attiré à Montblanc , il imagina de perfuader à la demoifelle Rigal de le dire pere, pour le forcer à devenir époux. Mais elle eut autant d'horreur de cette ca-lomnie, qu'elle en avoit eu de l'avorte-ment qu'il lui avoit confeillé.

Alors le fieur Palhès fe tourna d'un autre côté ; il confentit que le fieur Paire ne fût pas déclaré pere avant le mariage ; mais il voulut que, dupe de fa bonne foi , fa femme lui fît embraf-fer l'enfant d'un autre. Dans cette idée, il fit propofer à cet honnête garçon de fe marier avec la demoifelle Rigal, & lui promit de faire conftituer à celle-ci une dot confidérable , finon en argent, du moins en bien-fonds. Le fieur Paire, qui ne favoit rien de tout ce qui fe paffoit , accepta la propofition ; & fi la demoifelle Rigal avoit eu moins de pro-bité , elle l'auroit fait pere de l'enfant du fieur Palhès.

Celui-ci crut que le refus de la de-moifelle Rigal venoit de fon éloigne-ment pour le fieur Paire. Il fit une au-tre tentative ; il propofa le mariage au fieur Dijaux, auquel il promit les mê-

mes avantages qu'il avoit annoncés au
fieur Paire ; mais la chofe ne réuffit pas
mieux.

Enfin, le fieur Palhès revint au projet de faire jeter le fardeau fur le fieur
Paire, par une accufation en forme.
Pour réuffir, il s'affocia le fieur Noguier.

Ils commencerent par répandre four-
dement le bruit que la demoifelle Rigal
étoit groffe du fieur Paire. Ils feignirent
de plaindre fon fort & celui de fes parens. Ils débiterent leur fable avec cet
air de myftere qui excite la curiofité &
donne des ailes à la renommée. Ils y
mirent fur-tout ce tendre intérêt que
l'on prend à une famille à laquelle on
eft attaché, & dont on plaint l'infortune. La chofe réuffit à merveille. Perfonne ne douta que le fieur Paire n'eût
reçu les dernieres faveurs de la demoifelle Rigal. On ne voyoit là qu'une
chofe défagréable pour le moment,
mais après tout fort ordinaire, & qu'un
garçon peut facilement réparer. D'ailleurs, point d'invraifemblance dans
l'accufation ; le fieur Paire étoit bien
venu du fieur Rigal, qui l'avoit attiré
à Montblanc. Il étoit le Chirurgien de

la maison ; il n'avoit pas rejeté des propositions de mariage dans un temps non suspect pour lui : il ne pouvoit entrer dans l'esprit de personne que le sieur Noguier, ami de la maison & même un peu allié de la dame Rigal, se fût chargé du rôle infame qu'il jouoit ; on n'auroit sur - tout jamais imaginé que le sieur Palhès eût poussé la perfidie jusqu'à séduire la fille de son ami, & la scélératesse jusqu'à rejeter son crime sur un autre, en employant les ressources de la calomnie la plus raffinée.

Quand tout Montblanc fut bien imbu de la fable, le sieur Palhès députa son confident vers la demoiselle Rigal. Ce-lui-ci fit usage auprès d'elle de toute son éloquence ; il s'étendit beaucoup sur l'intérêt qu'il prenoit à son sort ; il la pressa de toutes ses forces de charger le sieur Paire de sa grossesse ; il lui fit entendre que c'étoit-là le seul moyen de réparer son honneur, & que le sieur Paire se trouveroit trop heureux de l'avoir pour épouse. Mais la demoiselle Rigal résista à toutes ces sollicitations ; elle ne put jamais se résoudre à procurer au sieur Paire le bon-

sieur dont le sieur Noguier vouloit l'accabler.

Que faire dans ces circonstances ? La
laisser dans la maison paternelle ? Son
état, qu'il étoit important de cacher à
ses parens, ne le permettoit pas. L'enlever de force pour la conduire dans
un lieu éloigné ? c'étoit faire un éclat
dangereux & augmenter le crime. Le
sieur Noguier prit alors le parti de lui
persuader de profiter de l'absence de la
dame Rigal, pour aller faire visite à
une de ses parentes qui résidoit à la
métairie de Nattes, sur les confins du
territoire de Montblanc & de Saint-
Hyberi. A l'égard du sieur Rigal, il
fut déterminé que le sieur Palhès l'en-
gageroit à aller avec lui se promener à
la métairie d'Hortes, dont celui - ci
étoit Fermier, & que, pendant ce temps-
là, la transmigration se feroit facilement.

Tout réussit au mieux. Le sieur Rigal,
qui ne soupçonnoit rien de ce qui se
passoit, accepta cette partie de diver-
tissement. A peine fut-il parti, que le
sieur Noguier remit entre les mains de
sa sœur, femme de Goudon, la demoiselle Rigal, qui fut tout de suite

amenée à la métairie de Nattes. Avant son départ, le sieur Noguier lui donna 12 livres de la part du sieur Palhès, l'assurant qu'il ne la laisseroit manquer de rien.

Quelle fut la surprise du sieur & de la dame Rigal, lorsqu'à leur retour ils ne trouverent pas leur fille dans la maison ! Le sieur Noguier se hâta de s'y rendre pour leur annoncer la cause de sa retraite. Il ne manqua pas, comme on le comprend, de se déchaîner contre le sieur Paire, de le faire passer pour l'auteur de la grossesse, d'en détailler avec précision les circonstances imaginaires. Enfin, il le persuada tellement à ces gens crédules, qu'ils ne douterent plus que le sieur Paire ne fût réellement coupable.

Dans les premiers momens, le sieur Rigal ne se posséda pas ; il fut à la recherche du prétendu séducteur ; &, trouvant par-tout des traces de la calomnie, il est certain que s'il avoit rencontré le sieur Paire, il auroit sacrifié à sa juste vengeance cette innocente victime. De son côté, la dame Rigal, autant inquiete sur le danger auquel alloit s'exposer son mari, qu'affligée de l'état de sa fille, ne cessoit de pousser des cris, de répandre des larmes, de courir dans tout le village pour arrêter son mari, de prier tous ceux qui le rencontreroient de s'opposer aux funestes effets de son désespoir. Elle fit même un testament, par lequel elle voulut punir sa fille en la réduisant à la légitime ; & ce qu'il y a de singulier, c'est que le sieur Palhès fut un des témoins.

Cependant le sieur Paire, à qui tout le monde conseilloit de se cacher, se contentoit de répondre : » Je ne crains rien, parce que je suis innocent : j'attends le sieur Rigal de pied ferme ; les choses changeront bientôt de face ; mon innocence se dévoilera «. Et, rappelant à son esprit des propositions de mariage qui l'avoient tant flatté autrefois, il disoit : *Ah ! si j'avois eu le bonheur d'être coupable, j'aurois bientôt celui de réparer ma faute !*

Dans le temps que tout cela se passoit à Montblanc, le sieur Noguier ne cessoit d'obséder la demoiselle Rigal à la métairie de Nattes, pour l'engager à porter contre le sieur Paire une accusation en forme. Il ne cessoit de lui re-

O iv

préfenter les avantages qu'elle retireroît
du fieur Palhès, fi elle le déchargeoit
du fardeau. Tous les efforts du confident n'ayant pu l'ébranler, il lui envoya le fieur Paul Palhès pour la preffer
encore; ce que ce jeune homme fit également fans fuccès.

La demoifelle Rigal ne pouvant plus
demeurer dans un état auffi violent,
fe détermina à tout dévoiler à fes parens. Elle leur fit connoître la chaîne
des noirceurs du fieur Palhès, & de fon
confident Noguier. Il eft impoffible de
peindre leur étonnement. La demoifelle Rigal ne fut plus dès-lors pour ce
pere & cette mere infortunés, qu'un
objet digne de compaffion; & la victoire qu'elle avoit remportée fur la calomnie, l'éleva à leurs yeux au point
de ne plus voir avec raifon d'autre coupable dans ce malheureux accident que
le fieur Palhès.

Dès-lors le fieur Rigal ne penfa plus
qu'à livrer le perfide à toute la rigueur
des Loix. Il rendit plainte avec fa fille,
au Châtelain de Pezenas, qui ordonna
une information. On crut que le fieur
Noguier, fatisfait de fes tentatives, dévoileroit tout dans une dépofition pré-

cédée du ferment. En conféquence, on l'affigna pour dépofer ; mais il ne refpecta pas plus la vérité, qu'il n'avoit voulu la faire refpecter à la demoifelle Rigal. Cependant, comme d'autres témoins rendirent compte de fes manœuvres, il fut impliqué dans l'accufation.

Le Juge le décréta d'un *foit ouï*, après avoir donné un décret d'ajournement contre le fieur Palhès. Les défaveux de ces deux accufés, joints à la nature de leurs délits, rendirent la procédure extraordinaire indifpenfable, & elle fut ordonnée. Les accufés furent pleinement convaincus par les confrontations des témoins. La demoifelle Rigal fut encore confrontée au fieur Palhès, auquel elle foutint tout ce qu'elle avoit dit dans fa déclaration & dans fa plainte.

Tout le monde s'attendoit à une condamnation de dommages immenfes, & à une peine confidérable. Mais le Châtelain de Pezenas, après avoir définitivement adjugé la provifion obtenue par la demoifelle Rigal, dans le cours de l'inftance, fe contenta de condamner le fieur Palhès à la fomme de

O v

1200 livres envers la demoiselle Rigal, à celle de 400 livres envers son pere, & aux dépens ; & à l'égard du sieur Noguier, il le mit hors de Cour, dépens compensés. On ne s'occupa pas de l'enfant, parce qu'il étoit mort dans l'intervalle.

L'une & l'autre des Parties, également mécontentes de cette Sentence, en ont interjeté appel au Parlement de Toulouse. Tels étoient les faits qui servoient de base à la défense de la demoiselle Rigal.

C'est ici le moment de leur opposer ceux que le sieur Palhès invoquoit pour se soustraire aux condamnations qu'on poursuivoit contre lui.

» La demoiselle Rigal, disoit le Défenseur du sieur Palhès, étoit grosse de quatre mois & demi, lorsque son pere & sa mere donnerent à Montblanc le spectacle d'une scene unique dans son espece, & qui devoit bien garantir le sieur Palhès de la plainte que depuis ils porterent contre lui. Un accident qu'elle eut dans un lieu public, fit soupçonner son état à des voisines officieuses qui avoient accouru pour la secourir. Ces soupçons unanimes, mutuellement com-

muniqués , acquirent en un inftant
toute la confiftance d'une vérité dé-
montrée ; & la groffeffe de la demoifelle Rigal reçut , en un inftant auffi ,
toute la publicité que pouvoient lui
donner quatre ou cinq femmes , im-
patientes de divulguer une chofe fecrete , & de faire admirer leur fagaci-
té. Reftoit à favoir qui étoit pere de
l'enfant que portoit la demoifelle Rigal : fa famille nomma le fieur Paire,
Chirurgien de Montblanc ; tout le monde le répéta ; & comment auroit-on pu
en douter ? Le fieur Rigal couroit les
rues, armé d'un fufil, cherchant le fieur
Paire pour lui brûler la cervelle, tandis
que fa femme, alarmée, faifoit avertir le
féducteur de fa fille de fe tenir caché,
& alloit de porte en porte déplorer
fes malheurs, racontant, dans le plus
grand détail, l'hiftoire amoureufe qui
les caufoit, les tentatives du fieur Paire, d'abord inutiles, & puis couron-
nées d'un trop grand fuccès, indiquant
le temps & le lieu de la chute de fa
fille, le nombre de fes rechutes, &
jufqu'à la maniere dont le fieur Paire s'y
étoit pris pour la faire *choir.*

» Le fieur Paire étoit garçon ; il fré-

O vj

quentoit depuis plufieurs années la maifon du fieur Rigal avec la plus grande
affiduité : quelques mois auparavant, il
avoit fait, en un jour, deux faignées à
la demoifelle Rigal, l'une au bras,
l'autre au pied : on avoit parlé de les
marier enfemble ; perfonne ne douta
qu'il ne fût auteur de fa groffeffe ; on
ne douta pas fur-tout que le fieur Rigal
ne revînt à lui, & qu'après fes premiers
tranfports, il ne donnât fon confentement à un mariage dont il avoit été
déjà queftion avant qu'il fût devenu
néceffaire

  » Il fe calma en effet ; & au bout
de quelques jours, fes liaifons avec le
fieur Paire recommencerent. On annonça qu'il alloit en faire fon gendre ;
mais quelle fut la furprife de tout le
monde, lorfqu'on le vit, lui & fa femme, rétracter tout ce qu'ils avoient publié fur le compte du fieur Paire, &
lui fubftituer un homme de 46 ans,
un homme marié, pere de plufieurs
enfans, qui, par cela feul, devoit être
à l'abri de tout foupçon, à l'abri fur-
tout d'une plainte judiciaire !

  » Il y a des chofes dans ce monde qu'il
eft impoffible d'expliquer, parce qu'elles

tiennent à des intérêts secrets, à des arrangemens couverts d'un voile impénétrable. Le sieur Rigal, qui ne vouloit pas voir sa fille, qui vouloit la faire enfermer pour le reste de ses jours, qui venoit d'obliger sa femme de disposer de ses biens pour la priver de sa succession, qui couroit les rues armé d'un fusil pour tuer celui qui l'avoit séduite, tant qu'il crut que ce séducteur étoit le sieur Paire, s'appaisa tout à coup, lorsqu'il fut question du sieur Palhès, renonça au projet de venger lui-même l'injure qui lui avoit été faite, & se réunit à sa fille pour en porter plainte en Justice.

» Il est vrai que le sieur Paire n'a aucune fortune, & qu'on ne pouvoit pas diriger utilement contre lui une demande en dommages-intérêts; il est vrai encore que, ne tenant à personne, il auroit pu se soustraire par la fuite aux poursuites de la famille Rigal; au lieu que le sieur Palhès, retenu dans son pays par les liens les plus forts, avoit de quoi payer l'honneur de la fille; étant d'ailleurs créancier du pere, il pouvoit paroître commode de lui don-

ner en payement l'honneur de cette paternité.

» Quoi qu'il en foit , après avoir en-
tretenu le Public pendant huit jours
des amours de la demoifelle Rigal avec
le fieur Paire , il fallut fe rétracter publiquement , changer le lieu de la fcene , ainfi que le nom de l'auteur principal , changer encore le nombre des
actes & l'ordre entier de la piece.

» Il étoit cruel & dangereux, dans une
affaire de cette nature , de chanter ainfi
la palinodie. C'étoit afficher tout au
moins que la demoifelle Rigal étoit
incertaine fur l'auteur de fa groffeffe ;
& alors il étoit bien naturel de l'attribuer à celui fur qui étoient tombés fes
premiers foupçons.

» Elle pouvoit d'autant moins varier
fur cet article , qu'elle en avoit fait
confidence à plufieurs perfonnes ; entre autres , à la nommée Bonafi , fa
nourrice , à la femme Barbois , & au
fieur Noguier , Officier de Grenadiers
au Régiment de Boulonnois.

» Ces confidérations ne l'arrêterent
point ; elle fuppofa qu'on lui avoit inf-
piré d'accufer fauffement le fieur Paire,

& que ses variations n'étoient qu'un retour à la vérité que le sieur Palhès l'avoit engagée à trahir. On mit encore sur le compte de celui-ci la double saignée faite par le sieur Paire dans l'espace de 12 heures ; la demoiselle Rigal alla jusqu'à supposer qu'il avoit voulu l'engager à prendre quelque breuvage pour se faire avorter.

» Il n'y a pas d'époque plus intéressante dans la vie d'une jeune personne, que celle de sa premiere foiblesse. Il n'est pas à craindre qu'elle en perde jamais le souvenir, & que dans aucun temps elle fût en peine, s'il en étoit besoin, de la fixer avec précision. Six mois après cette prétendue époque, la demoiselle Rigal fut hors d'état de la déterminer. Comme le sieur Palhès fait de fréquentes absences, à raison de ses affaires, elle craignit de mal choisir le jour, & qu'il ne parvînt à prouver par des faits incontestables, qu'un tel jour, une telle semaine, il n'étoit pas sur les lieux. Dans cet embarras, elle embrasse un espace de temps considérable & tellement indéterminé, qu'elle ne puisse pas être démentie quand même le sieur Palhès au-

toit fait une abfence d'un mois. Ce fut,
dit-elle, vers le commencement du
carnaval, que le fieur Rigal fit avec
moi cette connoiffance intime qu'il eut
depuis grand foin d'entretenir.

» Le carnaval commence dans les premiers jours de Janvier ; mais, dans les
campagnes, on n'en connoît guere les
plaifirs que dans le dernier temps. Le
commencement du carnaval eft quand
on commence à danfer. Ainfi, en difant que ce fut au commencement du
carnaval qu'elle fe livra au fieur Palhès
pour la premiere fois, la demoifelle
Rigal fe réferve la liberté d'avancer au
befoin, ou de reculer cette époque,
de la fixer vers le jour des Rois, ou
dans la femaine appelée de la *Septua-
géfime*. C'eft, comme on voit, une
bonne précaution à prendre, quand
on parle d'imagination & non pas de
mémoire.

» Il n'en eft pas de même de l'heure
& du lieu où ce malheur lui arriva. La
demoifelle Rigal en parle avec préci-
fion, ainfi que des circonftances qui
l'accompagnerent ; mais en vérité, puifqu'elle avoit la liberté de créer des faits
& de les arranger à fa fantaifie, elle

auroit dû les rendre plus vraisemblables.
Ce fut dit-elle, à six heures du matin, un jour que son pere étoit en voyage, & que sa mere étoit sortie de la
maison.

» Déjà sortie de la maison à six heures
du matin, au commencement du carnaval, une heure & demie avant le
jour ! Mais où pouvoit-elle être allée à
cette heure-là ? Elle étoit bien mâti-
nale & sa fille aussi ! car le sieur Palhès la trouva debout : il fallut, dit-elle,
& la beaucoup *tracasser*, & la beaucoup *tirailler* pour la faire succomber ;
car il est à remarquer qu'il n'y avoit
que quelques jours, suivant toujours
le langage de la demoiselle Rigal, que
le sieur Palhès la sollicitoit. Ses premieres propositions furent faites, dit-
elle, vers la fin de l'année 1772, &
agréées au commencement du carnaval
de 1773 «.

Tels sont les faits que la demoiselle
Rigal exposa au Châtelain de Pezenas,
& que son pere ne fit que copier dans
la Requête en plainte qu'il jugea à propos de présenter aussi.

Le sieur Palhès eut tort & très-grand
tort de ne pas porter plainte contre eux,

aussi-tôt qu'ils eurent changé de langage
& qu'ils voulurent lui faire jouer le
rôle que d'abord ils avoient distribué
au Chirurgien. Les dépositions qu'il
eût procurées à la Justice, auroient mis
en évidence la vérité qu'ils vouloient
tenir cachée, & qui cependant a paru,
malgré leurs efforts, à travers le voile
dont ils ont cherché à l'envelopper. Il
résulte de leur procédure, que ce n'est
qu'après s'être emporté contre le sieur
Paire, & avoir voulu le tuer, que le
sieur Rigal a porté sa plainte contre le
sieur Palhès froidement & sans émotion ; que la demoiselle Rigal avoit
fait confidence à plusieurs personnes
que le sieur Paire étoit auteur de sa
grossesse. On y trouve, il est vrai, qu'il
y avoit entre la famille Rigal & celle
du sieur Palhès beaucoup de liaison,
comme il arrive entre voisins, sur-tout
dans les campagnes ; mais que la demoiselle Rigal étoit principalement liée
avec la femme du sieur Palhès ; qu'elle
étoit libre dans ses propos & naturellement peu réservée ; que le sieur Palhès n'étoit pas plus lié avec elle qu'a-
vec les autres jeunes personnes du village, & qu'elle étoit également libre

avec tous les hommes de sa connoiffance.

La demoiselle Rigal étoit accouchée :
on lui adjugea 60 livres pour frais de
géfine ; le fieur Palhès fut encore condamné à fournir provifoirement à l'entretien de l'enfant.

Tant que les Tribunaux ont adopté
cette vieille maxime, qu'une fille qui
n'eft plus vierge doit en être crue fur fa
parole, *creditur virgini*, un homme
bien ou mal accufé, innocent ou coupable, n'avoit d'autre parti à prendre
que de convenir du fait, & d'offrir à
la plaignante le dédommagement après
lequel elle couroit, une fomme d'argent qui pût fatisfaire fon ambition.

C'étoit le feul moyen d'éviter des
procédures longues & défagréables,
dont les frais devoient toujours retom-
ber fur lui. Quoique la Jurifprudence
ne foit plus la même, & qu'on puiffe
oppofer utilement le défaut de preuve
de familiarité fufpecte, le fieur Palhès,
s'il avoit été libre, s'il n'avoit eu une
femme à qui il promit fidélité, & des enfans à qui il doit l'exemple d'une bonne
conduite, encore qu'il ne mérite nul-

lement l'honneur que la demoiselle Rigal veut bien lui faire , il ne lui eût
rien contesté , & lui eût payé ses faveurs au prix courant ; c'est-à-dire , suivant ce qu'elle pouvoit prétendre rai-
sonnablement , eu égard à sa fortune
& à son état & condition. Mais dans
la position où il se trouve , il a dû
préférer à son repos les intérêts de la
vérité ; il a dû se vouer aux désagrémens
de toute espece qu'un tel procès entraîne
avec lui , pour défendre son innocence
contre les attaques d'une fille incertaine ,
à qui tout homme est également bon ,
dans le projet qu'elle a formé de donner
son enfant , non pas à celui de qui elle
le tient , mais à celui qui est plus en
état de le lui payer.

Ce fut par cette considération que le
sieur Palhès nia , dans son interrogatoire,
qu'il se fût jamais permis aucune familiarité criminelle avec la demoiselle Rigal , & qu'il s'éleva contre le complot
criminel de sa famille , qui abusoit
de tout , des services même qu'elle
avoit reçus de lui , pour donner de
la consistance à une accusation téméraire, odieuse en elle-même, & qui

l'étoit devenue mille fois davantage par tout ce dont elle avoit été précédée.

Les défaveux du sieur Palhès donnerent lieu à la procédure extraordinaire & à l'éclaircissement de la vérité obscurcie par des dépositions suspectes. Plusieurs témoins furent justement reprochés ; il ne resta de l'information, que les preuves d'une liaison telle que l'ont ensemble tous les habitans d'un même village, & particuliérement de proches voisins, & rien de ce qui pouvoit faire présumer la vérité de l'accusation.

Le sieur Palhès devoit s'attendre à être renvoyé avec dépens & dommages ; mais le Juge ne put jamais résister au préjugé plus ridicule encore que funeste, qui autorise toutes les filles grosses à choisir parmi tous les hommes de leur connoissance, celui qui sera pere de leur enfant. Il ne considéra pas que cette maxime ne pouvoit trouver d'application dans l'espece présente; qu'elle n'a été introduite qu'en faveur de celles qui furent séduites par la promesse ou par l'espérance du mariage, sans que jamais on l'ait étendue au commerce de libertinage qu'une fille entretiendroit avec un homme déjà marié, ou voué par état à un célibat éternel.

Par sa Sentence du 10 Mai 1775, la somme de 60 livres pour frais de géfine, provifoirement accordée à la demoifelle Rigal, lui a été définitivement adjugée. Le fieur Palhès a été condamné en 1200 livres de dommages envers elle, & en 400 liv. envers le fieur Rigal.

Pour prouver que cette Sentence devoit être infirmée, le fieur Palhès foutenoit que la procédure qui avoit été faite contre lui, ne prouvoit pas une liaifon intime qui pût en faire préfumer une plus intime encore. Il n'en réfultoit que des relations de bon voifinage & d'union entre deux familles que l'intérêt avoit rapprochées, fans que, fur le nombre des témoins fufpects choifis parmi les plus proches parens des adverfaires, il s'en foit trouvé un feul qui ait articulé un feul acte de trop grande familiarité.

Quelque réferve qu'on fuppofe à deux perfonnes qui ont enfemble un commerce criminel, il leur échappe toujours

quelque imprudence que des yeux clair-
voyans ne manquent pas de faisir. Le
besoin d'être ensemble , l'affectation
même de s'éviter , tout les trahit ; &
si l'on ne s'en étoit pas apperçu dans
le temps , on en seroit frappé ensuite
lorsque leurs mysteres auroient été dévoilés. Si les témoins choisis par la famille Rigal ont été dans l'impossibilité
d'articuler aucun fait concluant , on
doit croire que le sieur Palhès ne s'est
permis , en aucun temps , aucune familiarité avec la plaignante.

Il est vrai que la demoiselle Rigal
venoit souvent dans la maison du sieur
Palhès ; mais les témoins qui le disent
remarquent qu'elle étoit extrêmement
liée avec sa femme ; ce qui prouve la
fausseté de l'accusation. La femme du
sieur Palhès n'eût pas souffert auprès d'elle la concubine de son mari ;
& qu'on ne dise pas qu'elle étoit leur
dupe ; aucune femme ne l'est sur cet
article. Elles sont toutes clairvoyan-
tes ; un coup-d'œil , un geste , le
signe le plus léger suffit à leur péné-
tration ; elles lisent au fond des ames ;
si elles se trompent , ce n'est jamais
par trop de sécurité , mais pour avoir

pouſſé leurs ſoupçons trop loin. Le ſieur
Palhès paſſant ſa vie auprès de ſa femme, & la demoiſelle Rigal ne la quittant pas, leur intelligence ne lui eût pas
échappé ; & il en ſeroit réſulté une
brouillerie éclatante, des ſcenes dont
tout le monde eût été informé, dans
un petit village où rien ne peut être
ſecret. Si la femme du ſieur Palhès a
vécu dans une entiere confiance ; ſi
elle n'a rien ſoupçonné des prétendues
liaiſons de la demoiſelle Rigal avec
le ſieur Palhès, & que d'autre part on
ne découvre aucune trace, aucun indice de trop grande familiarité entre
eux, l'accuſation de la demoiſelle Rigal doit être regardée comme calomnieuſe ; on n'y peut ajouter aucune foi,
quand même elle indiqueroit un homme libre, & qu'elle pourroit prétexter,
pour excuſer ſa foibleſſe, la promeſſe
ou l'eſpérance d'un mariage prochain.

On a donné pour preuve de la vérité de l'accuſation, les mouvemens du
ſieur Palhès pour procurer un établiſſement à la demoiſelle Rigal. Vous
avez voulu, dit-on, la marier avec le
ſieur Gaſpard Dijaux, & enſuite avec le
ſieur Paire, pour prévenir l'éclat de ſa
groſſeſſe

groſſeſſe, dont vous aviez connoiſſance. Mais cette imputation eſt tombée d'elle même à la confrontation. Il en a réſulté que le ſieur Palhès n'a propoſé la demoiſelle Rigal au ſieur Gaſpard Dijoux, que lorſqu'on l'a conſulté ſur ce mariage; & qu'à l'égard même du ſieur Paire, s'il a cru ce mariage convenable, s'il l'a déſiré, il ne s'eſt donné pour cela aucun mouvement extraordinaire. Mais quand même il auroit cherché un mari à la demoiſelle Rigal, il n'eût fait que céder aux perſécutions de la dame Rigal ſa mere, qui, voyant ſon mari diſſiper ſa fortune, eſpéroit en ſauver quelques débris, en lui faiſant prendre des engagemens dans le contrat de mariage de ſa fille, & prioit tous ceux en qui elle avoit confiance, de lui chercher un mari. On ne peut donc tirer aucune conſéquence, en faveur de l'accuſation, des ſoins que le ſieur Palhès a pu ſe donner pour procurer l'établiſſement de la demoiſelle Rigal.

Il faut en conclure au contraire, qu'il ne ſavoit pas que la demoiſelle Rigal fût groſſe; ſans quoi c'eût été une peine perdue. Il eût été bien ſûr que

la demoiselle Rigal, quelque hardie
qu'on la suppose, étant grosse de
quatre mois, n'auroit pas voulu assurer
le malheur de sa vie en donnant la
main à un homme qui n'étoit pas auteur de sa grossesse. Si le sieur Palhès
fit quelques tentatives pour la marier,
c'est une preuve de sa bonne foi, &
qu'il la croyoit en état de mériter l'a-
mitié & l'estime d'un honnête homme.
Ainsi toutes les présomptions que présente la procédure, se tournent contre
la demoiselle Rigal, au lieu de concourir à établir la vérité de son accusation.

Ces présomptions contre la demoiselle Rigal se fortifient par la seule
lecture de sa Requête en plainte. Au
premier mot qu'elle articule, on voit
l'embarras de l'imposture, qui, pour
ne pas s'exposer à être dévoilée, s'é-
nonce vaguement & ne dit rien de
positif. La demoiselle Rigal est dans
l'impossibilité de fixer la semaine de
sa premiere chute. Elle en parle comme
de ces événemens qui échappent à la
mémoire, parce qu'ils n'ont pas attiré
l'attention. Cependant il faut croire
que, si quelque chose fait une impres-

sion profonde & durable dans la mémoire d'une jeune personne, c'est une
pareille aventure, cet instant décisif
qui, de l'état de vierge, la fait
passer à un nouvel état. Il faut donc
en conclure qu'elle auroit su en rendre
compte avec plus de précision, si son
accusation avoit été dirigée contre celui qui avoit opéré en elle cette intéressante révolution. Mais voulant accuser le sieur Palhès, elle a été forcée
de parler vaguement de cette premiere
aventure, de peur qu'en fixant un
jour, le sieur Palhès ne parvînt à prouver que, ce jour-là, les jours qui
précéderent & les jours suivans, il
n'étoit pas à portée de lui faire le tort
dont elle se plaint.

Ce qu'elle dit de l'heure & des autres circonstances est encore bien extraordinaire & bien peu digne de foi.

A six heures du matin, dans le
temps des plus courts jours de l'année,
elle étoit déjà levée près de deux heures avant le lever du soleil, & sa mere
étoit déjà sortie, sans qu'on puisse
imaginer quelle affaire l'attiroit si matin hors de sa maison, & chez qui

elle avoit pu aller à une heure où perfonne n'étoit encore levé.

Une autre chofe auffi peu vraifemblable, eft la rapidité des progrès du fieur Palhès, après avoir paffé plufieurs années fans être touché de fes charmes. Ce n'eft qu'à la fin du mois de Décembre 1772, qu'il témoigne fes défirs, & il parvient à leur comble au commencement de Janvier 1773. Qu'on parcoure toutes les hiftoires amoureufes, on ne trouvera pas d'exemple d'une pareille fragilité. Il faut croire, pour l'honneur de la demoifelle Rigal, que fa réfiftance a été plus longue, & que, fi elle vouloit raconter l'hiftoire véritable des égaremens de fon cœur, on y verroit fa vertu plus robufte ne fuccomber qu'après un long combat & de pénibles efforts. Mais étant obligée de faire un roman, n'ofant rien dire de pofitif, ne pouvant s'énoncer que par des *à peu près*, dans la crainte d'être démentie, elle n'a pu fonger à tout; & quel eft le menteur qui n'a jamais manqué de mémoire ou de prévoyance?

L'impossibilité où est la demoiselle Rigal de prouver le moindre indice de familiarité de la part du sieur Palhès, & de fixer le jour de sa premiere chute; la confiance du sieur Paire, qui aspiroit à la main de la demoiselle Rigal, & celle de la femme du sieur Palhès; l'invraisemblance & l'absurdité du roman, consigné dans la Requête en plainte; tout concourt à prouver que ce n'est pas le sieur Palhès qui a fait passer la demoiselle Rigal de l'état de vierge à celui de mere.

Il est bien difficile, continue le sieur Palhès, quelque adroit, quelque précautionné que l'on soit, de si bien ourdir un mensonge qu'il ressemble parfaitement à la vérité. Depuis la femme Israélite, qui vouloit s'approprier l'enfant d'un autre, jusqu'à la demoiselle Rigal, qui veut donner au sieur Palhès un enfant qui n'est pas à lui, on trouveroit, dans ce genre, un million d'exemples de complots dévoilés & de mensonges confondus.

La demoiselle Rigal eut bien l'attention de ne pas faire entendre sa

nourrice & la femme Barbois, qui,
toutes deux, étoient confidentes de
ſes amours avec le ſieur Paire; mais
elle n'étendit pas cette attention juſ-
qu'à tenir également à l'écart le ſieur
Noguier, Officier de Grenadiers au
Régiment de Boulonnois, qui avoit
auſſi une connoiſſance parfaite de ſon
état : aſſigné à ſa requête, il dépoſa
qu'elle lui avoit dit poſitivement qu'elle
étoit groſſe des œuvres du ſieur Paire.
Ce n'eſt pas tout, Joſeph Devois, huitieme témoin, a dû dépoſer que la
mere de la demoiſelle Rigal lui avoit
dit, à lui témoin, que Paire *étoit un*
malheureux, qu'il ne pouvoit pas ſe
dédire d'avoir connu ſa fille; que cela
lui étoit arrivé neuf fois de ſa connoiſſance; ſavoir, *trois fois dans le gre-*
nier aux lapins, trois fois ſur les
ſarmens, & trois fois dans la ſalle;
qu'il avoit joint au crime de ſéduction le crime de vol; *que c'étoit pour*
lui que ſa fille leur voloit les lapins.

La demoiſelle Roſe Blay, femme
du ſieur Amiel, ayant voulu repré-
ſenter à la mere de la Plaignante,
que Paire ſe diſoit innocent, *celle-ci,*
la mere, *s'emporta contre le ſuſdit*

Paire, en difant que c'étoit un coquin, un miférable qui avoit engroffé fa fille & ne pouvoit s'en dédire ; & elle lui cita à ce fujet quelques tentatives qu'elle lui dit avoir été faites par le fufdit en divers endroits reculés de fa maifon, pour connoître fadite fille.

Voilà donc la mere Rigal inftruite dans le plus grand détail, des tentatives inutiles & des fuccès du fieur Paire. Sa fille n'en eût pas mieux rendu compte. Il faut obferver que ce ne font pas des ouï-dire ; elle parle pofitivement d'après fa confcience. Si le fieur Paire ofoit le nier, elle a de quoi le confondre. *C'eft un coquin, un malheureux, qui ne peut pas s'en dédire.*

D'ailleurs, le fieur Paire vivoit dans cette maifon dans la plus grande familiarité, ayant été attiré à Montblanc par le pere ; étant, comme il le dit lui-même, l'intime ami du fils, regardé, pour ainfi dire, comme l'enfant de la maifon. Ce furent précifément ces liaifons & la confiance qu'on avoit en lui, qui mirent le fieur Rigal dans une agitation fi violente. Il s'arma en effet d'un fusil ; il sortit de sa maison & courut chez le sieur Paire, pour le tuer, ne pouvant pas lui pardonner, suivant le sixieme témoin, *qu'il eût violé l'hospitalité qu'il lui donnoit dans sa maison ; que c'étoit lui qui l'avoit appelé & établi à Montblanc ; qu'il ne l'auroit jamais cru capable de cela ; & que, comme Paire n'avoit rien, ni sa fille non plus, il ne pouvoit consentir à les unir.*

C'est ce défaut de fortune du sieur Paire, qui donne lieu aux variations de la famille Rigal, & explique pourquoi, après avoir été convaincus que c'étoit lui qui avoit séduit la Plaignante, ils ont fait semblant de s'être trompés sur son compte, & de l'avoir accusé mal à propos. Paire n'a rien, ni la demoiselle Rigal non plus ; il est impossible de les marier ensemble. Cependant, si la demoiselle Rigal n'a pas de mari, il lui faut du moins une indemnité pécuniaire. Paire est hors d'état de donner un sou. Il faut donc s'adresser à un autre, & cet autre fut le sieur Palhès.

C'est ainsi qu'en éclairant le sieur

Rigal sur ses véritables intérêts, Paire trouva le moyen de faire rejeter sur le sieur Palhès une accusation qui ne pouvoit être intentée que contre lui. Une preuve qu'il étoit du complot, c'est la sécurité avec laquelle il annonça que les choses changeroient bientôt de face, & *que son innocence se dévoileroit*. Ainsi doit l'avoir déposé le second témoin.

Ce témoin auroit pu en dire davantage, & le sieur Palhès l'attendoit à la confrontation, pour lui faire expliquer avec plus d'étendue sa conversation avec le sieur Paire. Mais la demoiselle Rigal laissa ce témoin à l'écart, par le même motif qui lui avoit fait tenir aussi à l'écart sa nourrice & la femme Barbois. Mais toute laconique qu'elle est, la déposition du second témoin répand un grand jour sur la marche ténébreuse de la famille Rigal; leur complot est mis en évidence, ainsi que leurs motifs. On y voit que ce n'est que par réflexion qu'on laisse Paire de côté, après l'avoir appelé pour être père de l'enfant que portoit la demoiselle Rigal. Ce n'est qu'après avoir constaté la paternité de Paire, par les

P v

plus grands détails , & avec toute la
précision possible , qu'on veut en grati-
fier le sieur Palhès.

Paire est garçon ; Paire fréquentoit
assidument la maison de la demoiselle Rigal. Ils alloient au bal ensemble , masqués. Il se trouvoit avec elle
dans tous les réduits les plus secrets ,
à la cave sur les sarmens ; au grenier parmi les lapins. On ne sait pas
s'il lui faisoit des présens , mais il en
recevoit d'elle. C'étoit pour son amant
qu'elle élevoit ces lapins , témoins de
leurs amours. Elle les voloit à son
pere , pour les lui donner. La demoiselle Rigal , devenue grosse , veut se
faire avorter ; c'est le sieur Paire qui
la saigne , qui la saigne deux fois en
un jour ; qui la saigne du pied , quoiqu'elle n'ait pas la fievre. S'il faut
choisir celui qu'indique la procédure ,
il n'y a pas à balancer ; tout le monde
nommera le sieur Paire.

Quelles sont les objections & les
réponses de la demoiselle Rigal ? Vien-
dra-t-elle répéter ce qu'elle disoit devant le Châtelain de Pezenas , qu'une
fille doit en être crue sur sa parole ,
lors même qu'elle a varié sur l'indi-

cation de fon raviffeur ? Mais on a
déjà répondu , en citant l'exception
mife par le Préfident Faber lui même ,
à la regle qu'il avoit établie. Invoque-
ra-t-elle la Jurifprudence ? Mais cette Jurifprudence eft fondée fur le même principe de fageffe , de juftice & de raifon ,
qui met les hommes mariés à l'abri des
attaques de la premiere fille qui voudra
leur faire payer l'abus qu'elle aura fait de
fes charmes.

Parmi les Arrêts fans nombre
qu'on pourroit citer , le fieur Palhès
n'en rapportera qu'un , rendu depuis
quelques années. En voici l'efpece.

» La nommée Anne Paftre, fervante
d'un Curé de village , avoit rendu
plainte contre le fieur Viguier , Mar-
chand à Beziers , qu'elle accufoit d'être
l'auteur de fa groffeffe. Il étoit , comme
le fieur Palhès , âgé de plus de quarante ans , avoit auffi femme & enfans.
Il étoit prouvé , par l'information ,
que le fieur Viguier , lorfqu'il alloit
dans ce village , logeoit chez le Curé,
comme il eft établi dans notre efpece
que le fieur Palhès alloit dans la maifon du fieur Rigal. Anne Paftre n'avoit
pas commencé , comme la demoifelle

P vj

Rigal, par accuſer un autre homme; mais elle avoit fait aſſigner, en témoin, le Curé, ſon maître, comme la demoiſelle Rigal a mis au nombre de ſes témoins, le ſieur Paire, ſon Chirurgien. Le ſieur Viguier avoit tenu le même langage & la même conduite que le ſieur Palhès; la procédure extraordinaire avoit été ordonnée; une proviſion accordée, pendant Procès, fut définitivement adjugée à la Plaignante par le premier Juge, & le ſieur Viguier fut encore condamné à lui payer une ſomme de 100 livres pour ſes dommages-intérêts & aux dépens. Mais le Parlement de Touloufe, qui ne vit, dans la procédure, aucune preuve de familiarité criminelle, réforma la Sentence du premier Juge, déchargea le ſieur Viguier, ordonna la reſtitution des ſommes proviſoirement payées, & condamna Anne Paſtre aux dépens «.

Cet Arrêt fut rendu le 4 Juillet 1767, au rapport de M. de Fajoles; il fut rendu d'une voix unanime, & tout le monde y applaudit, parce que le repos d'un ménage, la réputation d'un honnête citoyen, d'un père

de famille irréprochable , ne doit pas
dépendre du caprice intéressé d'une fille
libertine , qui veut faire tourner sa débauche au profit de sa fortune , en faisant payer ses plaisirs à celui qui n'y
a pas contribué.

» C'est dans cette confiance (disoit, en finissant, M. Poitevin) &
dans l'espérance certaine de trouver en
la Cour la même justice qu'y trouva
le sieur Viguier , que le sieur Palhès
a combattu l'accusation des sieur &
demoiselle Rigal. Il a cru devoir à sa
femme , devoir à ses enfans , la justification d'un crime dont il est innocent, & qui seroit impardonnable à
son âge & dans sa position.

» Il ne s'arrêtera pas à se justifier de
l'imputation qui lui est faite par la demoiselle Rigal , d'avoir voulu la faire
avorter. L'histoire du breuvage qu'elle
dit lui avoir été présenté par le sieur
Palhès , est entiérement fausse , & même
sans aucune vraisemblance. Quant à la
double saignée , le sieur Paire lui-
même a pris soin de justifier le sieur
Palhès.

» Ce n'étoit donc pas le cas d'accueil-

lir les plaintes du fieur & de la demoifelle Rigal , de condamner le fieur Palhès en 1200 livres de dommages-intérêts envers la fille , & en 400 livres
envers le pere , en adjugeant définitivement à la premiere les fommes qui
lui avoient été payées provifoirement,
& par forme de confignation ; mais de
renvoyer le fieur Palhès de l'accufation «.

Le Défenfeur de la demoifelle Rigal divifa fes moyens en deux parties.
Dans la premiere , il établit la nature
du crime dont le fieur Palhès s'étoit
rendu coupable , & les peines qu'il méritoit ; dans la feconde , il démontra
par les dépofitions des témoins , la vérité de l'accufation de la demoifelle
Rigal.

» Le premier (difoit-il) & le principal crime dont le fieur Palhès s'eft rendu
coupable , c'eft celui dont les effets ont
rendu la demoifelle Rigal mere fans
époux.

» Le crime dont il s'agit , eft le crime
de féduction pure & fimple , ou ce que
d'autres appellent , d'après les Loix Romaines , le ftupre , ou enfin , fi l'on

veut, comme dit l'article 3 de la Déclaration de 1730, le commerce illicite produit par la féduction.

» On connoît au Palais ce crime
fous le nom de *gravidation* ; & ordinairement il n'eft puni que de peines
pécuniaires, relatives aux biens, à la
qualité & à l'âge des Parties. Mais s'il
eft accompagné de circonftances aggravantes, il eft puni extraordinairement.
En quoi l'on fuit la difpofition de l'article 3 de la Déclaration de 1730,
qui s'exprime en ces termes : » Les
» perfonnes majeures ou mineures,
» qui, n'étant point dans les circonftan-
» ces ci-deffus marquées (du rapt de
» féduction pour caufe de mariage),
» fe trouveront feulement coupables
» d'un commerce illicite, feront con-
» damnées à telle peine qu'il appartien-
» dra, felon l'exigence des cas, fans
» néanmoins que les Juges puiffent
» prononcer contre elles la punition de
» mort, fi ce n'eft que, par l'atrocité des
» circonftances, par la qualité & l'in-
» dignité des coupables, le crime pa-
» rût mériter le dernier fupplice ; ce
» que nous laiffons à l'honneur & à la
» confcience des Juges, qui ne pour-

» ront, en aucun cas, décharger l'ac-
» cufé de la peine de mort, fous la
» condition ou fur l'offre faite par les
» Parties de s'unir par les liens du ma-
» riage, le tout ainfi qu'il eft porté
» par l'article 2 de notre préfente Dé-
» claration, dans le cas du rapt de fé-
» duction «.

» La peine de ce crime peut devenir capitale, ou tout au moins doit
être des galeres, ou du banniffement
perpétuel, avec confifcation des biens,
lorfqu'il fe trouve une grande inégalité
entre la fille féduite & le féducteur,
& qu'au commerce illicite fe joint encore l'abus de confiance.

» Les circonftances & la qualité des
perfonnes avoient auffi introduit dans
le Droit Romain, une différence dans
la peine de ce crime. La Loi *Julia*
avoit prononcé la perte de la moitié
des biens du féducteur, s'il étoit d'une
condition honnête, & une peine corporelle, fuivie de la rélégation, s'il
étoit d'une condition vile.

» Il n'y a rien de plus commun que
les accufations de paternité. Une effroya-
ble dépravation de mœurs les a multipliées à un point étonnant; mais il eft

bien rare d'en trouver une femblable à celle dont il s'agit, & qui mérite des peines plus féveres.

» On peut pardonner à un jeune homme, dans cet âge où le joug des paffions ne fe fait que trop fentir, de chercher par tous les moyens que la Nature infpire à fon fexe, de quoi fe dédommager des rigueurs du célibat ; & il femble qu'il doit en être quitte pour une peine pécuniaire, qui, le plus fouvent, le force à réparer fa faute en devenant l'époux de celle qu'il a féduite. Mais on ne fçauroit punir trop févérement un homme de 46 ans, qui a dû éteindre fes feux dans deux mariages, qui peut trouver dans fa maifon des plaifirs légitimes, &, qui malgré cela, viole la foi qu'il a jurée à fon époufe, l'autorife à devenir coupable, & donne à des enfans l'exemple des mauvaifes mœurs.

» On peut paffer à un jeune homme de mettre à profit la commodité du voifinage, pour tromper la vigilance des parens de celle qu'il aime ; mais on ne peut voir de fang froid l'ami intime d'une maifon, un homme en qui on avoit une confiance entiere, en abufer

pour féduire, par la plus noire des per-
fidies, la fille de fon ami, une fille
dont il auroit prefque été le grand-
pere, & fur laquelle il auroit dû veiller comme fur fa propre enfant.

» Le défaveu d'une faute qui femble
trouver fon excufe dans la foibleffe de
l'humanité, peut faire pardonner à un
jeune féducteur, qui veut fuir la trifte
alternative ou de perdre fa liberté, s'il
ne paye le dédommagement qu'il doit
à celle qu'il a féduite, ou de s'engager
dans un état dont la fortune ne lui permet pas de fupporter les charges ; mais
on ne fçauroit fouffrir la vue d'un malheureux qui, après avoir commis un crime inexcufable, veut d'abord en dérober la connoiffance par un avortement,
& qui, ne pouvant y réuffir, emploie
enfuite tous les refforts imaginables pour
faire accabler l'innocence fous le poids
de la plus noire calomnie.

» Le crime dont le fieur Palhès s'eft
rendu coupable, mérite donc d'être
puni extraordinairement. Les bonnes
mœurs, la tranquillité publique, l'intérêt des familles, tout l'exige. Quel eft
le pere qui pourra compter un inftant
fur l'honneur de fa fille, fi un voi-

fin, un ami, un homme marié & âgé
de plus de quarante ans, un homme en
qui toutes ces qualités engagent d'avoir
une entiere confiance, en abuſe pour
la ſéduire & la déshonorer?

» Le ſieur Palhès ſoutient que l'accuſation du crime dont il s'agit, n'eſt
pas recevable vis-à-vis d'un homme marié, parce qu'il n'eſt pas permis de
troubler la paix d'un mariage. C'eſt préciſément parce qu'il eſt marié qu'il eſt
plus coupable. Eh quoi! parce qu'il joint
l'adultere à la ſéduction, ſon crime ſeroit impuni! il lui ſeroit permis de déshonorer une famille étrangere, parce
qu'il lui importeroit que la ſienne igno-
rât ſa diſſolution!

» Le Préſident Faber, qui avoit mis
à la regle *creditur virgini*, une exception en faveur des hommes mariés,
n'a point prétendu qu'on ne pût jamais
les accuſer. Toute exception eſt relative
à la regle; & la regle du Préſident Faber n'a trait qu'à la foi qu'il croyoit
qu'on devoit avoir à la déclaration de
la fille; c'eſt-à-dire, qu'il a penſé ſeulement que cette déclaration ne ſuffit pas
contre un homme marié, comme elle
ſuffiſoit contre un garçon, & qu'il falloit alors qu'elle fût appuyée par d'au-

tres circonftances ; ce qui ne veut pas
dire qu'on ne pût pas recevoir la plainte
contre un homme marié.

» Un célebre Avocat-Général, qui
a été le plus fort adverfaire du Préfident Faber, ne contefta pas non plus
qu'un homme marié ne pût être pour-
fuivi comme un autre. Il foutint feulement que cet homme marié ne doit pas
être condamné fur la fimple déclaration
de la fille ; & c'eft affurément ce que
l'on ne contefte point, & ce que l'on n'a
pas befoin de contefter ici.

» Dans la Caufe où ce Magiftrat porta
la parole, on avoit cité des Arrêts &
des autorités qui avoient admis des
déclarations contre des hommes mariés ; il fe contenta de dire : » Je remar-
» querai feulement qu'en rejetant une
» déclaration de groffeffe faite contre
» un homme marié, quand elle eft
» folitaire & fans autre appui qu'elle-
» même, *on n'exclut point celles qui*
» *font accompagnées de preuves d'un*
» *autre genre, ou de préfomptions équi-*
» *valentes à une preuve.* Voilà fans
» doute les circonftances dans lef-
» quelles ces Arrêts cités ont été ren-
» dus «.

» Le sieur Palhès soutient encore qu'une fille n'est pas censée séduite, lorsqu'elle n'a pas pu espérer épouser celui à qui elle s'est livrée, qu'elle n'a cédé dans ce cas qu'à la voix de la Nature, c'est-à-dire, en d'autres termes, qu'elle s'est prostituée.

» Ce moyen est absurde ; car il en résulteroit qu'il n'y a qu'un seul moyen de séduire une fille sans expérience, celui de lui promettre de l'épouser. Mais que ce seroit mal connoître le cœur humain, que d'en juger ainsi ! Il y a séduction toutes les fois que, par des soins artificieux, des tentatives ménagées & réitérées à propos, un homme, marié ou libre, trouve le secret d'enflammer une jeune personne, & se prévaut enfin, dans une occasion favorable, de ces momens de foiblesse où elle n'a plus la force de résister. C'est aussi ce qui (a) fit décider, par un Arrêt célebre, après avoir consulté les Médecins, qu'une fille pouvoit être violée & devenir mere, *quia natura semel irritata jungi voluptate fervet, rationis & volunta-*

_____

(a) Laroche, liv. 3, tit. 2, art. 1.

tis sensum amittens. C'est la raison qu'en rendirent les Docteurs.

» Vous avez consenti, dit-on à la demoiselle Rigal ; donc vous n'avez pas été séduite. Quelle conséquence ! J'ai consenti, malheureux séducteur ! mais n'est-ce pas toi qui m'a arraché ce fatal consentement ? n'est-ce pas toi qui, sous prétexte de t'amuser innocemment avec moi, as allumé dans mon jeune cœur un feu qu'il n'avoit jamais connu ? n'est-ce pas toi qui as pris soin d'attifer ce feu cruel qui m'a incendiée ? Quels combats n'ai-je pas soutenus pour me délivrer de tes poursuites ! Que n'ai-je pas fait le jour où tu sus que j'étois seule & sans secours dans ma maison, ce jour affreux, où tu me sacrifias à ton infame lubricité ! Ah ! c'est bien le cas de te dire ici avec un Ancien : *Rapuisti me volentem, sed fecisti ut vellem.*

» Punissons les séducteurs, disoit un grand Empereur, & aucune femme ne commettra de faute ; ce ne sont pas elles qui cherchent les hommes ; ce sont eux qui sont perpétuellement occupés à les faire consentir à leurs désirs

criminels. Le consentement des femmes est toujours entraîné par la force
séductrice de notre sexe. Si les hommes
ne les séduisoient pas , jamais elles ne
viendroient se livrer d'elles-mêmes à la
séduction. Telle est la Loi de la Nature.
Elle a fait l'homme fort & la femme foible ; elle inspire , par cette raison , à
l'un l'attaque , & à l'autre la défense.
Or , quand le combat est inégal , celui
qui succombe n'a rien à se reprocher ,
le vainqueur est le seul digne de mépris.

» Citeroit - on ces femmes qui ont
su se faire un front qui ne rougit plus ;
qui , par des défaites multipliées , sont
parvenues à changer de rôle , & rem-
portent plus de victoires sur les hommes , qu'ils n'en ont jamais remporté sur
elles ? Voudroit - on descendre encore
plus bas , & nous faire remarquer dans
la fange , cette poignée de femmes qui ,
n'ayant plus les moyens de se prostituer ,
facilitent à d'autres leur prostitution ?
Que feroit tout cela contre la demoiselle Rigal ? Le sieur Palhès n'ira pas
jusqu'à la comparer avec ces objets dé-
voués à l'infamie publique. D'ailleurs,
qu'on y réfléchisse, & l'on verra que ces

femmes ont commencé par être les victimes de la séduction. Une chute en entraîne toujours une autre ; & c'est l'auteur de la premiere qui doit les prendre toutes sur son compte. Ainsi, encore une fois, la perte des femmes vient toujours des hommes.

» Il paroît que le sieur Palhès a mis la plus grande confiance dans l'Arrêt du 4 Juillet 1767, rendu au rapport de M. de Fajolles, en faveur du sieur Viguier, Négociant de Beziers, homme marié, contre la nommée Anne Pastre, servante d'un Curé de village. La citation de ce préjugé, bien loin de faire diminuer la peine que mérite le sieur Palhès, doit au contraire la faire aggraver par l'injurieuse comparaison qu'il ose faire de cette espece avec la nôtre. Et, en effet, une fille comme nous avons vu qu'est la demoiselle Rigal, seroit impunément comparée à une servante ! une fille qui a toujours vécu sous les yeux de parens vertueux ; qui n'avoit jamais parlé aucun homme hors de leur présence ; sur le compte de laquelle la critique la plus sévere n'a jamais trouvé à s'exercer ; qui, lors de sa chute, étoit à peine nubile ; cette fille
sera

sera comparée à Anne Pastre , qu'une longue expérience avoit aguerrie ! on comparera le court séjour que faisoit le sieur Viguier dans la maison curiale de ce village , lorsque les affaires de son commerce l'y appeloient , avec cette assiduité fréquente du sieur Palhès dans la maison du sieur Rigal , avec cette liaison , cette intimité , cette familiarité qui régnoient entre les deux familles ! l'on comparera ces moyens toujours renaissans , qu'avoit le sieur Palhès de séduire la fille de son ami , avec les occasions rares qui auroient pu porter le sieur Viguier à se dédommager de l'absence de sa femme ! En un mot , le sieur Viguier fut renvoyé faute de preuves , & par rapport à mille circonstances qui déposoient contre son Accusatrice ; au lieu que tout dépose ici contre l'Accusé , & que tous les genres de preuves l'accablent.

» Un autre crime , qui mérité d'être puni aussi séverement , & qui est commun au sieur Palhès & au sieur Noguier , est celui qu'on appelle *raptus in parentes* , & qui consiste à induire une mineure déjà séduite , à quitter la maison paternelle.

Tome X.   Q

» Quelque confentement que celle-ci prête à fon enlévement , le crime ne perd rien de fa gravité.

» Les efforts que fit le fieur Palhès pour prévenir la naiffance de l'enfant , méritent auffi la plus févere punition. Ceux qu'il fit & que partagea le fieur Noguier , pour engager la demoifelle Rigal à charger le fieur Paire d'un cri-me dont il n'étoit point coupable , ne doivent pas trouver plus de grace. Ce n'eft pas leur faute s'ils n'ont pas réuffi dans leurs criminelles entreprifes.

» Nous n'ignorons pas que le deffein feul n'eft point puni par les Loix hu-maines ; mais perfonne n'ignore auffi que , lorfque ce deffein eft manifefté par quelque acte extérieur , elles ne le puniffent pas moins que s'il avoit été entiérement confommé ; & c'eft dans ce fens que l'on dit , qu'il faut moins confidérer dans les crimes l'événement que la volonté.

» Si la demoifelle Rigal avoit avalé la poudre que lui remit le fieur Palhès, l'homicide auroit été confommé ; car c'eft tuer que d'empêcher de naître. De même , fi elle n'avoit réfifté aux folli-citations preffantes des fieur Palhès &

Noguier, le sieur Paire, auroit été le
sujet de la plus noire calomnie.

» Jusqu'ici on n'a parlé que pour
l'intérêt public ; il reste à s'occuper de
l'intérêt particulier de la demoiselle Rigal. Il étoit affreux pour elle d'être réduite à demander un dédommagement
pour une perte irréparable. C'étoit cependant tout ce qui restoit à cette infortunée. Cet intérêt est plus ou moins
fort, suivant les biens, la qualité,
l'âge des Parties & les circonstances du
fait.

» Pour fixer les dommages & intérêts qu'elle étoit fondée à demander à
son séducteur, il faut rendre compte
des preuves qui résultoient de la procédure.

» Il y a des crimes dont la nature est
d'être secrets, & qui par conséquent
ne peuvent guere se prouver par témoins.
Tels sont sur-tout ceux dont il s'agit
ici. On comprend que le sieur Palhès
n'alla pas appeler des témoins, lorsqu'il
pressa la demoiselle Rigal de consentir à la destruction de son fruit par
des saignées, & lorsqu'il lui donna la
poudre qui devoit consommer ce crime.

» Aussi les Auteurs ont-ils toujours

été d'accord fur ce point, que, dans les délits *occultes*, les indices & les préfomptions, lorfqu'ils font portés à un certain dégré, fuffifent pour faire déclarer l'accufé convaincu.

» Mais quelles font ces préfomptions *équivalentes à une preuve*? C'eft par un concours de circonftances, par un enfemble d'indices qu'on détermine les jugemens de condamnation.

» Ces principes pofés, examinons les preuves.

» 1°. La conviction du crime principal, qui eft la féduction pratiquée envers la demoifelle Rigal par le fieur Palhès, réfulte de la feule déclaration qu'elle a faite contre lui. Suivant cet accufé, le fieur Paire eft le feul coupable. Ainfi il faut néceffairement qu'elle ait été féduite par celui-ci, ou par le fieur Palhès.

» Quelque corrompues que foient les mœurs, quelque perverfité qu'on fuppofe dans le cœur humain, on ne fait pas le mal fans intérêt, & encore moins contre fon intérêt. Celui qui va affaffiner fur un grand chemin y eft porté par quelque motif dont il efpere recueillir les effets; il eft incon-

cevable qu'il aille s'expofer à la roue
pour le feul plaifir d'être affaffin.

» Comment fuppofer qu'une jeune
perfonne, fans expérience, d'une condition honnête, qui a toujours vécu
fous les yeux de parens vertueux, à
qui on ne reproche qu'une chute dont
elle n'eft pas la caufe, fe foit déter-
minée à en charger un innocent marié, tandis qu'elle auroit pu diriger
fa plainte contre un garçon coupable,
c'eft-à-dire, qu'elle ait aggravé fon
déshonneur, pour avoir l'inconcevable
plaifir d'être plus méchante?

» Si le fieur Paire étoit l'accufé, &
qu'il prétendît que le fieur Palhès fût
le feul coupable, cette défenfe auroit au moins de la vraifemblance.
On pourroit dire : la demoifelle Rigal ayant eu le malheur de fe laiffer
féduire par un homme marié, elle n'a
pu tenir contre la tentation d'accufer
un homme libre, pour tâcher de lui
faire réparer fon honneur. Ainfi fon
intérêt rend fon accufation fufpecte.
Mais c'eft ici tout le contraire ; l'accufation foutenue de la demoifelle Rigal contre le fieur Palhès prouve que
le véritable honneur, fondé fur la bafe

Q iij

immuable de la vérité, eſt plus fort
en elle qu'un honneur de préjugé,
qui ne ſçauroit l'avilir ; car c'eſt le
ſéducteur qu'elle regarde comme déſ-
honoré, & non la perſonne ſéduite.

» L'accuſation dirigée contre le ſieur
Paire, dans le cas où il eût été coupable, auroit d'autant mieux réuſſi,
qu'il eſt prouvé, par la procédure,
que, lorſque le ſieur Palhès, cherchant
à ſe délivrer de ſon fardeau, propoſa
de lui-même au ſieur Paire, qui ne
ſavoit encore rien de ce qui ſe paſſoit, de ſe marier avec la demoiſelle
Rigal, celui-ci témoigna un grand plaiſir à faire cette alliance : ou, pour
mieux dire, ſi le ſieur Paire eût été
coupable, il n'y auroit point eu de
plainte ; on auroit déterminé la famille de la demoiſelle Rigal à con-
ſentir à ce mariage ; le ſieur Palhès
lui-même, qui avoit tant de crédit
ſur le ſieur & la dame Rigal, y auroit plus contribué que perſonne.

» La demoiſelle Rigal n'eſt pas ſi
pauvre qu'on l'a avancé, puiſqu'il eſt
prouvé, par la procédure, que, lorſque le ſieur Palhès tramoit ſon mariage avec le ſieur Paire, & enſuite

avec le sieur Dijaux, il se faisoit fort de lui faire constituer en dot des fonds de valeur de quatre mille livres au moins.

» A l'égard du sieur Paire, c'est un garçon bien né. Quant à sa fortune, il est vrai que son pere eut le malheur de perdre une partie de son bien pour avoir été caution; mais il en a encore laissé assez à son fils, pour que, joint au produit de sa profession de Chirurgien, qu'il exerce avec distinction, il puisse être dans une honnête aisance.

» On parle d'incertitude, d'embarras & même d'invraisemblance, dans la déclaration de la demoiselle Rigal. Elle a dit tout simplement que l'intimité de sa famille avec celle du sieur Palhès produisit cette familiarité, qui, vers la fin de l'année 1772, fut le prélude du crime que le sieur Palhès consomma au commencement du carnaval suivant, dans la chambre de la demoiselle Rigal, vers les six heures du matin d'un jour que son pere étoit en voyage, & que sa mere étoit hors de la maison. Il n'y a là ni embarras, ni invraisemblance; tout est au contraire

très-certain , très-déterminé , très-pré-
cis , & sur-tout très-vraisemblable.

» La demoiselle Rigal n'a jamais entendu dire qu'on ne fixât, à la campagne, le carnaval qu'à l'époque où
l'on danse ; elle a toujours cru , avec
tout le monde, que le carnaval commence par-tout le jour des Rois &
finit la veille des Cendres , soit que
l'on danse ou que l'on ne danse pas.
Ainsi , en disant que le sieur Palhès
consomma son crime au commencement du carnaval, elle n'entend point
qu'on puisse en reculer l'époque à la
Septuagésime.

» A l'égard du jour précis de ce
commencement de carnaval , elle avoue
encore qu'elle n'avoit pas le calendrier
à la main quand le sieur Palhès vint
la surprendre dans sa chambre. Une
fille se souvient, il est vrai, d'une pareille époque ; & la demoiselle Rigal
n'oubliera certainement pas de long-
temps le jour affreux où elle fut sacrifiée à la lubricité du sieur Palhès ;
mais , devra-t-elle être taxée de donner
dans l'incertitude , afin d'avancer ou
de reculer, au besoin, cette malheureuse époque, parce qu'elle ne se rap-

pellera pas fi ce jour étoit ou le premier, le deux ou le trois du mois, fi c'é-
toit un Lundi, un Mardi, ou un Mer-
credi? Il n'y a que le fieur Palhès qui
puiffe tirer de là un argument contre
la demoifelle Rigal.

» Quoi! s'écrie-t-il, à fix heures du
» matin, dans les jours les plus courts
» de l'année, votre mere étoit for-
» tie de la maifon, & vous étiez de-
» bout « !

» D'abord le fieur Palhès n'eft pas
exact; la demoifelle Rigal n'a pas dit
que ce fût précifément à fix heures,
mais vers les fix heures; de forte qu'il
pouvoit bien être fix heures & demie.
Or, au commencement du carnaval,
c'eft-à-dire, vers le 15 ou le 20 Janvier, le foleil eft levé à environ fept
heures & un quart; & l'on fait que le
jour devance le foleil de plus de demi-
heure; de maniere qu'il commençoit
à être jour lorfque le fieur Palhès entra dans la chambre de la demoifelle
Rigal. D'ailleurs, qu'y auroit-il d'extraordinaire, quand elle fe feroit levée
un peu avant le jour pour vaquer
aux affaires du ménage, elle que le

Q v

fieur Palhès difoit, quand il vouloit la marier, être *très-pénible*, fa mere étant d'ailleurs fortie? Le fieur Palhès a tort de s'étonner qu'elle fût fortie *vers* les fix heures du matin. Il n'y a là rien d'extraordinaire. Elle avoit été peut-être à la premiere Meffe, & l'on fait que, dans les villages, elle fe dit avant que les gens fe rendent au travail. Enfin, il fuffit que ces détails ne choquent pas la vraifemblance, & que le contraire ne foit pas prouvé, pour que la dénégation du fieur Palhès foit feule capable de les faire rejeter.

» Enfin, dit-il, une chofe auffi peu vraifemblable eft la rapidité de fes progrès.

» En parlant des tentatives du fieur Palhès, elle n'a pas dit qu'elles commencerent à la fin du mois de Décembre 1772, mais vers la fin de cette même année, ce qui eft bien différent. Ainfi, les progrès du fieur Palhès ne furent pas auffi rapides qu'il le fuppofe. Et quand il n'auroit eu qu'un mois pour préparer la chute de la demoifelle Rigal, affurément il en avoit affez pour féduire une fille fans expérience, vu fur-tout les facilités que lui donnoit l'intimité des deux familles pour profiter de cet intervalle.

» Quand le fieur Palhès fait valoir, comme une chofe fort effentielle, qu'il avoit paffé plufieurs années fans être touché des charmes de la demoifelle Rigal, il n'imagine pas qu'il parle contre lui ; car comment pouvoit-il être touché de charmes qui n'étoient pas encore formés ?

» Ce n'eft pas *dans les hiftoires amoureufes* qu'il faut chercher des exemples de la fragilité de la demoifelle Rigal ; jamais l'amour n'y a eu aucune part ; ce n'eft que fur des perfonnes du même âge que ce dieu féducteur fe plaît à lancer fes traits : jamais il ne fe mêla dans l'horrible abus de confiance qu'un homme peut commettre pour féduire la fille de fon ami, de laquelle il auroit prefque été le grand-pere. C'eft dans la perverfité d'un cœur dépravé qu'il faut chercher des exemples de ce crime affreux, s'il eft poffible d'en trouver quelque autre.

» Revenons donc toujours à cette réflexion frappante & décifive, qu'il

Q vj

faudroit que la demoiselle Rigal fût
la derniere des femmes, ou qu'elle
fût tombée dans la démence, pour
intenter une accusation calomnieuse,
à la place d'une accusation vraie, qui
lui promettoit une réparation certaine.
Or ni l'un ni l'autre de ces caracteres
ne lui convient : il n'en faut donc
pas davantage pour convaincre le sieur
Palhès.

» 2°. Le grand empressement de
ce séducteur à marier la demoiselle
Rigal, dans le temps de sa grossesse,
d'abord avec le sieur Dijaux, & ensuite avec le sieur Paire, est un indice des plus frappans qu'il est l'auteur de la séduction. Plusieurs témoins
certifient cette vérité.

» L'empressement du sieur Palhès à
marier la demoiselle Rigal, dans le
temps de sa grossesse, est bien constaté. Qui pourra n'y pas voir le besoin
qu'avoit le sieur Palhès de faire une
union qui dérobât son crime à la lumiere ? Pourquoi un si grand intérêt à
procurer un établissement à la demoiselle Rigal, lorsqu'elle fut grosse, tandis qu'auparavant le sieur Palhès n'y
avoit pas songé ? Pourquoi choisir pré-

cifément le fieur Paire, s'il n'avoit
rien ? Eft-ce agir en ami, que de
vouloir engager fon ami à donner fa
fille, avec une dot de quatre mille
livres *au moins*, à un homme qui n'a
rien ?

» 3°. S'il réfulte de la procédure,
que le fieur Palhès, de concert avec
le fieur Noguier, fon confident, fit
tous fes efforts pour rendre la demoifelle Rigal coupable de la calomnie la plus atroce, en lui faifant accufer le fieur Paire; il fera évident,
ou rien ne pourra jamais l'être, qu'il
eft l'auteur de la féduction. Or cela
eft victorieufement prouvé par la procédure.

» Il réfultoit de fes dépofitions, que
la demoifelle Rigal fut follicitée par le
fieur Noguier, confident du fieur Palhès *qui lui dit fon fecret*, d'accufer le fieur Paire; que lui Palhès dé-
firoit qu'elle le chargeât de fa groffeffe ;
*qu'elle devoit le faire, & que fi elle
le faifoit, rien ne lui manqueroit.* Or,
après cela, peut-on douter que le fieur
Palhès ne foit bien convaincu de féduction, & le fieur Noguier d'avoir été le
complice & le principal agent de l'af-

freufe calomnie tramée contre le fieur
Paire, pour mettre à couvert le coupable ?

» 4°. La procédure fournit, contre
le fieur Palhès, des preuves de fréquentation, de familiarité, d'affiduité
fufpectes, qui, fuivant la Jurifprudence de toutes les Cours, fuffifent
pour opérer la conviction, & qui,
jointes aux autres circonftances du Procès, la rendent éclatante.

» Après que tous les témoins ont
dépofé que le fieur Palhès vivoit dans
la plus grande intimité avec la famille
du fieur Rigal; que les deux maifons
n'en faifoient, pour ainfi dire, qu'une;
que la dame Rigal, fa fille & la femme
du fieur Palhès étoient prefque toujours enfemble, cela eft même convenu, plufieurs ont parlé des affiduités,
des familiarités particulieres du fieur
Palhès avec la demoifelle Rigal; ce
qui, au rapport du premier témoin,
fit dire à plufieurs perfonnes, lorfque
la groffeffe fut connue, que, quoiqu'on
en chargeât le fieur Paire, on étoit
convaincu que *le fieur Palhès en étoit*
fûrement l'auteur. Il réfulte de toutes
les dépofitions, que, lorfqu'on eut

découvert le myftere, le Public n'eut pas de peine à croire le fieur Palhès coupable.

» 5°. Enfin, à tant d'indices, de préfomptions, de preuves qui rendent la conviction du fieur Palhès parfaite, on peut ajouter la confufion dont il fut couvert à la confrontation qu'il fubit avec la demoifelle Rigal.

» Cet acte de procédure, particulier au crime de féduction, s'eft introduit dans la pratique, par la raifon qu'on regarde la déclaration de la fille comme une dépofition qui, pour produire fon effet, doit être fuivie, comme les autres, de la confrontation. C'eft par là que s'acheve la conviction, fi elle n'eft pas d'ailleurs complette. Il n'y a pas, en effet, de meilleur moyen de connoître la vérité, que de mettre aux prifes l'Accufé avec l'Accufatrice. C'eft dans ce combat falutaire que celui-là peut montrer qu'il eft innocent, en faifant à celle-ci des interpellations fur les faits détaillés dans fa déclaration, dont on lui fait lecture, fur le jour, l'heure, le lieu de la fcene; en un mot, fur mille circonftances qui peuvent faire tomber la Plaignante dans la contradiction.

» Quelle est la fille, quelque hardie qu'on la suppose, qui, si elle est calomniatrice, peut supporter un instant, sans se déconcerter, sans montrer devant ses Juges un embarras capable de déceler son imposture, l'entrevue, les reproches, l'indignation, les apostrophes sanglantes que, dans ces occasions, peut se permettre un homme qui joint à la supériorité de son sexe, & de son âge celle de son innocence? Or comment le sieur Palhès s'est-il tiré de cette épreuve, si propre à faire briller la sienne?

» Après avoir prêté serment avec la demoiselle Rigal de dire la vérité, le Juge les interpelle de déclarer s'ils se connoissent. Le sieur Palhès répond qu'il connoît la demoiselle Rigal ; & celle-ci, qu'elle connoît ledit Palhès *pour son malheur.*

» Après quoi, on fait lecture à l'un & à l'autre, de la déclaration de grossesse, & on les interpelle de déclarer s'ils contiennent vérité. La demoiselle Rigal assure l'affirmative, sans hésiter;

le sieur Palhès dénie, mais sans faire aucune objection à son Accusatrice, sans lui demander raison d'aucun des faits si bien circonstanciés dans sa déclaration.

» Là demoiselle Rigal au contraire lui soutient avec fermeté, » qu'il ne peut point dénier de l'avoir connue & rendue enceinte; d'avoir voulu la porter à se faire avorter; de l'avoir ensuite tourmentée & fait tourmenter par le sieur Noguier, pour charger de sa grossesse le sieur Paire; que ce fut pour remplir leurs vûes que, d'une part, il engagea son pere à venir avec lui, à Beziers, à la métairie d'Hortes; & que, d'autre part, ledit Noguier, profitant de l'absence de sa mere, qui étoit auprès de la fille du sieur Abbal, Chirurgien, griévement malade, vint la tirer de sa maison, & la conduisit chez la femme de Goudon sa sœur, où il commença de débiter, aux personnes qui y survenoient, qu'elle étoit enceinte des œuvres du sieur Paire; ce qu'elle se vit obligée de contredire en présence de quelques-unes desdites personnes, & que tout ce qu'a dit de contraire le sieur Palhès, dans ses interrogatoires, est faux «.

» Que réplique l'Accufé à des faits
fi précis, fi clairs, à des faits foutenus
avec tant de fermeté, par une fille fi
jeune, à un homme de 46 ans? Au
lieu de chercher au moins quelque raifon directe & plaufible fur tous ces
chefs, il fe contente de fe jeter fur
cette circonftance indifférente, » qu'il
ne pria pas le fieur Rigal d'aller avec
lui à la métairie d'Hortes ; que ce fut
ce dernier qui lui propofa de l'accompagner, & le pria de l'attendre jufqu'à
ce qu'il fe fût procuré une monture.
Il ajoute enfuite foiblement, que rien
de ce qu'a pu faire le fieur Noguier,
s'il a fait quelque chofe, n'a été fait
à fon inftigation, & que l'inutilité en
étoit d'autant plus évidente, que l'on
favoit à Montblanc que le fieur Paire
étoit l'auteur de la groffeffe ; que même
la femme de Bonafy, fa nourrice, ne
fe taifoit pas là-deffus «.

» Enfin la demoifelle Rigal perfifte
à dire de fon côté, » que le fieur
Paire n'a jamais eu aucune familiarité
avec elle ; qu'elle n'a jamais été connue que par le fieur Palhès, & qu'il
eft l'auteur de fa groffeffe «.

C'eft ainfi que cet Accufé a été

confondu par son Accusatrice, après l'avoir été par les présomptions, les circonstances, les indices les plus concluans, & par une foule de dépositions.

Par Arrêt rendu au mois d'Août 1778, le Parlement de Touloufe a infirmé la Sentence du premier Juge, & a condamné le sieur Palhès en 1800 livres de dommages & intérêts envers la demoifelle Rigal, en 1200 livres envers les pere & mere de la demoifelle Rigal, & en tous les dépens.

CONCOURS *de plaintes pour crimes graves entre un Prieur-Curé & un Procureur du Roi.*

CETTE affaire offre des fingularités frappantes : deux hommes, diftingués par leur état, un Prêtre, un homme public, qui ont été amis, qui vivoient fans reproches jufqu'à leur défunion, s'accufent réciproquement de crimes odieux. Si l'on admet leurs affertions refpectives, ils ont abufé tous deux de leur miniftere, violé les droits de l'humanité & les devoirs du citoyen.

Les Parties ne peuvent être en même temps accufatrices & accufées, quoiqu'elles puiffent être toutes coupables. L'ordre judiciaire veut que l'on détermine d'abord leur qualité.

Il ne s'agiffoit pas de rejeter l'une des deux plaintes ; mais de décider quelle étoit la plainte que l'on recevroit la premiere, avant de procéder fur l'autre.

La paroiffe de Saint-Cornier, à une lieue de Tinchebray, eft deffervie par

un Chanoine régulier de la Congréga-
tion de France, qui avoit depuis long-
temps une réputation scandaleuse. Le
bruit public, cette voix de la renommée, qui ne trompe pas toujours, s'é-
levoit contre lui, & le denonçoit à la
vengeance des Loix. Ses mœurs, qui
devoient porter l'empreinte de la fain-
teté de son état, étoient corrompues,
disoit-on, par les vices les plus infames.
*Il avoit révélé la confession ; il avoit
fait saigner sa servante, pour empêcher le fruit de son incontinence de
paroître ; il avoit engagé des jeunes
gens dans le libertinage ; il étoit im-
pur en paroles, en actions, en attou-
chemens ; il n'avoit su respecter ni les
temps, ni les lieux ; il avoit tout
profané ; il avoit dit la Messe avec
un air d'immodestie, après avoir bu
de l'eau-de-vie & mangé du pain ; enfin, il étoit un misérable, sans foi,
sans mœurs :* en un mot, l'enfant de
Dieu étoit devenu le plus criminel des
enfans des hommes.

Les imputations répandues sur le
compte du Prieur pouvoient être fausses, mais elles pouvoient être vraies.
Le sieur Duchesnay, Procureur du Roi,

fongeoit à faire informer, pour venger un innocent, ou punir un coupable. D'autres confidérations l'arrêterent, l'amour de la paix & l'intérêt de la Religion. D'un côté, il efpéra qu'en retardant encore l'éclat d'une pourfuite de cette nature, les bruits pourroient s'affoupir; de l'autre, il craignit quelque fcandale pour la Religion dans un pays rempli de Proteftans, qui peuvent confondre fa caufe avec les écarts de fes Miniftres.

M. l'Evêque de Baïeux vint adminif-trer la confirmation à Tinchebray. Il communiqua au fieur Duchefnay ce qu'il avoit appris de la prétendue in-conduite du Prieur de Saint-Cornier; il le pria de garder le filence, parce qu'il alloit fuivre une voie moins fcandaleufe, celle de rappeler le Prieur dans une maifon de fon Ordre, & l'engagea à l'accompagner à Saint-Cornier, où il vouloit faire une infor-mation.

Après fa vifite à Saint-Cornier, M. l'Evêque demanda hautement fi per-fonne n'avoit à fe plaindre du Prieur. Alors une foule de particuliers, engagés fans doute par le Doyen rural à dé-

poſer ce qu'ils pouvoient ſavoir, ſui-
virent ce Prélat à la Sacriſtie, où ils lui
confierent vraiſemblablement ce dont
ils avoient connoiſſance ſur la conduite
de leur Prieur. Dès le même jour, il
reçut ordre de ſe rendre le lendemain
au château de Flers, pour rendre compte
de ſa conduite.

Le Prieur s'apperçut que l'orage ſe
formoit contre lui, & qu'il étoit temps
de ſonger à le détourner. Le moyen le
plus ſimple étoit d'oppoſer à ces bruits
affreux, un certificat ſigné du plus grand
nombre des paroiſſiens, qui rendroient
un hommage public à la probité & aux
mœurs de leur Paſteur ; de s'y plaindre amérement qu'on a des ennemis
cruels, & que toutes les imputations
répandues ſont l'ouvrage odieux de la
plus noire calomnie. En conſéquence
on rédige une requête ou certificat,
où l'on s'efforce d'établir ſon innocence,
en accuſant tous ceux qui avoient oſé
dépoſer. Le Procureur du Roi n'y fut
pas plus épargné que les autres. On
porte, dit on, ce certificat de maiſons
en maiſons, chez ſes amis, chez ſes com-
pagnons de plaiſirs, chez les débiteurs
de ſes partiſans, chez les Fermiers des

dîmes : on le fait figner à des enfans;
à des gens de néant ; à ceux-ci par
menaces ; à ceux-là, fans leur en avoir
donné lecture ; & à la fin il fe trouve
foufcrit , dit-on, de deux cents fignatures. Cependant ce certificat ne fut
pas d'un grand poids auprès de l'E-
vêque.

Le Prieur prétend que , dans l'intervalle de la vifite de l'Evêque & de fa
révocation , fes ennemis, fes calomniateurs lui avoient adreffé des lettres anonymes remplies d'horreurs ; qu'ils avoient
adreffé à fes Supérieurs des libelles diffamatoires , dont l'un étoit foufcrit
de cent quinze ou cent feize fignatures , qui furent déclarées fauffes , fur
l'information que fit le Prieur Dupleffis , par l'ordre de l'Abbé de Sainte-
Génevieve.

Quoiqu'il en foit , quatre mois après
la vifite de l'Evêque , le Prieur Dupleffis fit fignifier au Prieur de Saint-Cornier une obédience de l'Abbé de Sainte-
Génevieve, par laquelle il lui étoit enjoint de fe rendre dans une Communauté de fon Ordre. Le Prieur en appela comme d'abus, &, peu de temps
après , il obtint un Arrêt qui le main-
tint

tint provifoirement dans la poffeffion de
fon bénéfice.

Tant que le Prieur de Saint-Cornier
n'eut contre lui que l'opinion de fes
paroiffiens; tant que fa conduite, cachée
dans l'ombre, n'eut pas frappé l'œil attentif des Supérieurs, il crut avoir intérêt d'obferver le plus profond filence,
& il fe garda bien de demander à informer contre qui que ce fût, de peur
de donner le fignal d'une information
contraire, qu'il avoit peut-être lieu de
redouter ; mais fes Supérieurs étant
inftruits, le Public ayant déchiré, à leurs
yeux, le voile qui couvroit la conduite
du Prieur, il falloit qu'il cherchât à fe
juftifier : autrement il eût confirmé les
bruits répandus contre lui , & eût paffé
pour vraiment coupable.

D'ailleurs ; il eft probable que , fi
l'Abbé de Sainte-Génevieve ne fe pour-
vut pas contre l'Arrêt qui le maintenoit
en poffeffion de fon bénéfice, ce ne fut
que fous la condition néceffaire qu'il
fe laveroit des imputations qui lui
étoient faites. Il n'étoit donc pas poffible de garder plus long-temps le filence.

Mais quel parti prendre ? Il n'y en

Tome X.   R

avoit qu'un pour un homme dont la conscience eût été pure & tranquille. C'étoit, ce semble, de solliciter le Ministere public de faire informer si les faits imputés étoient vrais. Cet homme, assuré sur sa probité, eût attendu avec confiance sa justification ; & cette justification n'eût pu être équivoque. Il préféra de suivre sa premiere marche, c'est-à-dire, de supposer des ennemis, des calomniateurs, des fabricateurs de libelles, & de demander à informer contre eux.

Le Prieur présenta donc une Requête en plainte au siége de Tinchebray. Il n'y indiqua encore personne en particulier. Il demanda permission d'informer en termes généraux contre des *méchans qui auroient dit ou entendu dire qu'il fréquentoit les cabarets, célébroit rarement la Grand'Messe, ne disoit point de bréviaire, avoit des familiarités scandaleuses avec ses servantes & d'autres personnes du sexe, révéloit la confession, avoit donné des drogues à sa servante pour empêcher les événemens de sa grossesse, disoit la Messe après avoir bu & mangé, enfin se livroit à tous les excès où un* homme peut se porter. Il demandoit aussi, par la même Requête, à informer contre ceux qui auroient fabriqué des lettres anonymes contre lui.

Cette Requête fut adressée au sieur Duchesnay pour y mettre des conclusions.

Voici ses conclusions :

Le Procureur du Roi, auquel on a seulement communiqué la présente plainte, considérant qu'il est notoire & public que plusieurs personnes notables de la paroisse de Saint-Cornier ont été invitées, de la part du Seigneur Evêque de Baïeux, lors de sa visite dans ladite paroisse, de lui donner des connoissances sur les plaintes qu'il pouvoit avoir reçues de la conduite du suppliant, ce qu'ils ont apparemment fait ; que M. l'Abbé de Sainte-Génevieve, son Supérieur régulier, de l'agrément du Seigneur Evêque, l'auroit révoqué de son bénéfice & rappelé dans une maison de son Ordre, ce qu'il auroit fait signifier ; que la présente plainte, tant qu'elle seroit dirigée contre les mêmes personnes que ledit Seigneur Evêque avoit jugé à propos de consulter, paroîtroit

R ij

récriminatoire, & porteroit atteinte à la jurisdiction & discipline que M. l'Abbé de Sainte-Géneviève a droit d'exercer sur ses Religieux, & ledit Seigneur Evêque sur les Ecclésiastiques de son diocese, & qu'ils n'exercent sûrement pas sans fondement ; considérant enfin qu'il existe au Greffe un procès-verbal de l'effraction & vol du tronc de la Vierge de la paroisse de Saint-Cornier, fait à la requête dudit sieur Procureur du Roi, où l'auteur de ladite effraction & vol y est indiqué, & sur lequel ledit sieur Procureur du Roi se réserve à faire informer, ainsi que sur tous autres faits qu'il croira nécessaires ; requiert pour le Roi, q'uil soit sursis à faire droit sur la présente, jusques après ladite information, qu'il entend requérir & être faite incessamment. Fait ce 20 Décembre 1774, sous toutes réserves.

Le Juge de Tinchebray ne crut pas devoir suivre ces conclusions, & permit au Prieur d'informer.

Le Procureur du Roi crut devoir prendre les conseils de M. le Procureur-Général sur cette affaire ; il lui envoya copie de la plainte du Prieur, & copie du réquisitoire qu'il avoit dessein de donner. Comme toutes ces opérations demandoient des délais, & qu'il croyoit intéressant d'aller en avant, il commença, en attendant la réponse de M. le Procureur Général, & la vérification des faits, par donner un réquisitoire tendant à informer contre les auteurs du vol avec effraction commis à un tronc placé aux pieds de la statue de la Vierge de l'église de Saint-Cornier, dont il avoit fait dresser procès-verbal dès le 11 Janvier 1774, & sur lequel il avoit négligé de poursuivre.

Ce vol étoit, si l'on veut, peu de chose en lui-même, mais enfin chargé de veiller à la sûreté publique, tout ce qui peut y porter atteinte doit intéresser l'Officier public.

Il donna donc son réquisitoire à cet effet, le 27 Décembre, & seulement avec réserves, & comme le préliminaire d'une plainte plus grave. Nouvelles contradictions de la part du Juge de Tinchebray. Il envisagea les choses sous une autre face, & ne fit pas droit sur le réquisitoire.

R iij

Dans ces circonſtances, le ſieur Ducheſnay reçut une lettre de M. le Procureur-Général, qui approuva le plan
qu'il s'étoit propoſé, & l'engagea à le
ſuivre.

Voici cette lettre.

» Après avoir examiné avec attention, Monſieur, les moyens que vous
me donnez ſur l'affaire du Prieur de
Saint-Cornier, je vois une affaire majeure & qui mérite toute votre activité.
Si les faits ſont rapportés, c'eſt un mi-
ſérable qui déshonore ſon miniſtere &
qui mérite de ſervir d'exemple. La Requête qu'il a préſentée, & qui eſt ſouſ-
crite d'ordonnance, n'y fera rien ; vous
avez le droit, ſuivant l'Ordonnance,
d'aller en avant, ſans attendre le Juge
d'Egliſe. C'eſt à l'Eccléſiaſtique accuſé
à demander ſon privilége : alors l'Official réclame, & l'inſtruction devient
conjointe. J'écris en conſéquence à
M. le Lieutenant-Général de votre Bailliage. Il eſt de l'honneur des Juges de
ne jamais laiſſer le crime impuni. Je
ſuis, &c. «.

Le ſieur Ducheſnay ne balança plus,
& rédigea un nouveau réquiſitoire plus

ample que le premier, tendant à informer de tous les faits publiés contre le Prieur.

Il a fait imprimer le préambule de son réquisitoire, comme étant l'expreſſion de ſes vrais ſentimens & le témoignage des ſeuls motifs qui le guidoient.

» Remontre Jacques-Jean Ducheſnay, &c.

» Que rien n'eſt plus dangereux pour la Religion & pour la Societé, que les mauvais exemples & les ſcandales de ceux qui, par leur état & leur miniſtere, doivent inſtruire les Fideles & leur ſervir de guides dans la pratique des vertus chrétiennes. Les perſonnes en place, déréglées dans leurs mœurs, font beaucoup plus de mal que ne peuvent faire de bien les plus vertueux ; ils déshonorent non ſeulement l'Egliſe, mais encore ils détournent de la vraie foi ceux qui ſont témoins de leurs ſcandales, & autoriſent les libertins dans leurs erreurs & leurs déréglemens ; ils ébranlent même le cœur & la foi des plus vertueux. Mais ce qui feroit le plus grand tort à la Religion, ce ſeroit ſi les Supérieurs eccléſiaſtiques & laïques approu-

voient par leur silence une telle incon-
duite. La Religion, l'Eglise & la Société ont donc le plus grand intérêt
à faire cesser les scandales & en punir
les auteurs.

Dès le premier Février, il fit entendre ses témoins ; cette démarche ré-
veilla à son tour le Prieur. Depuis le
22 Décembre, que sa plainte avoit été
répondue, il avoit gardé le silence ;
& il ne commença son information que
le 10 Février, c'est-à-dire, près de
deux mois après.

Cependant le Procureur du Roi devoit faire publier un de ses monitoires
à la paroisse de Saint-Cornier. Mais le
Prieur & son Vicaire se trouvant chargés, il ne pouvoit se servir d'eux à cet
effet. Il demanda qu'on nommât un
autre Prêtre pour faire cette publication.
Le Juge en nomma un, qui s'excusa,
lors de la signification de l'ordonnance
du Juge. Cela retarda la publication
d'une huitaine. Enfin, le Prêtre nommé
consentit à faire la publication, à condition cependant qu'il seroit accompagné de Sergens pour le conduire & le
remener, tant il craignoit le zele des
amis du Prieur. Mais celui-ci, qui avoit

le plus grand intérêt que ce monitoire ne fût pas publié à Saint Cornier, puisqu'on disoit alors qu'il y auroit dans cette paroisse plus de 500 révélans, fit signifier une opposition le 19 Février. Le sieur Duchesnay le fit assigner le 21 pour comparoir le 23, aux fins de l'en faire débouter ; le Juge refusa l'audience, & le sieur Duchesnay fut contraint de dresser procès-verbal de ce refus.

Arrêté ainsi dans sa marche, il crut devoir avertir M. le Procureur-Général des obstacles qu'on opposoit à chaque pas pour retarder son information, & donner lieu au Prieur de faire la sienne. Il fut en démêler les causes, & il donna son réquisitoire au Parlement de Normandie, pour obtenir un compulsoire. Arrêt intervint le 14 Mars, qui ordonnoit que toutes les pieces seroient compulsées, & cette Cour fut saisie du Procès.

Le Prieur de Saint-Cornier sentit qu'il étoit pour lui du plus grand intérêt d'arrêter l'information commencée, & d'empêcher qu'elle ne se poursuivît au Parlement.

Il présente une Requête en addition

de plainte. Il n'y attaque pas encore ouvertement le Procureur du Roi ; mais
il infinue que les atrocités contenues
dans la première plainte, & les nouvelles ajoutées dans la feconde, font
l'ouvrage de fa haine & de fon acharnement contre lui.

» Ne croyez plus, difoit le Prieur
dans un Mémoire imprimé, non fignifié, à la réputation du Procureur du Roi
de Tinchebray. Ce n'eft pas un Magiftrat integre & impartial, un homme
pur dans fes mœurs, & irréprochable
dans fa conduite, comme on ofe le
dire par-tout. C'eft le plus criminel de
tous les hommes ; c'eft un Juge inique,
qui a abufé de fon miniftere par les
voies les plus odieufes : c'eft lui qui a
formé une ligue pour me perdre ; qui a
fabriqué les Mémoires diffamatoires qui
m'ont été adreffés, ainfi que les fignatures
dont ils étoient foufcrits ; c'eft lui qui a
fuborné des témoins pour dépofer contre
moi. Les faits confignés dans fes réqui-
fitoires n'ont été avancés que pour empêcher l'effet de ma plainte, dont il devoit craindre l'événement. D'après cela,
le réquifitoires ne doivent-ils pas être
déclarés récriminatoires ? ma plainte ne
doit-elle pas être préférée ; & le Procu-

reur du Roi regardé, non comme un homme public, mais comme le chef de mes ennemis « ?

Le Parlement, déterminé fans doute par l'antériorité de la plainte du Prieur, & par la gravité des faits qu'elle conte-noit, peut-être par les imputations du Prieur, & par les motifs apparens de la haine qu'il fuppofoit, préféra fa plainte. M. le Procureur Général fe rendit ap-pelant de l'Ordonnance qui permettoit au Prieur de faire informer au préjudice de la furféance demandée par le Procu-reur du Roi ; mais la Cour jugea la plainte du Prieur préférable à fes réqui-fitoires, &, fur le vu de l'information, elle le décréta d'ajournement perfon-nel, fix autres de prife de corps, & deux autres encore d'ajournement per-fonnel. Le fieur Duchefnay préfenta auffi tôt fa Requête pour être reçu à prê-ter interrogatoire, & il fubit un examen d'onze heures.

Le fieur Duchefnay, ne confidérant que fa qualité d'accufé, fe borna à éta-blir fon innocence, fans difcuter les preuves des faits de l'information faite à fa requête contre le Prieur de Saint-Cornier.

R vj

» Cependant, difoit il, s'il étoit prouvé
que le Prieur a commis tous les crimes
qu'on lui impute , quelle forte préfomption ne s'éleveroit pas pour moi ?
Ne croiroit-on pas fans peine , que celui
qui a pu être adultere , facrilége , &c.
a pu être calomniateur ? car tout crime
devient facile à qui a pu en commettre
un. Ne verroit-on pas clairement que
l'accufation du Prieur n'auroit été ima-
ginée que pour détourner l'information
faite contre lui ? Mais à cette préfomption , dont je ne puis me fervir
qu'indirectement , j'en joins une qui
m'eft permife : ce font les démarches
fourdes du Prieur & de fes partifans ,
depuis que je fuis accufé. On a prêché
avec véhémence , le jour de la fête du
Prieur , contre ceux qui calomnioient
les Prêtres , & qui ofoient révéler leur
conduite. Par-là on cherchoit à arrêter
les témoins , & à empêcher mon information , en jetant l'épouvante dans
des confciences foibles & timorées. Ce
n'étoit pas affez d'écarter les preuves
contre le Prieur , il falloit en acquérir
contre moi. Une fille , pénétrée d'un
faint zele pour le Prieur , va folliciter
le fieur le Roi , Chirurgien , de dé-

pofer-contre moi, & cherche par-tout
des témoins à mon adverfaire. On court
aux prifons, on dit aux accufés que
j'ai tout révélé ; que je rejette fur eux
tous les crimes qu'on m'impute, &
qu'ainfi ils ne me doivent plus aucun
ménagement : on les engage même à
dépofer contre moi, en leur pro-
mettant que c'eft le feul moyen de fe
tirer d'affaire ; mais cette rufe ne réuffit
pas. Les accufés, qui, fur un pareil
rapport, fe fuffent crus fans doute
autorifés à fe venger de moi, s'ils
en avoient eu quelques moyens, ré-
pondirent tous : *Cela n'eft pas poffi-*
ble ; il ne s'eft pas comporté de cette
maniere ; c'eft pour nous faire par-
ler ; mais nous ne favons rien fur
fon compte. Que n'imagine-t-on pas
encore ? Le Prieur avoit dit, dans fon
libelle imprimé, que j'étois l'ami de
Dumanoir, que nous travaillions de
concert à le perdre. On va trouver le
Clerc du Procureur de Dumanoir ;
on l'engage à lui écrire pour lui con-
feiller de prendre la fuite, & de fe
dérober aux pourfuites de la Juftice ;
on lui fait envifager l'avenir le plus
funéfte, s'il refte plus long-temps dans

son pays ; on cherche à l'intimider par
de faux rapports, & on le presse, avec
le plus vif intérêt, de passer chez l'E-
tranger; on lui dit même qu'on a obtenu, du porteur de pouvoirs du
Prieur, quelques jours d'inaction pour
faciliter sa fuite. On sent quel étoit
le but de mes adversaires. Dumanoir,
en disparoissant, avouoit son crime.
Alors il devenoit certain que le Prieur
avoit eu des ennemis, & que les imputations qui lui étoient faites étoient
leur ouvrage. Alors, à raison de ma
prétendue liaison avec Dumanoir, on
étendoit jusques à moi l'aveu tacite
de son crime. Mais Dumanoir resta «.

Voici les moyens que le Prieur de
Saint Cornier opposoit au Procureur du
Roi.

» Pour arrêter les suites de ma
plainte & me perdre, disoit-il, on
avoit d'abord tenté les diffamations
verbales, des lettres anonymes, des
libelles affreux, de fausses signatures,
& même les réquisitoires du Procureur du Roi. Le sieur Duchesnay, qui
en étoit l'auteur, fabrique un nouveau
réquisitoire, postérieur de quinze jours
à celui qui avoit pour objet le bris de

tronc. Dans le premier, il n'y avoit que quinze faits ; dans le dernier, il s'y en trouve cinquante-fept, tous plus graves les uns que les autres. Le Juge fentit la néceffité d'en ordonner l'information. Mais ces faits font, à peu près, les mêmes que ceux qui étoient contenus dans les libelles diffamatoires ; & ces faits, après l'information faite par le Prieur Dupleffis, s'étoient trouvés faux, & les fignatures appofées, fauffes & contrefaites. Le procès-verbal du Commiffaire qui a informé de ma conduite, par ordre de M. l'Intendant de Caen, doit contenir la même chofe, & fervir à prouver la fauffeté de ces faits.

» J'ai joint les libelles qui contenoient ces faits odieux & faux à ma plainte par addition, & dans cette plainte, j'offre de prouver les faits les plus graves & les plus circonftanciés. Ils ne tendoient à rien moins qu'à faire conftater un affaffinat, qu'on s'eft efforcé de commettre en ma perfonne, & une fabrication de faux témoins.

» C'eft dans ces circonftances que le Procureur du Roi refufe de donner des conclufions fur ma plainte, &

juge à propos de requérir qu'il foit furfis à fon exécution. N'eft-ce pas une preuve manifefte qu'il étoit l'auteur de la cabale & des complots tramés contre moi ?

” Qu'on confidere encore fa conduite à mon égard , à l'occafion de ce prétendu bris de tronc. Voici la réalité de ce fantôme, qu'on a agrandi pour m'en accabler.

” Le fieur Seigneur, Prêtre , pendant la durée de fon vicariat, avoit placé, de fon propre mouvement, un tronc aux pieds de la ftatue de la Vierge. J'obferverai que les offrandes qui s'y trouvoient, fervoient à l'entretien du blanchiffage des linges de la Vierge ; j'obfervai que le fieur Seigneur avoit fait mettre une petite ferrure à ce tronc, que j'avois toujours été faifi de la clef, que j'avois toujours perçu les offrandes, & que je les avois employées à l'ufage deftiné ; j'obfervai qu'il y a environ un an & demi, la Blanchiffeufe vint pour prendre le linge & pour chercher fon falaire : je me tranfportai à l'églife ; je cherchai la clef du tronc ; j'y trouvai 16 à 17 fols : j'obfervai encore que tous ces faits fe passerent en présence de différentes personnes, & qu'à ce moyen il n'étoit pas possible de traiter cette action de vol avec effraction. J'en convins, dès que le Procureur du Roi, mal intentionné pour moi, en fit dresser procès-verbal ; & depuis ce temps je n'avois pas été inquiété à ce sujet ; je ne le méritois pas. Sur ma requête, nous comparûmes devant le Juge, qui fit droit sur mon opposition. C'est ainsi que les choses se passerent.

» Je ferai toutefois remarquer que ce bris de tronc, qui n'est rien en lui-même, a excité nombre de fois le ministere attentif du sieur Procureur du Roi ; trois fois il m'a voulu poursuivre, en traitant cette action en termes qui pourroient caractériser un grand crime : *bris de tronc & vol avec effraction*. Ne croiroit-on pas que j'ai tout brisé & tout volé ? Cependant je n'ai, tout au plus, commis qu'une légere imprudence. Qu'ai-je fait ? J'ai, en présence de différentes personnes, & après avoir cherché la clef du tronc, qui ne se trouva pas, ouvert ce tronc avec un petit instrument ; mais ce n'é-toit pas pour le voler : 1°. je n'aurois pas pris de témoins : 2°. j'avois seul la clef de ce tronc ; je l'avois quand je voulois ; j'en prenois les offrandes, comme mes prédécesseurs, pour faire blanchir le linge de la Sainte-Vierge (elles n'étoient pas encore suffisantes). Si j'eusse eu dessein de voler ce tronc, il m'auroit donc été facile de le faire ; cette imputation tombe donc d'elle-même : aussi, toutes les fois que le sieur Procureur du Roi a voulu me poursuivre, le Juge de Tinchebray a cru, avec raison, qu'il ne le devoit pas ; & tout le crime qu'on y voit, c'est l'acharnement marqué du Procureur du Roi, dont je vais démontrer la réalité & les effets.

» S'il est prouvé, par mon information, que tous les témoins qu'a fait entendre le Procureur du Roi, avoient formé le projet de me perdre, qu'ils sont les auteurs ou complices des Mémoires & libelles calomnieux qui ont été envoyés à mes Supérieurs, & qui ont occasionné leur prévention & leurs démarches contre moi, il en résulte qu'il n'y auroit pas de crime de ma part, & que ceux dont on m'accuse ne seroient que le résultat d'une machination noire , tramée contre ma liberté & ma vie.

» Or il doit être rapporté dans mon information, qu'on s'étoit attroupé *pour me faire f..... le camp ;* que *sept à huit perfonnes étoient bien capables de faire décamper un homme d'une paroiffe ;* que le fieur Procureur du Roi étoit le premier de la cabale, & Dumanoir le fecond ; que Cailletet difoit : *Il y a ici un lapin qui ne ménage pas le Prieur, & ce lapin eft le Procureur du Roi ; le Procureur du Roi écrira contre lui au Général de l'Ordre pour le faire enfermer.*

» On doit y lire encore , que le Procureur du Roi dictoit contre moi des Mémoires ; qu'un quidam fut requis par lui-d'écrire une Requête contre moi, pour la préfenter à M. l'Evêque de Baïeux ; qu'elle lui fut dictée par le Procureur du Roi ; qu'il demanda à une perfonne fi elle s'étoit réfervée au monitoire ; que cette perfonne ayant répondu *qu'elle n'y avoit pas affaire ,* il repartit que *fi ,* & lui dit : *Quand je vous aurai parlé , vous y aurez affaire ;* que Guillaume Du-

chefnay , Cailletet & Dubois difoient
qu'il falloit tous fe réunir pour *faire*
f.... le camp à ce grand b...... là , qui
méritoit d'être brûlé ; que le fieur Duchefnay avoit auffi voulu donner à dîner à quelqu'un , pour l'engager à rapporter à M. l'Evêque que le Prieur
avoit volé 12 à 18 livres «.

Or, de tous ces faits , ne réfulte-
t-il pas que le fieur Duchefnay & fes
adjoints avoient machiné la perte du
Prieur ; qu'ils étoient les auteurs des
libelles diffamans écrits contre lui ?
Dès-lors , en prouvant que les faits ,
articulés dans la plainte du Procureur
du Roi , ne font que l'ouvrage de
la haine & de la calomnie , dès-lors
il n'y a pas de crime du côté du
Prieur , & fa plainte doit avoir la
préférence.

Les témoins entendus dans la plainte
du Procureur du Roi font , pour la
plupart , fes partifans , fes complices
dans le projet tramé contre le Prieur :
ils font donc reprochables , & leur dépofition eft nulle & récriminatoire.

Lorfque l'on donne deux plaintes
dans le même temps , on ne doit pas
toujours regarder comme récriminatoire

la seconde : c'est ce qui fait qu'on n'a pas quelquefois égard à la date de la plainte pour savoir laquelle des deux doit être regardée comme récriminatoire. Cependant il paroîtroit que l'esprit de l'Ordonnance de 1670 seroit que celui qui s'est plaint le premier doit être regardé comme l'accusateur; car pourquoi enjoint-elle que les plaintes porteront date du jour qu'elles auront été répondues? C'est afin qu'on connoisse quel est le premier plaignant, quel est l'accusateur ; car c'est une maxime constante parmi nous, comme chez les Romains, que l'on n'est point reçu à récriminer, & que celui qui a le premier frappé l'oreille du Juge, est le seul regardé comme le vrai accusateur, &c. La date est nécessaire aux plaintes, pour mettre le Juge en état de pouvoir distinguer, dans le concours de deux plaintes rendues pour le même délit, laquelle des deux seroit faite par récrimination, & par conséquent lequel des deux plaignans doit demeurer l'accusateur ou l'accusé.

Cependant, comme il peut arriver que les plaintes soient rendues dans le même instant, ou que l'agresseur affecte

de profiter du temps où le bleſſé ſeroit
occupé de ſa guériſon, pour prévenir,
par ſa plainte, celle dont il ſeroit menacé par ce dernier, l'on a trouvé plus
convenable de laiſſer aux Juges la liberté d'informer ſur l'une & l'autre
de ces plaintes.

Si cette plainte n'étoit pas récriminatoire, pourquoi ne l'avoit-on pas
donnée plus tôt ? Pourquoi, depuis un
an & demi que le Procureur du Roi
avoit cherché à inquiéter le Prieur pour
le bris de tronc, qui n'étoit qu'une
imprudence de ſa part, n'avoit-il pas
donné ſon réquiſitoire, pour demander à informer des faits dont on ac-
cuſe aujourd'hui le Prieur ? Dans les
huit premieres années que le Prieur a
demeuré à Saint-Cornier, le Procureur
du Roi a gardé le ſilence, & ne lui a
rien reproché ſur ſa conduite & ſur ſes
mœurs. En un mot, diſoit le Prieur,
depuis douze ans je ſuis dans mon bénéfice ; je ſuis généralement aimé de
mes paroiſſiens ; je l'ai été également
du ſieur Procureur du Roi ; je le ſerois
encore, ſi je n'euſſe pas loué ma dîme
à un autre. Il m'en a voulu ; il a cherché à me faire de la peine ; il s'eſt aſ-

focié quelques gens à lui ; ils ont cherché à me perdre ; ils ont vomi contre moi des horreurs ; ils ont écrit des lettres anonymes ; des libelles diffamatoires ; ils en ont envoyé à mes Supérieurs ; enfin ils ont juré ma perte. J'ai été informé de leur complot ; j'ai présenté ma plainte le 22 Décembre 1774 ; j'ai demandé à informer. Il doit être prouvé qu'ils se font ligués à huit pour me perdre ; il doit être prouvé qu'ils ont écrit des lettres anonymes & Mémoires foufcrits de fauffes fignatures ; que le fieur Procureur du Roi eft le chef de la cabale ; que c'eft lui qui a dicté les Mémoires, qu'il eft mon ennemi cruel. Dans cet état, le fieur Procureur du Roi a donné fon réquifitoire le 28 Janvier 1775, plus d'un mois après ma plainte ; il a fait entendre pour témoins les auteurs ou complices des Mémoires diffamatoires, ceux qui avoient comploté avec lui de me perdre. Or tous ces témoins, ainfi que le fieur Procureur du Roi, font mes Parties. D'après cet expofé, la plainte du fieur Procureur du Roi de Tinchebray ne doit-elle pas être récrimina-

toire, & la mienne ne doit-elle pas
être préférée ?

En matiere de préférence de plaintes,
quelles sont les regles généralement in-
diquées & suivies ?

Tous les Criminalistes conviennent
que l'on doit considérer la date des plaintes, la gravité des faits, & l'état des
preuves respectives.

1°. En général, celui qui se plaint le
premier est réputé avoir eu raison de se
plaindre ; le silence de sa Partie justifie
sa réclamation : d'autre part, celui qui
saisit d'abord le Tribunal, semble avoir
droit d'exiger que l'on s'occupe de son
affaire par préférence : enfin, celui qui
ne se plaint qu'après une accusation
formée contre lui, paroît uniquement
récriminer ; on voit bien qu'il accuse
parce qu'on l'accuse, & qu'il auroit
gardé le silence si sa Partie l'avoit gardé ;
d'où l'on doit induire qu'il n'est pas
l'offensé.

Or, comme il n'est question que
de suspendre sa plainte & d'admettre
provisoirement ce qui est vraisemblable, la plainte originaire doit être préférée.

En

En partant de ces principes connus, il est clair que le Prieur de Saint-Cornier doit être préféré au réquisitoire du Procureur du Roi de Tinchebray ; sa plainte est en effet bien antérieure. Il est vrai que cet homme public avoit insinué précédemment qu'il pourroit se plaindre ; mais des menaces, qui pouvoient n'avoir pour but que d'intimider le Prieur de Saint-Cornier & d'arrêter sa plainte, ne tiennent pas lieu d'une plainte réguliere. Disons même plus : l'homme public, qui doit être impartial & actif, n'auroit pas suspendu, s'il les avoit cru fondées ; il auroit d'ailleurs employé contre son ennemi plus de chaleur que contre tout autre.

Les différens réquisitoires de l'homme public de Tinchebray sont encore un moyen puissant contre lui : d'abord il semble n'imputer au Prieur que le bris du tronc ; ensuite il pose quelques autres crimes ; enfin il multiplie à l'excès les accusations. Il devoit les connoître toutes bien auparavant : sa retenue à les proposer annonce sa défiance, & dirige encore les présomptions contre lui.

Tome X.   S

2°. L'antériorité d'une plainte n'est pas toujours une raison absolue de préférence. Toutes choses égales, cette antériorité détermine, quand elle est considérable, comme dans l'espece ; mais on consulte la gravité des faits respectivement posés. Si le premier plaignant n'énonce que des délits foibles ou privés ; si le second présente des attentats caractérisés, qui blessent l'ordre public, l'intérêt général l'emporte alors sur l'intérêt particulier ; la seconde plainte est préférée.

En appliquant ces principes, on voit, d'un côté, libertinage odieux, vol dans l'église, profanation du saint ministere, abus de confession & des plus saints devoirs. Voilà ce qu'on reproche au Prieur de Saint-Cornier.

D'un autre côté, le Prieur accuse ses ennemis, & le Procureur du Roi sur-tout, d'avoir concerté sa perte ; en conséquence, d'avoir imaginé les crimes qui lui sont imputés ; d'avoir arrêté qu'ils l'en accuseroient ; d'avoir en conséquence fabriqué des libelles envoyés à ses Supérieurs ; d'avoir supposé des personnes comme auteurs de ces libelles, & contrefait les signatures de ces perſonnes; d'avoir ſuborné des témoins & médité des aſſaſſinats; & les crimes qu'il préſente ſont peut-être plus géminés, plus réfléchis, plus noirs, plus bas, plus contraires à l'ordre que les autres.

Pourquoi, puiſqu'il faut commencer l'inſtruction par une des deux plaintes, ne ſuivroit-on pas préférablement celle qui eſt donnée la premiere? La gravité des faits étant égale, l'antériorité de la plainte eſt déciſive.

D'ailleurs, ſi la recherche & la punition des crimes ſont importantes au repos public, il eſt plus utile d'approfondir, de fixer, de punir le crime d'un grand nombre, que le crime d'un ſeul. Si les faits, dont le Prieur de Saint Cornier ſe plaint, ſont vrais, ils indiquent bien des coupables, ſur leſquels la Juſtice doit veiller. Ici ſe rencontre le plus grand intérêt public; ici l'accélération eſt ſur-tout néceſſaire.

3°. L'état des preuves fournies ſur chaque plainte eſt la troiſieme regle que l'on conſulte pour la préférence.

Le Juge reçoit à la fois deux plaintes; il permet d'informer ſur chacune;

S ij

il pese les preuves ; & d'après l'antériorité
de date , la gravité comparée des faits ,
& ces mêmes preuves , il décide de
la préférence. Telle est la marche.

Dans l'espece , de quel côté se trouve
la prépondérance des preuves ?

La plainte du Prieur de Saint-Cornier,
& celle du Procureur du Roi de Tinchebray , doivent être également prouvées ; mais les preuves du Prieur de
Saint-Cornier ont un double avantage,
qui manque à celle du Procureur du Roi.

1°. Ces preuves établissent que les
crimes imputés au Prieur sont une pure
supposition , que l'on est convenu de
faire pour le perdre.

2°. Ces mêmes preuves établissent que
les auteurs de cette supposition sont ceux
même que l'homme du Roi administre
pour la constater.

Il faut que les témoins de l'une ou
de l'autre plainte soient des faussaires.
Sur quels témoins tombera le soupçon ?
Ce sera sur ceux du sieur Prieur. Mais
on ne lui reproche aucun fait de subor-
nation. Le soupçon tombera-t-il sur les
témoins administrés par le Procureur du
Roi ? Oui , nécessairement ; parce que
les témoins non suspects du Prieur , chas-

gent les témoins de son adverfaire ; parce qu'ils les préfentent comme Parties , comme coupables.

Il y a donc déjà une différence ef-fentielle entre les témoins de chaque plainte. Les uns font fufpeds, les au-tres ne le font pas. La Juftice ne peut donc balancer à préférer une plainte étayée par des témoins dignes de foi. Si ces témoins né font pas dans la fuite foutenus & démontrés fauffaires, ils tran-chent toutes les difficultés ; ils prouvent, & que la plainte du Prieur eft bien fon-dée , & que l'accufation de fon adver-faire eft fauffe , & qu'elle n'a pour té-moins que fes conforts.

Maintenant les témoins du Prieur n'étant pas fufpeds , il eft néceffaire de partir de là , & d'en induire que le Prieur de Saint-Cornier eft feul dans le cas de fe plaindre. Il fera même im-poffible de recevoir l'accufation de l'homme du Roi ; car, fes témoins étant chargés par ceux du Prieur, lefquels font irréprochables , l'accufation s'éva-nouira , l'homme du Roi n'aura qu'un moyen de fe fauver lui & fes conforts ; ce fera de foutenir que les témoins du

Prieur font fubornés; autrement ils feront la loi.

D'ailleurs, la Juftice n'eft pas réduite à fixer les deux informations; elle a d'autres moyens de fe déterminer.

Il ne faut pas confondre l'efpece actuelle avec l'hypothefe, où l'on fe plaindroit refpectivement pour des crimes différens ; où chaque plaignant adminiftreroit des témoins qui n'auroient pas d'intérêt à la chofe, & qui ne fe chargeroient pas mutuellement. La Juftice leur devant une crédulité égale, pourroit balancer, fi l'autorité de la plainte & la nature des faits ne la décidoient point. Mais le doute ceffé, lorfque les témoins non fupects d'une plainte, détruifent la foi qu'on doit à ceux d'une autre. Ce doute difparoît fur-tout, lorfque des actes certains confirment la dépofition des témoins non fufpects.

Or les Mémoires envoyés contre le Prieur, font foufcrits de fignatures défavouées par ceux dont on fuppofoit les noms. Le défaveu de ces perfonnes eft au pied des actes mêmes. Voilà donc

tire premiere preuve écrite de la machination. Cette preuve tourne tous les
foupçons contre ceux qu'elle indique ;
elle les préfente comme des coupables
dont la Juftice doit s'emparer.

S'il préfente fa plainte, ce n'eft point
parce qu'il redoute celle de fon adverfaire , puifqu'elle n'auroit pas été
donnée ; ce n'eft point pour prévenir
les démarches de l'homme public ,
car ce n'étoit pas affez de donner
une plainte , il falloit l'étayer d'une
preuve.

Or cette preuve devoit être vraie ou
fauffe : fi elle étoit vraie , la plainte
l'étoit , & le Prieur innocent n'avoit
rien à craindre. Si elle étoit fauffe ,
il falloit que le Prieur fubornât fes témoins. Or rien n'annonce cette fubornation ; & fi elle n'exifte pas , la plainte
du Curé doit être réputée dès à préfent auffi fincere que fondée.

La marche du Procureur du Roi eft
bien différente. Déjà foupçonné par les
Mémoires foufcrits de fauffes fignatures,
il ne préfente fon réquifitoire que lorfqu'il voit l'information du Prieur. Ce
réquifitoire n'eft donc qu'un moyen employé pour prévenir la plainte , & pour

arrêter fes fuites. Cette feconde plainte n'eft donc qu'une vraie récrimination. Ainfi, fous tous les points de vue, la plainte du Prieur de Saint-Cornier eft préférable.

Le fieur Duchefnay partageoit fa défenfe en deux parties : il diftinguoit les faits en faits de haine & en faits de prévarication.

Les faits de haine font, à proprement parler, les crimes de l'homme privé ; les faits de prévarication, ceux de l'homme public. Il rangeoit dans la claffe des premiers, les imputations de ligue, de cabale, de fabrication de libelles, de fauffes fignatures & d'affaffinats. Il mettoit dans la claffe des feconds, les imputations de délais exprès ménagés, de conclufions mal rédigées & antidatées, de récrimination & de fubornation de témoins.

Les faits de haine étoient au nombre de trois.

La Loi, qui, loin d'aller au-devant du crime & de chercher des coupables, gémit lorfqu'elle en trouve, parce qu'elle doit les punir, la Loi ne préfume jamais qu'un homme, après 40 ans de vertus, fouille tout à coup

par les plus grands forfaits, une vie jufqu'alors pure & fans tache. De l'impoffibilité de cette tranfition fubite, s'éleve
déjà une grande préfomption en faveur
du Procureur du Roi. Mais quand même
la Loi fuppoferoit qu'un feul jour, un
feul moment eût pu faire, d'un Juge
fans reproche, un vil prévaricateur,
on ne pourroit encore fe perfuader que
ce crime, fi lent en un fens, & fi
précipité en un autre, eût pu rendre
ce Juge, non feulement coupable, mais
coupable gratuitement. C'eft une maxime confacrée par l'expérience, *nemo
gratis malus.* Les grands crimes ont
toujours de grands motifs ; & un coupable fans intérêt feroit, dans l'ordre
moral, ce qu'eft un monftre dans l'ordre phyfique, une erreur de la Nature. Voyons donc quels font les motifs
qui ont allumé, dans le fein du fieur Duchefnay, cette haine, cet acharnement,
qui, à leur tour, font les motifs de
fa prévarication. Si on détruit la caufe,
que deviendront les effets ? Si on ré-
fute le principe, que fera-t-on des
conféquences ?

» Le Prieur de Saint-Cornier, difoit
le fieur Duchefnay, annonce que je

S v

suis son ennemi, parce que, depuis quelque temps, je lui ai fait des *procès*, & que je n'ai pu réussir contre lui ; & parce qu'il m'a retiré un trait de dîme que je tenois de lui à bon marché.

» D'abord, je n'ai jamais eu qu'un procès avec le Prieur, encore étoit-ce en ma qualité d'homme public, & par rapport aux réparations de son église. Il est faux que je n'aye pas réussi contre lui, puisque je suis saisi d'une transaction signée de lui, par laquelle il s'oblige à faire tout ce que j'exigeois pour l'entretien de son église.

» Quant au trait de dîme que le Prieur prétend m'avoir retiré après huit ans de jouissance, il est de toute fausseté que j'en aye jamais tenu aucun de lui, soit directement, soit indirectement.

» Il est donc certain que le Prieur m'a prêté un intérêt & un motif qui n'existerent jamais.

» Mais voyons, dans ma conduite à son égard, si nous trouverons des traces de cette passion aveugle, de cette prévention téméraire qu'il m'impute.

» La Loi avoit déposé entre mes

mains le glaive de ses vengeances; j'aurois pu en armer mon bras, frapper mon ennemi, & servir ma passion en faisant mon devoir. Mais je n'écoute que la paix & la modération; je tâche d'étouffer, au fond de mon cœur, la voix imposante de mon ministere, qui me crie de punir un coupable. M. l'Evêque de Baïeux m'engage à garder encore le silence, & j'y consens; & je remets entre ses mains le soin de poursuivre le Prieur, parce que sa poursuite sera moins rigoureuse & moins éclatante que ne seroit la mienne. Qui pourra concilier cette conduite pacifique avec cette ardeur criminelle dont on prétend que j'étois agité? Je n'ai pas même eu le zele attentif d'un Juge vigilant, & l'on veut que j'aye eu l'aveugle empressement d'un malheureux calomniateur! Examinons cependant les preuves de cette haine que m'impute mon adversaire.

Premiere imputation.

» Qu'il avoit formé, avec huit ou neuf autres particuliers, une ligue pour perdre le Prieur de Saint-Cornier, & qu'il étoit allé, à la tête de cette odieuse

ligue, calomnier le Prieur auprès de
M. l'Evêque, lors de fa vifite à Saint-
Cornier «.

» Il n'exifte, répondoit le fieur Duchefnay, au procès, aucune preuve de
cette affociation aviliffante, de cette
cabale odieufe «.

Il n'eft pas plus probable qu'il eût
fait cabale auprès de l'Evêque : en effet,
qu'avoit-il befoin d'avilir fon miniftere
par le rôle infame de dénonciateur ?
Ne pouvoit-il pas pourfuivre en fon
nom, fans implorer une autorité étrangere ? S'il eût montré, auprès de l'Evêque, cet efprit d'acharnement & d'animofité qui caractérife les cabaliftes, ce
Prélat, dont on connoît l'exactitude
& la probité, ne le lui eût-il pas reproché, lorfqu'il lui a fait part de ces imputations ? Voici cependant fa réponfe.

» Il eft très-conftant, Monfieur,
que je n'ai rien reconnu dans vos démarches, qui ne tendît à la plus grande
gloire de Dieu & à l'édification des
Fideles. Il feroit bien injufte de vous
taxer, ou de prévention mal placée,
ou de précipitation dans toutes vos démarches, dans tout ce que le devoir
de votre miniftere vous a engagé d'en-

treprendre contre la conduite du Prieur
de Saint-Cornier. La conduite de ce
Pasteur a été si scandaleuse, & si contraire à la décence de son état, que
je me suis vu forcé moi-même de
faire une visite dans cette paroisse,
& d'entendre les plaintes sans nombre d'une grande partie des habitans.
J'aurois pu l'abandonner aux poursuites
de mon Promoteur, & lui faire subir
la peine qu'il mérite, ce que je n'aurois pas manqué de faire à l'égard
d'un Prêtre séculier; mais, étant régulier, & toujours sous la dépendance
de son Général, qui, de concert avec
son Evêque, peut le rappeler dans son
Ordre & lui ôter la conduite des ames,
dont il n'est point capable, j'ai cru
que le moyen le plus doux, le plus
sage & le plus court, étoit de demander à son Supérieur le rappel d'un
tel Pasteur, qui est le scandale de son
pays & le déshonneur de ses confreres.
Je ne comprends pas donc, Monsieur,
qu'on puisse vous impliquer dans cette
affaire, & vous faire la moindre peine,
pendant que vous ne méritez que des
éloges sur votre modération & sur le
zele que vous avez marqué pour le bon

ordre. Je fuis donc bien perfuadé que
Meffieurs du Parlement, bien inftruits
de cette affaire, vous rendront toute
la juftice qui vous eft due. C'eft ce
que vous devez attendre, Monfieur,
de l'efprit d'équité & d'exactitude dont
vos Juges font animés. *Signé* P. J. C.
Evêque de Baïeux ".

Quatre témoins de l'information du
Prieur dépofent, l'un, que le jour
de la vifite de l'Evêque, le Procureur
du Roi déjeûna avec les Grands-Vicai-
res; qu'il y eut plufieurs bouteilles de
fon vin bues; que Dumanoir, Chirurgien, dit que le Prieur de Saint-
Cornier ne hantoit que des Sergens &
des Records; que lui Dumanoir avoit
donné plufieurs médecines que fa confcience reprochoit; mais qu'il n'étoit
plus temps : & la fuite de cette dépofition donne à entendre que ces médecines regardoient la fervante du Prieur,
fur laquelle il avoit couru des bruits
analogues. Un autre, que le jour de
la vifite, le Procureur du Roi étoit
venu pour porter des plaintes contre
le Prieur de Saint-Cornier; qu'il étoit
venu auffi, le même jour, plufieurs
paroiffiens de Saint-Cornier, fe jeter

aux pieds de l'Evêque, en le réclamant comme un bon Pasteur, & en
se reprochant de l'avoir calomnié ; un
troisieme, qu'il avoit vu le Procureur
du Roi s'empresser auprès du Grand-
Vicaire, qui lui dit : *Retirez-vous,*
nous ne sommes pas ici pour cela ;
Monseigneur est fatigué ; vous l'im-
portunez ; vous voulez parler des af-
faires de Saint-Cornier, mais il n'en
est pas temps. Que l'Evêque lui dit :
Monsieur, je n'en puis plus ; vous
allez dîner ; nous allons parler de cela
après dîner.

Mais quelle induction tirer de ces
dépositions ? Dumanoir nie les propos
qu'on lui attribue, ou n'en cite aucun
échappé de la bouche du Procureur du
Roi, qu'on présente pourtant comme
animé d'une haine atroce contre le
Prieur, & comme l'auteur d'un complot pour le perdre. Personne n'a entendu
les plaintes qu'on dit qu'il venoit porter à l'Evêque. L'affaire dont il étoit
question, & dont il venoit parler,
étoit un certificat ou requête présentée
à l'Evêque, & dans laquelle son honneur
étoit outragé. Il n'y a ni crime ni complot à demander à voir cette requête,
comme il n'y a rien d'extraordinaire

aux réponses du Grand - Vicaire ou de
l'Evêque, fatigué, ce jour - là, d'a-
voir administré la Confirmation. Les
particuliers venus de Saint-Cornier ne
faisoient ni l'éloge ni la satire de leur
Prieur; ils nioient seulement qu'ils l'eussent calomnié. Enfin, ces témoins étoient
justement reprochés comme amis du
Prieur de Saint-Cornier, fait notoire
& reconnu.

Au reste, quand on pourroit donner
quelque foi à leurs dépositions, qu'en
résulteroit-il contre le Procureur du Roi?
Seroit-il prouvé qu'il auroit cabalé pour
perdre le Prieur de Saint-Cornier; qu'il
auroit *vomi contre lui les plus odieu-
ses calomnies* auprès de l'Evêque de
Baïeux, parce qu'il seroit allé trouver
ce Prélat, qu'il l'auroit *pressé vivement*, lui-même, si l'on veut, ou qu'il
se seroit *seulement empressé* auprès de
son Grand-Vicaire, pour savoir quelles
imputations on avoit osé lui faire dans
un certificat, & quels en étoient les
auteurs? Parce que quelques particuliers
se seroient jetés aux pieds de l'Evêque,
pour protester que leur Prieur étoit honnête homme, seroit-il prouvé qu'il auroit voulu le faire passer pour un scé-
lérat?

Mais est-il vrai en effet que ces gens, qui se sont présentés aux pieds de l'Evêque, aient ou demandé pardon de l'avoir calomnié, ou vanté ses vertus, ou protesté de leur attachement pour lui? Quoique cette démarche ne prouvât rien, elle insinueroit au moins que le Prieur avoit des ennemis, ou qu'il n'étoit pas aussi corrompu qu'on le disoit. Mais il n'est rien de tout cela, & le Procureur du Roi offroit de prouver par le témoignage même de ces particuliers, qu'ils n'étoient allés auprès de l'Evêque, à Belle-Etoile, ne s'étoient mis à ses genoux, que pour se rétracter des signatures qu'on leur avoit fait mettre, par surprise, au bas du certificat, fabriqué par le Prieur & ses partisans.

Il résulte de l'examen de cette premiere imputation, qu'il n'est pas probable & qu'il n'est pas prouvé que le Procureur du Roi ait tramé aucun complot contre le Prieur de Saint-Cornier, & qu'il l'ait noirci auprès de son Evêque. Son accusation à cet égard est calomnieuse.

Seconde imputation.

» Que le Procureur du Roi avoit dicté

les libelles diffamatoires , des lettres anonymes adreffées à MM. l'Evêque de Baïeux , l'Abbé de Sainte-Géne-vieve & le Prieur Dupleffis ; qu'il avoit fabriqué les fauffes fignatures dont ils étoient foufcrits ; fait parvenir à M. le Garde des Sceaux , depuis la plainte du Prieur , un nouveau libelle foufcrit éga-lement de fauffes fignatures , & cela pour obtenir une lettre de cachet , aux fins fans doute de lui ôter toute dé-fenfe : en un mot , que c'étoit chez lui que fe rendoient les méchans pour le détracter « .

Cette imputation eft abfurde. 1°. Le Procureur du Roi avoit le pouvoir de pourfuivre le Prieur fur la clameur pu-blique. Il n'auroit donc pas eu befoin de libelles diffamatoires , qui , loin de prouver les crimes imputés au Prieur , auroient feulement prouvé qu'il avoit des ennemis : & c'eft cette confidération qui a fait croire à bien du monde que ces libelles , dont il fe plaint , étoient l'ouvrage de fes partifans. Etoit-ce pour les adreffer à l'Evêque & aux autres Supérieurs Eccléfiaftiques ? Mais il n'a-voit pas befoin de provoquer une auto-rité étrangere ; celle qu'il tient de fon miniftere eft fuffifante par elle-même pour exercer une pourfuite rigoureufe, s'il n'eût confulté que fa haine.

Il n'avoit pas plus d'intérêt à fabriquer ces libelles. En effet, il pouvoit pourfuivre en fon nom, indépendamment de ce vil fecours, fans être jamais garant de fa conduite, parce que l'homme du Roi eft toujours préfumé agir dans les vûes de l'ordre & du bien public; au lieu qu'en fabriquant les libelles, il fuivoit témérairement, & fans néceffité, une marche qui n'auroit pu manquer de devenir dangereufe pour lui.

Il eft donc abfurde de lui imputer les prétendus libelles diffamatoires & les fauffes fignatures dont ils font foufcrits.

Mais quelle eft la marche prefcrite par l'Ordonnance & par tous les Criminaliftes, pour parvenir à connoître le fabricateur d'un libelle ? C'eft de comparer l'écriture de ce libelle avec celle de la perfonne qu'on foupçonne ; fi l'on ne trouve pas une reffemblance parfaite entre les caracteres de l'une & de l'autre, & s'il n'eft pas prouvé d'ailleurs que l'accufé ait dicté aucuns libelles, il n'eft point coupable aux yeux de la Loi. Or on a fait cette comparaifon ; & le Prieur a déclaré ne vouloir faire aucune vérification vis-à-vis du sieur Duchesnay. Il n'en est rien résulté contre lui, & l'on a prétendu que toutes les signatures paroissoient faites par une même personne, & de la main gauche.

Ce moyen n'ayant pas réussi, a-t-on recueilli des connoissances à cet égard, en prouvant qu'il ait jamais dicté des libelles contre le Prieur ? Non ; tout ce que le Prieur oppose, est que *quelqu'un fut requis par le sieur Duchesnay d'écrire une Requête contre le Prieur, & qu'il la lui dicta ; que, pendant ce temps, il arriva un habitant de Saint-Cornier, qui dit de nouvelles choses aggravantes contre lui.* C'est la déposition d'un nommé Lecomte, Clerc de l'Avocat du Prieur de Saint-Cornier. La réponse est simple. Il y a quelques années, le Procureur du Roi fit écrire par ce jeune homme un Mémoire qu'il adressa à M. l'Evêque, pour le prier de contraindre le Prieur à faire les réparations du chœur de son église, & à fournir les livres & les ornemens nécessaires à la célébration des saints Mysteres. Quant au particulier qui dut venir chez lui pendant ce temps, & dire des choses aggravantes sur le Prieur, je n'en ai aucun souvenir ; au reste, cela

peut être, parce qu'alors on murmuroit
généralement contre l'état de décadence
où étoit l'églife de Saint-Cornier, &
contre la maniere indécente dont s'y
faifoit le Service divin. Voilà mot pour
mot le langage que le Procureur du
Roi a tenu dans fon interrogatoire.
Sur quoi deux réflexions. La premiere,
que le fait qu'on vient de rapporter
n'eft point démenti par la dépofition
du témoin qui a écrit le Mémoire,
puifqu'il dit ne pas fe rappeler de quoi
il traitoit. La feconde, que fi c'eût été
un libelle diffamatoire contre le Prieur,
le fieur Duchefnay ne fe feroit pas fer-
vi, pour l'écrire, du Clerc de fon Avocat. D'ailleurs les trois libelles lui ont
été repréfentés, & il a dit que jamais ils
ne lui ont été dictés par le fieur Duchefnay. Où eft maintenant le fauffaire,
le fabricateur de libelles ?

Troifieme imputation.

» Certains quidams, appréhendant
» les fuites de la procédure, avoient
» formé le deffein de tuer le Prieur : en
» conféquence, trois particuliers fe font
» cachés dans le bois du bas du Mont-
» Renard, lieu par où ils favoient qu'il
» devoit paffer ; l'un l'ayant apperçu,

» fiffla ; auffi-tôt un autre tira un coup
» de feu qui ne l'attrapa point : les mê-
» mes quidams l'avoient menacé d'aller
» lui caffer les bras & les jambes dans
» fon presbytere «.

» Si le Prieur, difoit le Procureur du
Roi, a bien pu imaginer des faits de
cette nature ; s'il eft convaincu d'impofture dans une imputation auffi grave,
une foule de foupçons viennent légiti-
mement altérer la foi qu'on eût pu donner à fes difcours.

» Examinons ce fait. Le Prieur revenant on ne fait d'où, ni en quel
temps, paffe à travers un petit bois :
là il fait la rencontre *de plufieurs perfonnes*, dont il ne peut dire le nombre ; car la crainte confond tout. Une
d'elle fiffle, une autre tire un coup de
fufil ; le Prieur s'échappe & n'eft point
attrappé. Il faut convenir que tout eft
bien ménagé dans cette petite fcene.
Le théatre repréfente un bois, c'eft
toujours là qu'on place les affaffinats ;
les affaffins fifflent, c'eft leur fignal ordinaire. Si quelque chofe choquoit la
vraifemblance, ce feroit feulement de
voir le Prieur ofer traverfer un bois,
dans lequel il fait qu'on *l'attend* pour
l'affaffiner ; car il le dit pofitivement.

Si l'on paſſe de ſa Requête en addition de plainte, au libelle imprimé,
la ſcene y a reçu quelque changement.
Le Prieur a ſenti qu'il ſeroit honteux
de laiſſer croire que la peur l'avoit tellement aveuglé, qu'il n'avoit pu compter les aſſaſſins : il en a donc vu diſtinc-
tement trois ; le premier l'a apperçu, le
ſecond a ſifflé, & le troiſieme a tiré le
coup de fuſil. Mais voilà que le procès-
verbal fait d'une ſcene tragique une co-
médie. L'époque de la ſcene s'y trouve
fixée à un beau jour de Carême, ſur les
ſept à huit heures du ſoir ; on s'y eſt
auſſi rappelé le lieu d'où l'on venoit,
c'étoit de chez les nommés Durand.
Un ſeul particulier, & non *pluſieurs*,
& non *trois*, ſe préſente ſur le chemin du Prieur, ſiffle deux fois *pour*
appeler apparemment ſes complices,
ajuſte le Prieur, & au lieu de tirer, brûle
ſeulement ſon amorce. Sa ſervante fidelle a entendu les deux coups de ſifflet ;
mais il la raſſure, en lui apprenant
qu'il ne s'agit que d'une amorce brû-
lée, & il s'en retourne ſain & ſauf.

Eſt-il beſoin de commentaire pour
faire appercevoir, dans le peu de con-
formité de ces trois narrations, le ridicule de l'hiſtoriette que le Prieur a

voulu forger pour donner un air d'importance à la haine de ses prétendus ennemis ? Cette victime infortunée, qu'environnoient de toutes parts les complots des méchans, a eu encore plusieurs fois à craindre pour sa vie, & toujours, comme cela doit être, de la main de quelques-uns *de ses paroissiens qu'il poursuivoit criminellement.*

Voici encore un des événemens de ce genre. Ce fut la nuit du 17 au 18 Juillet qu'on osa attaquer le Prieur jusque dans son propre asile. Les assassins, croyant que son lit étoit toujours à la même place, tirerent dans sa chambre un coup de fusil. Mais le Prieur avoit eu la sage précaution de transférer son lit quinze jours auparavant ; & les assassins mal-adroits, au lieu d'ajuster directement à l'endroit où il devoit être couché, avoient tiré dans des pains de seigle, placés sur le haut d'une armoire.

La chose eût été bien plus vraisemblable, si le lit fût resté à sa place, & si les plombs se fussent trouvés semés dans les rideaux ou au milieu de la couche. Mais on ne sçauroit songer à tout. Ce qu'il y a sur-tout de fort plaisant, c'est que le Prieur, qui étoit,

ainsi

ainſi que ſes ſervantes & ſon Vicaire, dans ſon prémier ſommeil, comme il le dit lui-même, & qui n'entendit pas le coup, non plus qu'eux, aſſure poſitivement que la choſe s'eſt paſſée vers une heure ou deux.

Au reſte, quand il ſeroit vrai, contre toute probabilité, qu'on eût voulu commettre ces deux aſſaſſinats en la perſonne du Prieur, qu'en réſulteroit-il contre le Procureur du Roi ? Le Prieur l'a-t-il apperçu au nombre de ſes aſſaſſins ? Les a-t-il connus ? Lui ont-ils dit qu'ils tenoient du ſieur Ducheſnay cette funeſte miſſion ?

Paſſons maintenant aux imputations de la ſeconde claſſe, c'eſt-à-dire, celle de prévarication, & on verra toujours le Prieur ſe débattant, s'agitant dans les chaînes de ſa conſcience, imputer des crimes imaginaires, pour s'étourdir ſur des crimes réels.

Premier fait.

» Avant de partir pour la campagne, le Procureur du Roi avoit donné ordre à un Avocat de répondre à toutes les Requêtes qu'on pourroit préſenter, à l'exception toutefois de la plainte du

Prieur, parce qu'il vouloit se réserver à lui seul le droit d'y mettre des conclusions «.

Mais comment deviner que le Prieur devoit présenter une plainte, & qu'il y consigneroit des faits dont le sieur Duchesnay pouvoit craindre la preuve ? qui constate la défense faite à l'Avocat de la recevoir ? Nulle déposition, nulle preuve au procès sur cette imputation.

Deuxieme fait.

» La plainte du Prieur avoit été confiée à Dumanoir, un de ses ennemis, afin qu'il conférât avec le sieur Duschenay, sur les moyens d'empêcher les suites fâcheuses qu'elle pronostiquoit. Il la garda quatre jours, & antidata ses conclusions de deux jours, comme il seroit dans le cas de le prouver «.

On dit à la femme du Procureur du Roi, qu'il étoit intéressant que la Requête fût rendue sur le champ à son mari ; elle pria Dumanoir de la lui porter à Saint Hilaire, où il étoit alors. Pour faire croire qu'on avoit exprès choisi Dumanoir pour cette commission, parce qu'il étoit l'ennemi du Prieur, il faudroit supposer que cette femme savoit que la plainte étoit contre lui. Or

comment admettre une pareille suppo-
fition, puifque Dumanoir n'y étoit dé-
figné ni directement ni indirectement ?
Dumanoir prévoyoit-il qu'il feroit
chargé dans l'information ? Y eft-il chargé
en effet ? On fuppofe toujours ce qui eft
en queftion.

La plainte du Prieur, en date du 19
Décembre 1774, fut répondue, le 20,
d'une Ordonnance de foit communiqué
au Procureur du Roi ; il y mit des conclufions le même jour ; elle fut remife
le lendemain à l'époufe de Me. le Lie-
vre fon Avocat, & le 22 foufcrite de
l'Ordonnance qui permettoit d'informer. Comment, après cela, le Prieur
a-t-il ofé foutenir dans fon libelle, que
le Procureur du Roi avoit gardé fa
plainte quatre jours ; qu'il ne la remit
que dans la crainte d'une fommation,
& qu'il antidata fes conclufions de deux
jours ?

Troifieme fait.

» Un Procureur du Roi doit répondre une plainte ainfi : *N'empêche, ou
requiert telle ou telle chofe.* Il ne devoit donc pas motiver fes conclufions,
comme il le fit. Un Procureur du Roi

T ij

eſt le vengeur du crime ; & dès qu'un plaignant vient lui en dénoncer qui peuvent mériter une punition exemplaire, il doit auſſi-tôt en faire les pourſuites «.

Dans une affaire ordinaire, où il ne s'agit que d'un intérêt particulier, l'homme du Roi ne deſcend pas aux détails minutieux qu'elle peut préſenter, & ſe borne à conclure : *N'empêche, ou requiert telle ou telle choſe* ; mais dans une affaire où il s'agit de l'ordre public & de l'intérêt de la Religion, où les Loix doivent néceſſairement prononcer la punition de faux témoins & de calomniateurs, ou celle d'un Prêtre criminel, alors l'homme du Roi doit méditer attentivement la marche qu'il doit ſuivre ; bien peſer le principe, pour n'être pas ſurpris par les conſéquences ; écarter d'avance tout ce qui pourroit arrêter dans la ſuite la vigilance active de ſon miniſtere ; balancer ſcrupuleuſement les intérêts de l'accuſé qui ſe défend, & ceux de la Société qui réclame, & annoncer enfin dans ſes concluſions, le plan qu'il a pris & qu'il va exécuter. Voilà ce que doit faire l'homme du Roi ; voilà ce que j'ai fait, diſoit le ſieur Ducheſnay.

Quatrieme fait.

» Lorfque le Prieur préfenta une Requête pour faire délibérer fur l'information , le fieur Duchefnay , *fa Partie* ,
s'empara de toutes les pieces du procès ; il
refufa de donner fes conclufions , &
ne remit les pieces qu'après quinze
jours , contre le texte de l'Ordonnance
de 1670 , qui veut que les pieces foient
remifes *au plus tard dans trois jours.*
C'étoit pour empêcher qu'on ne donnât
un état au procès , & cela parce qu'il s'y
voyoit chargé , &c. «.

Lorfque l'Ordonnance a prononcé
que les pieces feroient remifes dans trois
jours au plus tard , elle n'a confidéré
fans doute que les affaires dont la dif-
cufion ne demandoit pas un délai plus
long ; mais il eft certain que , lorfqu'il
s'agit d'une affaire dont l'examen exige
un mois ou deux , on ne peut raifonna-
blement alléguer le texte de l'Ordonnance. En effet , fon efprit , dans cet
article , a été de preffer les inftructions,
& de parer aux inconvéniens qui pourroient réfulter d'un retardement ménagé à deffein. Or, en appliquant ces
principes à la Caufe , la Loi a-t-elle pro-

T iij

noncé contre le sieur Duchesnay ? Il
s'est saisi, le 3 Mai au soir, des pieces
du procès, & il les a remises le 16 au
matin : ainsi il a gardé ces pieces douze
jours, c'est-à-dire, neuf jours au delà
du terme fixé par l'Ordonnance, & il
avoit plus de quatre-vingts dépositions à
examiner pour prendre un parti. Peut-
on regarder ce délai comme une prévarication ? Y voit-on l'événement d'une
fraude, dont jusqu'à présent on n'a
pu prouver le dessein ? Si cette fatale
conséquence étoit admise, le Magistrat,
toujours agité par la crainte de devenir
Partie, précipiteroit les instructions,
expédieroit dans trois jours une affaire
majeure, comme une affaire sommaire,
& sacrifieroit ainsi, par un abus nécessaire, les intérêts des Parties aux siens.

Cinquieme fait.

» Les réquisitoires du sieur Duchesnay sont récriminatoires, parce qu'il
est prouvé qu'il a dit qu'il n'auroit
peut-être pas fait publier de monitoire,
si le Prieur n'en eût pas fait publier «.

Dès qu'il n'y a point de haine, il
n'y a point de récrimination. Quant au
prétendu propos dont l'on veut l'infé-
rer, & qui est consigné dans la déposition du sieur le Roi, Chirurgien, il

fait au contraire l'éloge de la modération du sieur Duchesnay : ce fut la plainte
du Prieur qui détermina enfin la poursuite que méditoit le Procureur du Roi,
& le força de rompre le silence.

Sixieme fait.

» *Il est prouvé* que le sieur Duches-
» nay a voulu allicier ou engager des té-
» moins à aller déposer contre le Prieur.
» Tous les témoins entendus contre lui
» sont ses complices & ses Parties, &
» par conséquent tous reprochables «.

La déposition unique que le Prieur
puisse invoquer, est celle de Françoise
Anger, Domestique du Lieutenant Particulier de Tinchebray. Cette fille dépose
» que dans le temps qu'il faisoit passer
» des témoins contre le Prieur de Saint-
» Cornier, elle vint, par l'ordre de son
» maître, lui apporter un papier ; qu'en
» sortant de chez lui ou plutôt en y en-
» trant, elle vit le nommé Jean Bertout,
» Cabaretier, & un autre qu'elle ne con-
» noissoit que de vue, tous deux, à ce
» qu'elle croit, de la paroisse de Saint-
» Cornier ; qu'elle demanda à Bertout:
» Vous allez donc passer en témoignage
» contre le Prieur de Saint-Cornier ?
» qu'il répondit : Ne me parlez pas de
» tout cela, j'en suis bien fâché ; &

» qu'elle remarqua que ledit Bertout
» mâchoit, avoit encore du pain dans
» la bouche, & crut que son haleine
» *sentoit l'eau-de-vie* : que ledit Bertout
» & l'autre qu'elle ne connoît pas, sor-
» toient de chez le sieur Duchesnay, dans
» le temps qu'elle parla audit Bertout «.

Voici la vérité du fait, répondoit le sieur Duchesnay. Bertout, Cabaretier, & Gallier, Cloutier, tous deux de la paroisse de Saint-Cornier, avoient quelque connoissance de faits de son réquisitoire, il les avoit fait assigner. Le jour qu'ils passerent en témoignage, ils entrerent chez lui ; dès qu'il les apperçut, il leur demanda ce qu'ils vouloient, & leur ordonna de se retirer promptement, en leur observant que, si on les avoit vu entrer, on pourroit tirer des conséquences désavantageuses. L'un d'eux venoit demander qui lui payeroit sa journée : on lui répondit que ce seroit le Fermier du Domaine ; & ils se retirerent.

Mais en examinant la déposition en elle-même, qu'en peut-il résulter ? N'eût-il pas été possible que ces particuliers eussent déjeûné avant de venir chez lui ? n'eût-il pas été possible qu'en sortant ils eussent achevé de manger le pain qui avoit servi à leur déjeûner ?

Mais d'ailleurs cette déposition est-elle bien sincere? Non; & l'on voit par-tout la servante du Juge de Tinchebray, agitée par deux mouvemens contraires, céder tantôt aux reproches de sa conscience qui la pressent intérieurement, tantôt à la force irrésistible d'une impulsion étrangere. Ici elle dit hautement qu'elle n'a jamais entendu dire dans le public que le sieur Duchesnay eût allicié ou suborné aucun témoin; que sa réputation de Juge équitable étoit trop solidement établie, pour qu'elle-même l'eût jamais cru coupable d'un tel crime; & que, par rapport au fait particulier, elle ne vit ni table servie, ni pain, ni eau-de-vie chez lui, au moment qu'elle rencontra à sa porte Bertout & l'inconnu qui l'accompagnoit. Là, par une contradiction frappante, elle est si convaincue qu'une déposition adroitement combinée pourra nuire, qu'elle se réserve expressément au monitoire.

Ainsi, cette déposition, la seule qui puisse être opposée, n'opere pas une charge, parce que d'abord le témoin l'a contredite; parce qu'il est certain qu'elle est fausse & suggérée; parce que, quand elle seroit vraie, elle ne prouveroit rien contre le sieur Duchesnay. Tous les faits de prévarication ne font donc pas plus vrais que les faits de haine. Et l'accusation du Prieur doit être regardée comme téméraire & calomnieuse.

Par un premier Arrêt, le Prieur & son Domestique furent décrétés de prise de corps; le sieur Desfontaines, son agent, porteur de procuration, fut décrété d'assigné pour être ouï.

Le Prieur, qui ne doutoit pas que les faits de débauche dont il étoit accusé ne fussent prouvés dans la procédure extraordinaire ordonnée par cet Arrêt, prit la fuite.

Enfin, par Arrêt du 13 Août 1778, l'accusation du Prieur a été déclarée fausse, injurieuse & calomnieuse à l'égard du sieur Duchesnay, Procureur du Roi; & le Prieur a été condamné, par contumace, à faire amende honorable, audience de la Cour séante, & devant la principale porte de l'église cathédrale de Rouen, pieds nus, en chemise & la corde au cou, ayant écriteau devant & derriere, portant ces mots : *Prêtre débauché*; aux galeres à perpétuité, préalablement marqué des trois lettres *GAL*, Patri, Domestique du Prieur, a été condamné aux galeres pour neuf ans; & Desfontaines, Boucher, a été renvoyé de son décret d'assigné pour être ouï.

Fin du Tome dixieme.

TABLE

DES CAUSES

Contenues dans ce dixieme Volume.

Fin de la Table du dixieme Volume.

www.ingramcontent.com/pod-product-compliance
Lightning Source LLC
Chambersburg PA
CBHW070544030726
47505CB00001B/150